我们结婚吧·上

咬春饼 著

长江出版社

图书在版编目（CIP）数据

我们结婚吧 / 咬春饼著. -- 武汉：长江出版社，2024.10 -- ISBN 978-7-5492-9703-0

I. I247.5

中国国家版本馆CIP数据核字第202438HT17号

我们结婚吧 / 咬春饼 著
WOMEN JIEHUN BA

出　　版	长江出版社
	（武汉市解放大道1863号 邮政编码：430010）
市场发行	长江出版社发行部
网　　址	http://www.cjpress.cn
责任编辑	张艳艳
封面插图	KEHAO
题　　字	池　影
印　　刷	北京盛通印刷股份有限公司
版　　次	2024年10月第1版
印　　次	2024年10月第1次印刷
开　　本	880mm×1230mm　1/32
印　　张	16.75
字　　数	515千字
书　　号	ISBN 978-7-5492-9703-0
定　　价	58.00元（全两册）

版权所有，侵权必究。如有质量问题，请与本社联系退换。
电话：027-82926557（总编室）027-82926806（市场营销部）

目　录
Contents

第1章　初见钟情　　　/001

第2章　心动与追求　　/029

第3章　我们结婚吧　　/077

第4章　另一种快乐　　/117

第5章　真丈夫　　　　/161

第6章　心的开始　　　/217

 第1章

初见钟情

时节至秋分,暑气跟叛逆少年似的依旧凶悍。

从公司出来走这么一截路,如同顶着一口沸水锅,卓裕一上车便脱了西服丢去后座,等冷气降下些许温度,他才拨档倒车。

谢宥笛的电话紧追而来,问:"怎么样,摊牌了没有?"

卓裕架上墨镜,左转前看了一眼后视镜:"下午开会,没空说。"

"这才四点半,一句话的事能耽误多少时间?你压根儿不想走是吧?"谢宥笛的语调往上拔了拔,"你是有多爱你姑姑?"

卓裕急踩刹车半秒,皱眉道:"好好说话。"

"你还想不想自己干了?"谢宥笛"喊"的一声,"咋的,你准备给兆林当一世活招牌?给你姑那一家子收拾一辈子烂摊子?"

卓裕没回声,只是笑,眼廓纹路浅,像往上抛了一道细月钩。

谢宥笛又道:"你笑个屁,要不是你死皮赖脸、坑蒙拐骗地求我入股,成为你的合伙人,跟你说一句废话我不姓谢。"

"好，卓宥笛。"

"滚滚滚。"谢宥笛三连骂。

卓裕心头压着的乌云暂时挪了位置，等他骂完，才敛了笑，说："再给我点时间。"

"也是。你要走的事一旦说出去，我已经能想象林延那对父子的表情了，我内心有点阴暗的小想法，你摊牌的时候捎上我，我给他俩当场录个视频。"谢宥笛看热闹不嫌事大，"不过话又说回来，你姑那么维护儿子，你走得也不会多么松快容易。"

卓裕在兆林五年，让这家没名没姓的家庭小作坊，获得了"纳税光荣先锋""市政示范项目"等殊荣。林久徐风光无限，林延也顺理成章地成为"明市十佳青年企业家"。人后，林延叫卓裕一声"哥"，卓裕叫林久徐一声"姑父"。人前，他们是卓裕的"小林总"与"林董"。千枝攒万叶，花开酿蜜的甘甜，从来不是卓裕的。

"对了，说正经事。"谢宥笛的声音蹦高三度。

"打住。"卓裕把他的话截断，方向盘往右打了小半圈，避让一辆违规超车的小电驴，"谢宥笛，你能不能爷们儿一点？少给我介绍你堂姐表姨妈邻居的女同学。"

"这次不是。"谢宥笛说，"是我幼儿园隔壁班的女同学。"

卓裕喉间噎了一颗枣似的问："这么执着让我相亲，你干吗？"

谢宥笛认识卓裕十七八年，从小学到高三，他们都是同桌。谢宥笛觉得又冤又怨，说自己晚熟都是卓裕祸害的——他从来没有跟女生同桌过。

卓裕自小就是那种板板正正的俊朗，不管男女老少，见到他，第一印象出奇得统一：秀骨清像，不仅好看，还合眼缘。

就这么一个教科书般的帅哥在旁边坐着，谢宥笛哪还有收情书、收秋波的份。

后来高考、大学、工作，卓裕没长歪，气质愈加无法无天。再后来，已近三十而立，卓裕成熟潇洒，还有一种隐隐约约的消沉颓废气质。工作时他又习惯戴眼镜，度数低，镜片薄若无物，某一瞬间一抬头——完蛋，又能贴上个"斯文败类"的标签。

可谢宥笛觉得,卓裕好看归好看,但少年时那股意气风发的劲跟漏气的球似的,也慢慢不见了。

上一回,谢宥笛连哄带骗地让卓裕出来吃饭相亲,结果菜还没上齐,那姑娘就走了。谢宥笛火冒三丈地问卓裕:"你有点儿绅士风度好不好?至少把饭吃完行吗?"

卓裕靠在沙发上,大长腿往前一伸,胸腔微微下沉,神色顿时委屈上了:"是你那女同学先甩的我。"

谢宥笛后来一问,还真是。

女同学说:"早知道是他,我才不来呢。这位换女朋友比换衣服勤,并且酷爱撬墙脚,跟网红厮混在一起,看见漂亮的就打赏,知道'嘉年华'吗?三千一个,闭眼刷,刷成了榜一大哥。对,我是喜欢斯文败类这一款,但我不喜欢败类啊。"

败类不是风流,而是下流。正常姑娘,哪个敢喜欢这样的男人?

但只有谢宥笛清楚,其实卓裕跟这个词都沾不上边。

刚想为哥们儿解释两句,女同学捋了捋腮边的发丝,委婉道:"笛笛,虽然我拒绝过你,但你也不能因爱生恨,这么报复我吧?"

扯淡吧!

"我没让你去相亲,真是正经事。"几声急促鸣笛入耳,谢宥笛按着喇叭不耐烦地说,"这边堵车了,十分钟没动过。给你个地址,帮忙去拿一下我妈的衣服。"

"这么早,不堵了你再去。"红灯亮,卓裕拉上手刹,按下半边车窗过风。

"早什么早?那家店五点关门。"谢宥笛说,"今天不拿回去,萌萌能把我给劈了。"

萌萌是谢宥笛母亲的小名,每叫一次,妈必打。

不等卓裕答应,谢宥笛的导航地址就发了过来,四方框里,店名醒目:简胭。

卓裕移回视线,随口问:"她买了什么衣服?"

"肚兜吧,鸳鸯戏水的那种。"

卓裕艰难点头:"嗯,谢叔宝刀未老。"

从光明路掉头，一刻钟能到海汇路。

海汇区是政府这几年大力发展的经济新区，商业配备完善，金融企业总部驻扎密集。卓裕也经常来这边办事，但他对这家店没有半点印象。

从主道岔出一条单向道，再拐两个路口，导航提示到达目的地附近。卓裕降低车速，这条路是个转口，路短车少，路两旁的树是长了几十年的梧桐。店不难找，正前方就只有一幢楼，正好掩在绵密黄灿的梧桐叶里，延出来的半边玻璃门偶有人进出，开合之间，光影如折扇。

这幢楼分上下两层，两个店面打通，外墙平平无奇，招牌也简洁，"简胭"两个字是国风手书体。

刚把车倒进车位，两声短促鸣笛。卓裕一看，谢宥笛从黑黢黢的吉普里下来，敲了敲卡宴的引擎盖，说："你这车跟我的摆一块儿，就跟玩具一样。早说让你跟我换一样的，多威武。"

卓裕下车道："再威武，下了车你不还是一米七？"

"滚蛋，谁一米七了？"谢宥笛急眼了，"那九厘米被你吃了？"

卓裕环着胸，微微倚着车门道："行，九厘米就九厘米吧，把你光荣的。"

这应该不是好话，但谢宥笛还没想明白，卓裕已经岔开话题："不是堵车？"

"刚给你打完电话就通了，我抄小路过来的。"

卓裕站定道："你就不能告诉我一声，非得让我跑一趟？"

"带你提升审美，净化灵魂。"谢宥笛抬手指着前边，"这店下回带咱妹妹来，对她的专业有好处。"

卓裕摘了墨镜，顺手丢回驾驶座，说："她一个学画画的，用不着买肚兜。"

"人家店里又不止做肚兜。"谢宥笛声音大，路过的一个年轻姑娘顿时往旁边挪了一大步，眼神警惕又嫌弃地砸在他身上。

"误会什么呢……"谢宥笛低头嘀咕，搭着卓裕的肩膀边走边聊，"这家店做定制的，上衣、裙子、摆件，什么都有，什么都好，就是难约难等。"

卓裕顺着话抬头，目光重新落向简胭，距离近了，能隐约看见里面有人走动。

谢宥笛笑得没好意："上次媒体写你那个绯闻小明星出席活动穿的礼服，还上了热搜那件,也是在这儿定的。"

卓裕点点头:"怎么还只是绯闻女友?都这么久了,我不是应该得有个私生子了吗?"

谢宥笛松开他的肩膀,嫌弃地推了一把:"你还给自己写剧本呢?"

卓裕笑归笑,眼里却是平静的。

"你这人多没意思,没一点儿年轻人的精气神。我就问你吧,真有喜欢的人了,你准备怎么着?"

卓裕快走几步,推开店门,第一感觉就是香——很淡,像盛夏傍晚的湖岸,混着风,裹着落日余温,还有水生植物特有的湿润感,疏阔且安心。

"笛哥你来啦?"店里一个女生跟谢宥笛打招呼,个子小小的,笑眼弯弯,"孟姨的东西已经装好了,您坐一会儿,宛繁姐在里边复尺呢。"

谢宥笛笑着说:"没事,她忙她的。"

卓裕这会儿才仔细打量起来,店内敞亮,没有太复杂的装潢,吊顶上走了两圈暗灯,暖黄的光晕打在几排长长的衣架上。左边两排是布料,右边斜着的架子上是旗袍成衣。还有一面墙做成了镶嵌式的柜阁,摆满了山水虫鱼的刺绣物件,目光不管落在哪一处,都能停留很久。

"好看吧?没骗你吧?说了下次带怡晓来,她肯定喜欢。"谢宥笛殷勤推荐道,"这都是手工绣的,看这走线,这技术。"

卓裕微微弯腰,盯着一把桐叶宫扇。

"还有这个。"谢宥笛的手机响了,他捏着手机一边往门边走,一边指着卓裕,"吕旅,东西给他啊,我接个电话。"

进门打招呼的女生应了声"好",然后对卓裕笑了一下:"请问您贵姓?"

"姓卓。"

"嗯,这就拿给您。"吕旅一溜烟儿地进了内厅。

谢宥笛的电话一时不得完,索性去店外接。门敞开半边,斜风钻入室,迟两秒地抚过近门的薄缎绸布,布料轻轻翻涌,颜色由深至浅,像镜头里打过来的短暂流光,卓裕看得分了神。

"卓先生，你好。"

温声入耳，重新拽回五官六感。卓裕下意识地侧身转回头，两双眼睛对视，两道视线接轨。

姜宛繁声音温和，眉眼舒悦，偏柔和的长相，当笑意泛起时，又眼亮如星，敛掉几分柔气，像拆盲盒，里面躺着的竟是一颗敞亮的夜明珠。

卓裕愣了一下，忽然记起刚才谢宥笛问的那个问题——

"真有喜欢的人了，你准备怎么着？"

就这一秒，答案鬼迷心窍地浮现：带回家，见见我爸妈。

不过，卓钦典已经过世好多年了，带回去也见不着。

卓裕还没来得及伸手接东西，谢宥笛打完电话进来，对着姜宛繁的那个笑容，那个表情，连说话时的语调都降了两级。

卓裕走远了一点，倚着柜子一角，偶尔偏头看几眼。姜宛繁穿的绿色半身长裙很惹眼，像一枝垂杨柳，卓裕这几眼都落在她身上。

走的时候，谢宥笛说："拜拜了啊。"

姜宛繁摆了摆手，视线一偏，对卓裕也点了一下头。

"看什么呢？"谢宥笛半天没见他跟上来，回头一看，见卓裕还站在简胭门口，慢悠悠地答道："没什么，外头热，店里凉快。"

谢宥笛不疑有他，问："一起吃饭？"

卓裕敛神，向车边走去，说："不了，我去学校接怡晓。"

"回你姑姑那儿？"谢宥笛冷不丁地笑了两声，"衡水桥那个项目的贷款怕是批不下来了，林延这个废物办不成的事，都是你去收拾。"

卓裕置若罔闻，重新戴上墨镜，拉开车门道："走了。"

绕路去美院接到卓怡晓，卓裕盯了妹妹半晌，说："今天这么漂亮啊。"

卓怡晓抿唇腼腆道："和室友昨天逛街买的。"

清水绿的小外套衬得她清爽怡人，卓裕从不吝啬对妹妹的夸赞，竖了竖拇指。

卓悯敏一家前年搬到这片高端洋房区，与百尺竿头、荣光万丈的公司事业彼唱此和。

"怡晓是不是瘦了？不要总减肥，把身体底子搞差了。"卓悯敏由上至下地审视，携一条明黄的披肩，妆容气质恰如这高饱和的颜色。

卓怡晓点点头，下意识地往卓裕身后站了一小步。

"课业多，在画室一待就是一整天，累的。"卓裕笑着解释，侧头对卓怡晓轻声道："去找林以璐玩。"

卓怡晓抬头欲言，察觉到姑姑的眼神落下，便沉默照做。

"当初自作主张地学什么美术，还真想画成国画大师了？高考600多分真是浪费了。你也由着她任性，要是听我的学英语，以后还能进公司帮忙。"卓悯敏对她偷偷改专业的往事甚是不满，这话明面上是对着卓怡晓，实则是指责卓裕。

卓裕坐在沙发上，叠着腿，拿起一个苹果在手心抛着玩。

"明年开春的服装系列已经通过董事会，设计师下周会过来签合同，后续就是订面料，付定金。"卓悯敏垂眼望着他，"但瑞丰银行那笔贷款批不下来，你有没有办法？"不等卓裕回答，卓悯敏早就准备了后话，"肖副行长是你校友吧，你去走动走动？"

屏风隔开客厅与小厅。这一边，卓怡晓干巴巴地坐着，沙发那头的林以璐一边修整指甲一边打着电话，十几分钟后，才想起干晾着一个活人。

卓怡晓叫她："姐姐。"

林以璐应了一声，展示自己刚做的指甲："好看吗？今年流行这种渐变款。"

"好看。"卓怡晓放松了些，乖巧地问，"姐姐，你们开始实习了吗？"

"实习了呀。"林以璐起身拿起地上的纸袋，又蹲下翻找着什么，"走个过场，爸让我毕业后去公司先做着。"

"我记得你说过要考研？"

"我随便说说的，我可不想没日没夜地啃书，再说了，也没必要。喏，给你。"林以璐递过来两件衣服。

"嗯？"卓怡晓不明所以。

"你今天这身装扮一点都不好看。"林以璐双手环胸，目光垂视，"下次可别

穿了啊,衬得你皮肤黑黑的。"

晚饭时,卓裕就瞧出妹妹情绪不高,这会儿一上车,她就脱掉新买的外套,沉默地放平在腿上。卓裕没马上启动车,问她:"没吃饱?"

卓怡晓微低着脑袋:"林以璐说我今天穿得不好看。"

卓裕蹙了一下眉,没料到是这事:"不会,很好看。"

他说得出自真心,但卓怡晓自幼敏感,认为是善意的安慰而已。她没表现得太难过,因为不想让哥哥担心。

"周末放假吗?约上谢宥笛,带你去水库钓鱼。"卓裕关了空调,降下车窗让自然风进来。

"不放假,要交作业呢。"卓怡晓语调沉沉的,手指抠着那件绿色外套,没缓过劲似的。

"这回的作业是什么?写生?还是主题画?"卓裕笑着问,"又是明教授布置的吧,你想好方向没有?"

卓怡晓在美院读大一,国画专业。

聊到这儿,她的情绪才高涨了些:"想画仕女群像,但细节太考究了,要画好挺难的。"

前路宽畅,并没有车与人,卓裕忽然踩了一下刹车,一瞬即松。他直视前方,顺着话题说道:"谢宥笛给你推荐了一个地方,你有空就去转转。"

哪知卓怡晓一听店名,立刻神采奕奕:"简胭啊?海汇路的那家?我知道的,那家店很厉害,有几种独创的工艺技术,登记了知识产权的,而且店主也很赞。"

卓裕笑道:"怎么个赞法?"

"漂亮。"卓怡晓摸了摸脸,大概觉得这么一个肤浅的评价有点不合适,想了想又说,"站在那里,就是忍不住会被吸引。"

谈及肺腑之言时,她的眼睛都是亮的。

恰遇红灯,车停稳后,卓裕侧过头问:"你去过?"

"和同学去过好几次,里边的东西是真漂亮。"

卓裕说:"谢宥笛认识她。如果你想采采风,让你笛哥帮忙搭个线?"

卓怡晓欲言又止,但眼睛藏不住事,铺满小碎钻一般。

谢宥笛一听是给卓怡晓搭线,爽快得很,没半小时就给了回信:"答应了,让怡晓有空就过去,她这段时间不出远门,都在店里。"

卓裕把卓怡晓送回学校,驱车过了门安桥。

"我把小姜的微信给了怡晓,她会加的。"谢宥笛那边正在吃喝玩乐,忙着挂电话。

"谢宥笛。"卓裕忽地出声,"我有个姨妈也想买点东西。"

"啥?"

"她房子装修完了,想买幅挂画。"

"啊,你哪个姨妈?"

"住榆市的,幼儿园园长,她丈夫是机长的那位,小时候她还给你买过棒棒糖,不记得了?"

谢宥笛听蒙了:"这、这样啊……"

"就是这样。"路口左转,卓裕看了一眼后视镜变道,卷高双袖,搭着方向盘有一下没一下地敲着,铺垫得顺理成章,"记得把微信也推给我。"

八点多,霓虹投射,光带裹着立交高架穿梭护航,城市俨然换了新装。到底是秋天,白日的暑气散尽后,晚上的风凉飕飕的。

姜宛繁伸手到窗外探了探温度,缩回来时捻了捻指腹,电话里,祁霜女士的嗓门又大了一圈:"姜姜,你听没听我说话?"

"听的。"姜宛繁把拿远的手机又搁近耳朵边,单腿一旋,窝进沙发里。

"那你把我第八句话重复一遍。"

老太太不按套路出牌,姜宛繁无奈道:"奶奶,咱们商量一下,我回去可以,您把那些人都排个序号,五分钟见一个,一上午把人都见完,行吗?"

祁霜今年七十五,一直住在老家霖雀,这些年越活越孩子气,会打字、会发微信,没事还能弹个视频过来聊聊新上映的电视剧,问姜宛繁能不能拿到某个男明星的签名。

多好的状态，本来姜宛繁挺放心，但这半年，奶奶的兴趣又发生了变化，一个劲地给她加塞适龄男士。姜宛繁想，这次回去一定得说说老太太，少和七大姑八大姨待在一块儿。

微信弹出新消息在屏幕顶端，是谢宥笛。

"我一个朋友的姨妈想买挂画，我把你的微信推过去？"

姜宛繁顺手回了个"好"，电话里，老太太的声音中气十足："这回不让你相亲，是我身体有点毛病。"

姜宛繁登时坐直了，扣紧手机问："怎么了？"

"前几天晚上胸闷，闭着眼睛睁不开，身上压着一座大山似的，张不了嘴，说不出话，是不是挺可怕？"

姜宛繁放下了心，道："不可怕，实在难受，您去保健科咨询问问。"

"我去问了，这是鬼压床。"

姜宛繁听乐了："这么不专业，哪个医生说的？我举报了啊。"

"赵美丽。"

姜宛繁蹙起眉，这位赵阿姨神神道道的，很多人家的孩子哭闹，不吃饭，睡不好，大人就带去她那儿收收吓，符纸一烧，再摸摸孩子的脑门，好多人就信服了。

"您怎么还跟神婆一起玩了？"姜宛繁笑着问，"那她怎么说的？"

"能治好。"祁霜的声音压低时有点嘶哑，神秘兮兮道，"就是得冲喜。"

所以又回到这个话题了。姜宛繁忍着笑问："怎么冲？您给详细介绍介绍。"

夜风进室，旋着窗帘像一圈圈慢半拍的波浪。姜宛繁从沙发里起身，取了一件山羊绒披肩搭在身上。

奶奶忽然压低了声音："姜姜，我给你说哦。"

这反差来的，让姜宛繁莫名打了个冷战，手机适时振了振，跟过电似的，她低头一看，是一条新好友申请。

"很简单的。"奶奶拖慢语速，咬字清晰如播新闻，"找个好看的小伙子是第一步。"

姜宛繁边笑边点开微信，头像是一只猫的背影，团成一坨，像灰色的云。无附加消息。

这应该就是谢宥笛说的姨妈，姜宛繁想。

奶奶的声音忙不迭地在耳朵里飞旋打转，说了一大堆硬性条件，深喘一口气后神秘兮兮道："然后这第二步啊……"

姜宛繁接受申请，顺手备注"谢宥笛亲戚-谢姨妈"，想了想，觉得不够详细怕忘记，又打了个括号"钱多，买贵的"。

祁霜女士越说越离谱，姜宛繁搭着她的话道："没什么第二步了奶奶，直接把人绑去民政局，晚上办喜事入洞房。"

"那不行。"奶奶言近旨远，苦口婆心道，"姜姜你是女孩子，还是得矜持点哦。"

一城分四方，风从南往北过，亭前的垂柳枝晃了一晚上，晃得卓裕有点眼晕。他第三次拿起手机，仍是自己发的"你好"——十五分钟了没回复。

大概是忙？卓裕刚想再发一条，对方回了："您好，谢宥笛跟我说了。"

卓裕也不知道自己为什么会跟着松了口气，他换了个姿势，侧身靠着窗户。

"装修是现代风，灰白主调，玄关和廊道想添置壁画，酒柜摆台也需要。"卓裕环视一圈客厅，就地发挥，把能想的都编出来，"入户有一排长鞋柜，也想装饰点缀，不想显得太空旷。"

卓裕指间夹着烟，没来得及点燃，白色烟身细长，与手指相得益彰。他打字没有停顿，跳跃的字符行云流水："我明天能直接找你吗？"

发完，卓裕按熄屏幕，垂手握着。很快，手机振动。

姜："这些都需要排期，1-2个月不等。"

卓裕愣了一下，设想了很多种情况，但没料到是这样，所有铺设都被对方一句"没货"终结了。

正当他不知回什么时，对方又发来消息："但您明天可以直接来找我。"

卓裕脊背抵着玻璃，肩膀微斜，盯着屏幕笑了。

又一条新信息——

姜:"早点休息,谢姨妈。"

卓怡晓觉得她哥的心情就跟今天的天气似的,天蓝云白,清透分明。卓裕被盯了好几回,忍不住问:"我是脸上有花吗?"

卓怡晓咧嘴,一口整齐的白牙:"没花,有光。"

从美院开车去简胭要半个小时,她下午本来有社团活动,被她推了,就为了能见姜宛繁。

店里这会儿正忙,两三拨客人。他们一进来,吕旅就眼尖地发现了,招呼道:"是宥笛哥的朋友吧?稍等哦。"

姜宛繁在里边,应该是听见了,很快走出来。

她今天穿了一件明黄色的衬衫,这个颜色挑人,也吸引人。头发盘成髻,就用一支笔固定着。和卓裕面对面,眼对眼,几秒安静后,姜宛繁微微蹙眉,随即眉眼舒展:"我昨天好像认错人了。"

视线相交,敞敞亮亮,两人都笑起来。

"怪我没说清楚,但想买东西是真的。"卓裕指了指卓怡晓,"这是我妹妹。"

"谢宥笛跟我说了。"姜宛繁对卓怡晓点了点头,语气温和,"学习都是互相的,咱们取长补短。"

卓怡晓的神色顿时轻松起来,乖巧点头:"谢谢姐姐。"

里边有人叫姜宛繁:"师傅,电话。"

姜宛繁应了一声,对他俩道:"抱歉啊,那你们先随便看看。"

卓裕侧身让出路:"好。"

等人进去了,卓怡晓仍跟小迷妹似的,视线舍不得收,小声道:"姐姐真好看。"

卓裕没搭话,往姜宛繁走的方向又看了一眼。

店里进来新客,有说有笑的,声音太熟悉,听得卓怡晓蒙了一下。

林以璐看清楚人后,惊讶道:"咦,你也在啊?"

林以璐是跟室友过来的。今天气温不高,她却穿得清凉,一条纱裙光着腿,特别跳的颜色。

卓裕见了人，微微皱眉道："不冷啊？"

林以璐叫了声"大哥"，笑嘻嘻地说："好看就行。"

卓裕颔首，对卓怡晓抬了抬下巴："你们聊。"

林以璐的室友们来了劲，悄声问："这就是你大哥啊？帅死了。"

林以璐扬起脖颈，眼珠一转："凑合吧。"

"那个呢？"室友问，"你妹妹？"

卓怡晓拘谨地摇了摇手，打招呼道："姐。"

林以璐似见非见，也没回她，往前走了两步，将人从头扫到脚，问："你今天没课？"

"嗯，没课。"发现对方的视线落在某一处，卓怡晓下意识地低头捏紧了外套衣角。

林以璐轻挑眉眼，声音不算小："衣服又是网上买的吗？这款式我已经看到十几个人穿了，挺烂大街的，而且颜色也不好看，显得没有质感。"

挨得近的人，目光都落到卓怡晓身上。卓怡晓双颊红透，耳尖也如烫熟了一般，头更低了。

"不过没关系，待会儿你跟我一起逛街，我给你做参谋？"林以璐好心道。

有眼睛的都看得出卓怡晓的窘迫，小姑娘那几分明朗心情瞬间湮灭在三言两语中。

"是喜欢这个吗？"姜宛繁走过来，轻声温语。

卓怡晓像被救上岸的落水者，眼神懵懂湿润地看向她。

"这个香包看着小，费了师傅不少工夫。这半边的图腾用了三种针法，但最点睛的是这个配色。主色绿，一圈渐变，尾端的流苏是蓝色系。"顿了一下，姜宛繁笑着继续道，"跟你今天的衣服很像，相得益彰，真漂亮，很有眼光。"

姜宛繁轻言缓语，一字字如临春风。她有绝对的专业度，这本身就是让人信服的筹码。落下来的目光清透坦荡，是解围，是安抚，是撑腰，是能让人迅速滋生勇气的催化剂。

卓怡晓莫名想到一句话：这个人，就是温柔且有力量的。

但林以璐的脸色就没那么好看了,挨了一记四两拨千斤的回旋镖,心里泛涩,神色讪讪地转过身不看任何人。

"有喜欢的吗?"卓裕走过来问。

"当然有,好多样。"林以璐既像泄愤,又像报复,一通乱指,"这些都好看。"

卓裕眼都没眨,平静道:"你选好,钱我付。"

卓怡晓往哥哥这边靠了一小步,下意识地看了一眼姜宛繁。姜宛繁对她笑了一下,视线微偏,蜻蜓点水般扫了一眼卓裕。

百闻不如一见。

在店里待了两个小时,卓裕瞧出来,简胭的生意是真的好。那个叫吕旅的女生,娇小灵光,做事麻利。姜宛繁一直在内厅,偶尔出来也是匆匆。

他们四点半离店,把卓怡晓送回学校后,卓裕回了一趟公司处理事情。谢宥笛打来电话时,他才发觉夜色已深。

谢宥笛的语气诸多不满:"你这妹妹怎么回事?一天到晚挑人毛病。"

卓裕揉脖颈的手一停,声音瞬间低冷:"你吃枪子了?"

"我没说怡晓,我说的是你另一个妹妹。"谢宥笛挺不来劲,本来不该跟一个小女生计较,但他拿卓怡晓当自己亲妹,遇到事了肯定护短。

卓裕倒也耐心,听他怨怼完,沉默了一会儿,忽然发现了重点:"你怎么知道?"

"我有什么不知道的,总有几个好心人吧。"谢宥笛"喊"了一声,也不知是对谁,"不跟你废话了,我现在跟好心人们在吃饭,你来就赶紧的。"

卓裕没犹豫:"来。"

谢宥笛发了个定位,离公司十分钟车程。卓裕拎起外套就走,等电梯的时候已经打开了导航。

最近的停车场还留了个不太宽的车位,卡宴车型不算小,卓裕就倒了两把,愣是把车刚刚好地停进去了。

谢宥笛"啧"了一声，扭头对吕旅说："要考驾照是吧？别找驾校了，找他。"

吕旅笑嘻嘻道："请不起。"

卓裕下车，单衣单裤在这入秋的夜里略显违和，车身的反光匀了几分在他身上，迎面走来时，有那么几分时光凝滞的氛围感。

谢宥笛很客观地评价道："卓教练有点东西。"

右手边坐着的姜宛繁笑了笑，端着柠檬水杯摩挲。

谢宥笛旁边有个空位，卓裕顿了顿，绕开他，就这么自然而然地坐在姜宛繁身边。

吕旅张开五根手指，跟只招财猫似的打招呼："嗨。"

卓裕笑着颔首，问："才下班？"

"我妈明天要参加活动，急着要衣服，没办法，只能麻烦她们加个班了。"谢宥笛面露愧色，真心实意道，"晚饭都没空吃，对不住了。"

吕旅双手合十："没事，反正你加钱了。"

这姑娘一看就古灵精怪，半真半假的话也说得坦荡。她默契地和姜宛繁对视一眼，笑得不言而喻——熟人朋友的生意还是要好好做啊。

卓裕要了一杯柠檬水，主动对姜宛繁开口道："待会儿要开车，我就以茶代酒，谢谢你替怡晓解围。"

姜宛繁笑意未泯："原来你看到了啊？"

卓裕那会儿在接电话，隔得不远不近，只看到两个人在一起说话，但具体说了什么他并没听清，只看得出卓怡晓不开心，他正准备过去的时候，姜宛繁已经站在卓怡晓身边了。

"那个妹妹平时骄矜了点。"他没否认。

姜宛繁端起杯子，轻轻碰了碰道："嗯，以后让这个妹妹也骄矜着点，都是妹妹，别厚此薄彼。"

卓裕失笑，仰头抿了一口，眉头瞬间皱紧……嘶，酸。

谢宥笛插话道："干脆叫瓶酒得了，喝什么柠檬水。"

男人喝酒也就喝了，但这儿还有女生，大晚上的让女生喝酒也不合适。谢

宥笛心直嘴快没多想,卓裕却留着心眼,不咸不淡地岔开话题道:"上回生日的事你又忘了?"

谢宥笛猛拍脑门,一脸的痛苦回忆。

时间追溯到三个月前他过生日,谢小爷多会玩的一个人啊,生日派对必须把人整趴下。最后他喝多了,抱着卓裕哭着叫"爸爸",从五楼叫到一楼,在会所里一叫成名,卓裕的衣服都被他扯破了。

翌日酒醒后,卓裕青着脸,甩手丢了一沓账单:"不孝的东西!"

谢宥笛借口痔疮犯了,半个月没出门见人,太丢面儿了。

吕旅听得一愣一愣的,姜宛繁的神色也一言难尽。

卓裕笑道:"你还挺光荣,讲得声情并茂。"

谢宥笛摇摇头:"不光荣,忆苦思甜来着,不喝了不喝了,酒不是好东西。"顿了顿,他"咦"了一声,匪夷所思地盯着卓裕,"你这什么态度?训我呢。"

卓裕扬扬眉,不疾不徐道:"你说呢?"

一旁的吕旅十分懂事地接话道:"你都叫他'爸'啦。"

谢宥笛扭头愤愤道:"管好你徒弟。"

姜宛繁"哦"了一声举起杯,吕旅连忙端起柠檬水,碰杯声特别清脆,就差没把"再接再厉"说出口了。

谢宥笛对卓裕说:"想不到吧?是这种画风。"

卓裕嘴角上扬,眼角纹路浅,和眼廓的弧度浑然融合,他也端起杯子,十分自然地加入她俩,三杯柠檬水碰得当当响。

谢宥笛郁闷道:"搞清楚是我请客,就这么对我?"

卓裕舒展地靠着椅背,随意道:"知道了,多点几个菜。"

吕旅笑嘻嘻地问:"笛哥你是七月份生日呀?"

"对啊。"

"那就是狮子座。"吕旅说得头头是道,"太阳是主管星,守护神是阿波罗,这是消灾解难的神。"

"难怪我如此天之骄子。"谢宥笛自觉地挺直腰杆,神色飘飘然,颇感兴趣地问,"还有呢?"

"有点爱管闲事。"

谢宥笛瞬间收敛笑容。

"其实星相学是有科学依据的。"吕旅刹不住话,仿佛第二职业就是占星师,"星座就是恒星群的组合。想想看,万千星辰,在宇宙里奇妙地在一起。每一个星座群都有自己的内涵和文明。比如白羊座,它是四季的第一个星座,所以白羊座的人朝气蓬勃。还有一些非常明亮的星群,比如猎户座,它的守护神是俄里翁,虽是男性,外形威猛阳刚,但在生理上,一直以'小'为美。"

还有这事?谢宥笛来了兴趣:"都有哪些星座?"

"金牛,天蝎。"

谢宥笛摸了摸下巴,然后看向卓裕,幽幽道:"你就是天蝎座吧?"

气氛跟忽然休眠似的,三人的目光何其统一,齐齐落向卓裕。

姜宛繁的视线下意识地往下挪了挪,挪到一半又刹住,捧起柠檬水,假意喝起来。

卓裕怀疑自己上辈子一定是欠了谢宥笛的命,他从没想过自己有一天会被星座扼住灵魂。

"吃好了。"姜宛繁放下碗筷,看了看时间。

"我也吃好啦。"吕旅笑眯眯地接应。

谢宥笛拿起手机道:"行,我去买单。"

话题自然而然地岔开,卓裕下意识地侧头,发现姜宛繁也在看他。一瞬间交汇,又不动声色地挪开。

总觉得这是在替他解围。这么一想,误会好像更深了。

谢宥笛买完单回来,指了指卓裕的车:"坐你的车走啊。"

"你没开车?"

"我以为今天会喝酒。"谢宥笛笑着说,没一点负罪感。

卓裕蹙眉道:"你迟早有一天泡在酒坛子里。"再看向姜宛繁时,他蹙着的眉一瞬即松,"你们的车停在哪儿?"

姜宛繁拢了拢侧脸的碎发，说："我们打车走。"她的视线已经投向马路，腿也要往外迈，卓裕往旁边一挪，堵住她的视野，顺理成章道："我送你……们。"

谢宥笛勾着卓裕的肩膀往前走，说着一堆话，走了几步不忘回头道："上车。"

两个人邀请，再拒绝就有点不识趣了。于是，谢宥笛坐副驾，两个女生坐后座。

谢宥笛侧过头，奇怪地问："我记得你有开车啊，就那辆白色的A4是你的吧？经常停在店左边。"

吕旅探头道："是她的，但宛繁姐晚上不开车，她开不了。"

"啊？"谢宥笛问，"为啥？"

卓裕也微不可察地轻点刹车，放慢了车速，然后听到吕旅说："宛繁姐有夜盲症。"

其实不会影响正常生活，但晚上视野不好，光线全无的时候，她就什么都看不清了。从简胭到她住的公寓就三公里，主干道都竖着路灯，大道光明璀璨，但姜宛繁从来不在晚上开车，她不去赌这个万一。

谢宥笛震惊了，张着嘴，下巴还挺有规律地翕动。

姜宛繁笑道："你没吃饱？要不再回去吃点儿？"

谢宥笛一脸凝重："什么时候的事？"

"出生就有，不碍事，晚上注意点就好了。"

气氛突然深沉，还以为她得了绝症。姜宛繁显然不想多聊这个话题，于是扭头看向窗外。车速好像比刚才要慢得多，她又把视线挪到驾驶位，盯着卓裕的后脑勺。

这一片是金融中心，高楼如鳞，车流如织，城市霓虹像一层层筛落的五彩光斑，交叠着从眼前晕染穿梭，直到红灯亮起，谢宥笛降下车窗问："这不是你们公司要合作的那人吗？"

商场两侧的巨幅宣传广告屏如发光的宝盒，C位是一个男人的侧脸特写，黑灰色调晕染高阶，光影渐变塑造氛围感。

"叫什么来着？"谢宥笛问。

"晏修诚。"卓裕平声说出名字。

"对，就那个设计师。"谢宥笛之所以有印象，是因为跟他妈有关。萌萌女士热衷购物，就前阵子，把某品牌四季的服装全订了。谢宥笛瞅了几眼图册，这一系列的服装带点异域元素，确实特别。他妈把设计师吹得跟什么似的，谢宥笛就被迫记住了名字。

"对了，你应该也认识吧？"谢宥笛转过身，"四舍五入也是一个圈的人，这照片拍得人五人六，你们见过本人吗？差别大吗？"

没人回应，安安静静，就像上一秒还在好好吃着的椰香小奶包，下一口竟然是满嘴的辣椒酱，瞬间变了味。

卓裕的目光挪向后视镜，姜宛繁依旧是看窗外的姿势，风从副驾的车窗灌入，头发匀了几缕半遮着脸，掩住她眼里的情绪浓淡。虽无法详辨，但绕在她身边的风都是降温的。

吕旅本想说什么，可瞄了一眼姜宛繁后，说话的欲望被掐断，只留下几分不平的眼神。

姜宛繁住的小区在四季云顶，吕旅和她是上下楼邻居。卓裕以为是租的，但谢宥笛嗤笑一声说："买的，别看人年轻，手上是有真本事的。"

卓裕把车停在路边，递了一支烟然后降下车窗，问："她家里也是做这个的？"

"对，世家。"谢宥笛说，"她爸好像是做收藏的，有些藏品有市无价，光靠这就挣大发了。"

卓裕侧过头问："父母也住这儿？"

"那没有。"谢宥笛伸过打火机，卓裕下巴微低，火焰蓝茸茸一圈，点燃了烟，"住老家吧，就她一个人在这边。"

卓裕没说话，平静地抽了一口，烟夹在指间没再动。

好姑娘，好家世，还能在自己的领域里做出成绩。卓裕又往小区门口看了一眼，淡而不厌地问："她男朋友呢，是同行吗？"

"不是。"

"那是做什么的？"

谢宥笛道："我是说她没有男朋友。"

卓裕手一抖，掐熄了烟。

谢宥笛摸着下巴，总感觉今天胡子没刮干净，扣下遮阳板左看右照，说："现在的女生独立得很，生活和经济都能自给自足，谈恋爱干什么？麻烦，更别提结婚了。我昨天还看到一条新闻，说C市的结婚率创新低，你猜点赞最多的评论是什么？'250块钱买个自动小工具可以解决一切问题'。"

然后评论里口碑最好的那款半小时脱销。

卓裕斜他一眼，问："所以你如释重负了？"

谢宥笛哼了一声："以为我是你啊，渣男外表和尚身。"

卓裕被电话吵醒时，是凌晨一点。

电话是林延的助理打的，说话哆哆嗦嗦口齿不清："裕总，出事了。"

卓裕用力按了一下额头，瞌睡也醒了大半。

这哪是一点事，兆林一直在争取的那笔贷款归林延负责，林延什么能力，卓裕心里太有数了，那笔款在林延手里就批不下来。公司的重点项目推进在即，火烧油锅，只进不退。上回卓悯敏让他去解决，卓裕将各方关系打点妥当，本可以顺利地下周签合同，但两小时前，林延在酒吧跟人干了一架，起因不过是口角之争，结果林延抡起酒瓶直接把对方脑袋开了瓢，好巧不巧，被开瓢的正是行长的小儿子。

卓裕赶到时，场面依旧混乱，一群人围着，气势凶悍，叫嚣着要把林延当场了结。四周的尖叫声、起哄声，还有看热闹不嫌事大的口哨声，重金属音乐砸着脑门，神经狂跳。

林延的助理急得直跺脚："裕总！这、这怎么办？"

"怎么办？"卓裕怒声道，"你现在有脸问我？"

混乱升级，隐隐听到林延激烈的叫嚷。卓裕扯下风衣拉链，反手脱了外套扔到助理脸上。炫光变幻交替，如浑然天成的面具盖住他的面容，唯有眼神如锋利的冷刀。

助理还没反应过来，就见卓裕径直往那边走去，经过卡座时顺手抄起一只啤酒瓶,他的身形融进幻光里,如疾风驰骋,下一秒,"砰"的一声,刺耳的碎裂声响起——

安静了。再然后,林延跟跟跄跄地被卓裕拽了出去。

凌晨,风冷刺骨,林延一身烟酒味歪斜站着,大着舌头说:"我、我打了一次,你怎么还打第二次?那、那款还批得下来吗?"

这话说的,连林延的助理都默默掩鼻。

卓裕盯着他,冷笑道:"不然呢,给你收尸?"

林延抓耳挠腮,酒劲犯冲:"你、你怎么能这样说?"

卓裕转身就走,抬手虚指了他一下,对林延的助理说:"弄回去。"

助理唯唯诺诺地点头,视线飘忽左右,小声提醒:"你手在流血。"

酒瓶碎片划的口子,虽不深,但血沿着手背蜿蜒出一道,粗血管似的,卓裕到车上拿纸巾随便擦了擦,止不住,又冒出血滴,他把纸巾丢到副驾索性不管了,这时手机一振,是林延。

"这笔款下周必须要到位,哥,你会帮我的吧。"

卓裕深呼吸,把手机抛去仪表台,"咚"的一声闷响如铁锤挥舞,扎扎实实砸在他心口。

天气预报不太准,周二温度不降反升,姜宛繁拉开窗帘,被突然涌进的光线刺了眼睛。她抬手遮挡,寻思着得换一件薄点的外套出门。

昨晚,她爸姜荣耀打来电话,说奶奶的身份证变更,商险那边也得跟着更新资料。奶奶的大病险是姜宛繁帮忙办的,老人家上了年纪,保不齐哪天有个病痛,耽误不得。

姜宛繁去店里把工作安排好,下午便开车去社保局办事。工作日人特别多,在地下停车场转了三圈都找不到车位,只能往外头开。出口是一段百来米的上坡,又窄又陡,转过弯,就见前边停了一辆白色现代,车主正在不停按喇叭,鸣笛刺耳,还伴随着难听的骂声:"你能不能快点推?没吃饭啊?干不动还出来做啥事!"

姜宛繁探头看了看,发现这辆白车前面是一个环卫工推着装垃圾的小斗车。

大爷至少六十往上，佝偻着背，上坡路本就吃力，小斗车里都是很重的装修废料，越急越推不动。

姜宛繁看不下去了，下车先去敲了敲白车的车窗，结果司机不为所动，还示威似的将喇叭声直接按响成一条直线。

姜宛繁扭头一瞅，才发现环卫大爷腿脚不利索，左脚使不上劲。她绕到白车正前方，隔着挡风玻璃，做了个停止的手势，白车司机四十来岁，胖脸大耳，嚼着槟榔视而不见。

姜宛繁无可奈何，抡起衣袖，小跑过去对大爷说："来，帮您一起。"

几块超厚的大铁皮压着，上坡纹丝不动，姜宛繁费了好大劲才让车往前挪了两下，车一动，她没收住力气，人也跟着往地上扑，还好她反应快，手掌撑着地面才不至于摔跤。大爷用身体挡着小斗车，不然姜宛繁真的会被车撞翻。

身后的白车更来劲了，嘲讽地鸣笛不停。

太过分了，搁谁都有脾气。姜宛繁站直身体，刚想找司机理论，发现一辆黑色G从出口慢慢驶下。

这不是谢宥笛的车吗？可姜宛繁视线一抬，看见下来的竟是卓裕。

他快而不乱地脱掉外套递给姜宛繁："帮忙拿会儿。"也没有过多的眼神交流，卷起袖子直接帮大爷推车，很轻易地就推去旁边不占道。大爷用外地乡音不停说谢谢，卓裕面如静湖地摆摆手，然后侧过头示意姜宛繁上他的车。

虽然不知道他要干什么，但姜宛繁下意识地照做。

卓裕把车重新启动，方向盘往左，一脚油门轰鸣，距离控制如精算师，竟直接将卡宴横在了那辆白车前。

车停稳后，卓裕轻裘缓带地开了瓶水喝。

白车司机探出脑袋叫骂："喂！你会不会开车啊！"

"不会。"卓裕言简意赅，下车就要走。

司机急了："你回来，回来！还讲不讲道理了？"

卓裕站定，神色从容，在他身上看不出半点恶意，不是有心报复，不是充当正义使者来维护世界和平，他就是明明白白地告诉你，我就是在搞你，既然谁横谁有理,那就来比比谁的理大。

今天也是巧,他没开车,谢宥笛闹肚子去了洗手间,已经在过来的路上了,不会妨碍太久。有些人就是贱,没半分同理心,活该收拾。

卓裕微微偏头,看向姜宛繁的眸色显而易见松了两分,温声道:"过来这边办事?"

"啊,对。"

"巧,我也是。"卓裕笑了笑,"一起?"

虽然想法不太纯善,但姜宛繁觉得这一刻就像还拿在手中的外套,被卓裕扔入怀中时扑了一鼻子的淡淡木调香,初闻沁心润肺,再品微醺带感。

这事过了一个礼拜,谢宥笛说起时还挺愤懑。

"你倒是英雄,维持住了你的良好形象,我一过去还不知道发生了啥,被那司机一顿骂。挪完自己的车还得去开小姜的车,卓裕你没心!"

卓裕问:"你和他对骂了?"

"没,斯文人不干土匪事。"谢宥笛一副"当代素质大学生"的正经表情,"我直接卸了他的车轱辘。"

卓裕笑了,继续看邮件。

"嘿,我以前怎么没发现你这么热心啊?"

"嗯。"卓裕轻飘飘地搭话,"你现在发现了。"

谢宥笛停住倒水的手,如同被点穴,还没理清个一二三,又听他说:"谢宥笛,你今天这身衣服还挺像样。"

被夸高兴!谢宥笛那点毛毛边的分叉心思瞬间没了影,喜滋滋地挺起胸膛:"难得被你表扬,我前女友下周结婚,我就穿这身去参加婚宴好了。"

上周那次降温,彻底把城市从夏天的尾巴里拽进秋天的臂弯,一场秋雨下得连绵不绝,柏油路被洗刷得雾蒙蒙的。

简胭进门处的灯被换成十几盏小橘灯,姜宛繁亲手做的,橘皮拢紧,里面放了个带电池的小灯泡,又缝了两片叶子上去,去繁从简还环保。暖晕晕的光亮

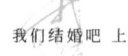

把店里的气氛点缀得温馨，几拨客人进来都眼前一亮。

不过吕旅的心情一般，趁倒水的间隙忍不住向姜宛繁吐槽："这客人有点奇怪，我跟她说先量体，根据尺寸再来提具体要求，但她就是不认可。"

姜宛繁能理解，那对年轻眷侣一小时前来店，俊男靓女很养眼，听口音应该是广州人，说是要定制一套中式婚服，准新娘太有自己的想法，大到款式小到纽扣的位置都精益求精。

吕旅说要不先量体，再帮她提一些专业建议，但这准新娘口若悬河，愣是没给吕旅再开口的机会。吕旅赔笑一小时，脸都僵了。最后，准新娘挺直腰杆，优雅地看了看时间，用粤语说："不好意思，我们还有事，改天再来找你喽。"

现在一想起，吕旅仍是后怕："来可以，可别找我。"

姜宛繁笑着拍拍她的肩膀，说："没事，下回我去接待。"

"师傅，我不是推责。"吕旅忙着解释。

"我知道。"姜宛繁假装严厉道，"真投诉过来就扣你奖金。"

吕旅十八岁跟着她学手艺，是明火执仗的性格，坦荡不憋事，但心是纯善的。

"我今天陪你加班呗。"吕旅眼睛溜溜地转。

"真加？"姜宛繁头也没抬地说，"行啊。"

吕旅"啧"了一声："师傅，我这是委婉呢。"

"我俩之间用不着委婉。"姜宛繁收拾线盒，五彩丝线分得有条不紊，"直接说要约会，我又不是不批假。"

吕旅神采奕奕道："谢谢师傅！我给你带礼物！"

恋爱的感觉真不一样，那种由内而外的精气神仿佛安了翅膀。望着吕旅跳跃的背影，姜宛繁停下手中动作，微顿几秒，心思岔出个小路口。

过两天有件礼服要交货，一改再改，定版晚，姜宛繁赶工期，每晚都在店里待到很晚。礼服大体成型，腰上一条鲤鱼尾的纹饰最考验功夫，姜宛繁换了很多种针法，总算在黎明将至时满意完工。

一宿的低头工作，脖颈都快僵了，她往后仰躺，缓了五分钟才站起身。天色蒙蒙亮，出店的时候冷空气裹得人直打战。

姜宛繁把包丢去副驾,忽然手一顿,有感知地抬起头——除了右前侧停着一辆白色阿尔法,晨间静谧依旧。

这个点路宽车少,她的速度也不快,转过两个红绿灯时,姜宛繁瞥了一眼倒车镜,然后忽然加速。绿灯就剩三秒,她算计好的,把那辆阿尔法甩在红灯亮起时。

她以为能避开,但没想到,那辆车加速又追赶上来,追到两车平行的位置,那车降下车窗,里面的人在叫她的名字。

姜宛繁不为所动,眉间透出不耐烦。对方不放弃,想超车拦住她的去路,姜宛繁慢踩刹车,然后猛地横打方向盘——

一阵细碎刺耳的金属摩擦声响起,她的车身摇晃半秒,终于飞驰离去。

晚七点,只有霓虹登场时,白天的阴沉浊云才稍微收敛,拖拖拉拉地给城市换上一件色彩亮堂些的外衣。

六安路上的一家汽修改装店灯如明珠,谢宥笛进来时,前台的学徒打招呼道:"笛哥好。"

谢宥笛扫了一圈,问:"人呢?"

"也哥在楼上吃饭呢。"学徒很懂事地汇报,"裕哥在小房间睡着呢。"

谢宥笛从盘子里拿了颗陈皮糖,皱着眉剥糖纸:"还没醒?"

"没呢,睡七八个小时了。"

卓裕昨晚应酬,还是为了兆林那笔贷款的事。被林延一搞砸,再把关系桥架起来太难了。酒水下肚就不是一两瓶能解决的,多少年没醉过,这回是真喝伤了。

谢宥笛刚想上去看看,就见卓裕踉跄着步子下楼。

"哟,醒了?"

卓裕摇头,黑衬衫睡得皱巴巴,腰部右侧翻出一截,还挺性感,就是整个人状态不够好,蔫中带可怜。

"都在楼上吃饭,吵得很,我下来睡。"

谢宥笛扶了一把他的胳膊:"看楼梯,别给我滚下去了。"

见他趴去沙发，拿外套盖住脸，谢宥笛才放心地上楼找符也玩。

卓裕翻了个身，掌心捂着胃，酒精烧得现在还隐隐不适。这个点不是客流高峰期，但他一下来，连着进来三五个人问事。

谢宥笛在上头开玩笑，说卓裕命中带财，供在店里得了。符也正在选色板，黑T恤绷得身材极好，左手臂的文身是绿枝图案，杨柳依依跟他的硬汉形象反差鲜明。

他头也没抬，言简意赅道："供一祖宗，我有病？"

推门声又起，卓裕蹙眉很不耐烦，看都懒得看，直接指向二楼，意思是老板在上面。

"你好，请问……"

听见声音，卓裕鲤鱼打挺似的猛地坐起。这突如其来的动静把姜宛繁吓了一跳，她连退两步，看清人后甚感意外："哎，这、这店是你开的？"

卓裕笑着坐直了些："我倒真想。"又问，"怎么了？"

姜宛繁不太好意思地挠了挠鼻尖："修车。"

卓裕盯了她两秒，起身时有意识地理了理褶皱的衬衫，说："坐，我帮你叫人。"

看到车才知道撞得这么严重，右边大灯全毁，保险杠也歪了，车头凹下去两拳头深。卓裕皱眉问："你人没受伤？"

谢宥笛更夸张，索性围着她转了一圈："还行，暂时没发现外伤。"

姜宛繁神色倒是轻松："我没事，车有事。"

"怎么撞的？"

"倒车时没注意，磕水泥墩子上了。"

卓裕的目光带着审视，没拆穿她。他开了这么多年车，基本判断还是有的。

姜宛繁微微叹气道："我下个月要出差，4S店修不了那么快。这边修好大约要多久？"

符也埋头检查，一本正经道："应该不会比4S店快。"

姜宛繁面露难色，第一时间望向卓裕。

卓裕拍了一下符也的肩膀，示意借一步说话。

"这几天就帮人修好,你什么能耐我清楚,再难的配件你也有法子。"卓裕开门见山,毫不废话。

符也倚着桌沿,态度吊儿郎当的:"行啊,钱给够,明天就修好。"

卓裕微微眯眼。

"你别用这眼神看我,我害怕。"符也故意挑事,"她又不是你什么人,犯不着。除非你说是你的谁,那我一毛钱不收,还送她终身免费保养。"

卓裕站在顶灯正下方,白烈烈的光从头兜到脚,脸上的神情一览无遗。他没躲也没掩饰,情绪流露里,最明显的东西不言而喻。

几秒后,他点头道:"钱你照收,随便开价。"

符也挑眉。

沟通好提车时间,办好手续,姜宛繁还有点没回过神,拿着单子看了又看,这也太优惠了吧?

走的时候,姜宛繁又折返,从包里拿了只小香梨递给卓裕,卓裕看着她。

"你昨晚没休息好?"姜宛繁说,"吃个梨醒神。"

她伸过来的手细且白,露出一小截薄绒衫袖口,颜色好看,像清爽微甜的燕麦奶茶。卓裕没接,朝谢宥笛的方向努努下巴:"他爱吃梨。"

姜宛繁笑着点点头,把梨搁在桌面上。

卓裕又问了一遍:"你人没受伤?"

姜宛繁偏了偏头,说:"真没。"

卓裕想起她的夜盲症,以为跟这有关,道:"以后晚上出去打车,打不着的话,叫谢宥笛送。"顿了两秒,又道,"叫我也行。"

这之后,谢宥笛看卓裕的眼神就有点不对劲了,先是投石问路,再是跃跃欲试,接着苦大仇深,最后终于憋不住了——

"你,出来。"

卓裕入定般把半支烟抽完,才不疾不徐地跟过去。

外边风大,吹得地上的梧桐叶翻滚循环,道路像一匹泛金光的绸缎。谢宥

笛眼睛不眨地盯着他，跟监考老师抓作弊学生似的，非要揪出个蛛丝马迹。

卓裕懒散地靠着墙，像被教导主任提审的问题少年。

谢宥笛幽幽地问："你看上她了？"

"谁？话说清楚。"卓裕语调很慢，似笑非笑地回。

态度挺嚣张啊，在这儿强装镇定。谢宥笛清了清嗓子："我才知道你有她微信，这微信怎么来的？不就是诓我说你姨妈要买东西吗？哥几个叫你出来吃喝玩乐你从不买账，但上回吃宵夜，你巴巴地赶来还非要挨着她坐。就上回，拐弯抹角地向我打听她的事，问完爸妈问她有没有男朋友。咋的，有男朋友你还想撬墙脚不成？"顿了顿，谢宥笛喃喃自语道，"嗯，是你会干的事。"

卓裕单手斜插西裤口袋，姿势没变，眼睛里装着平静从容，此时此刻，他倒像个监考老师，说："你继续。"

"不承认是吧？行。"谢宥笛觉得细枝末节在这一刹那全部有迹可循，"你是没瞧见刚才你关心她受没受伤的表情，跟老父亲似的。修车时的订单是两份，给她的那份都没成本价，给你的那份才是货真价实，你把钱转给符也，我听到他支付宝到账的声音了！对了，社保局那次，你帮她撑腰堵人家车……哎？你俩怎么每次一块儿，都跟车有关？还有走的时候她给你梨，你不要，你平时最喜欢吃梨了，这回为什么不要？啊，你说啊。"

卓裕点点头："你公布答案。"

"因为你不想跟她'分梨'，八字还没一撇呢就这么迷信，肉不肉麻啊？"谢宥笛打了个激灵，摸了摸胳膊肘，笃定道，"哑巴了不说话？想好解释的说辞了吗？告诉你，没用。承认吧，你就是喜欢姜宛繁！"

夜风萧瑟，伴着不知哪里飘来的毛毛雨扑在脸上。隔着绿化带的马路鸣笛阵阵，商厦大楼的广告牌变换灯光，淡蓝光影薄薄地摊开在卓裕的眼角眉梢。

"谢宥笛。"

"干吗？"

卓裕淡声道："你怎么才发现？"

 第2章

心动与追求

承认得这么爽快,谢宥笛反倒说不出话来,眼神一会儿冒火一会儿发凉,最后像扛了千斤麻袋般沉甸甸的。

卓裕说:"你别这样看我。"

"滚一边去,谁想看你。"谢宥笛不耐烦地别开脸,默了两秒,又将脸转回来,"我拿你当哥们儿,才跟你说实话。"

卓裕示意他继续。

谢宥笛:"你到底是不是认真的?如果只是嘴上说说,那当我没说。"

"我这几年一直循规蹈矩,怎么就留下不负责的渣男印象了?"卓裕调侃,眼里的笑意像松散的蒲公英,"我也没对不起过谁吧?"

"你以为我担心小姜?"谢宥笛冷哼一声,一副看傻子的神情,"我是怕你出不来。"

后来这些天,卓裕一闲下来,脑子里就跟复读机似的重播谢宥笛当时的话。

"你可能不太了解姜宛繁这个人,她家祖辈都是做刺绣的,在业内就是响当

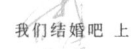

当的标杆。不靠家里的名号，光她自己那间工作室出的东西，你去了解一下，就知道是什么行情。

"条件这么优越的姑娘怎么会没有人追？但我认识她这么久，真没见过她答应谁。这证明什么？俗一点是眼界高，有事业心，瞧不上凡夫俗子。敞开讲，就是她精神独立，灵魂充沛，拎得清，看得开。别到最后，你是陷入爱河不可自拔，她却云淡风轻地站在岸边看你扑腾。"谢宥笛想想都郁闷，"尴尬不死你。"

小谢少爷说得真诚且在理，卓裕失眠到四点，在书房抽了半宿烟，十分认可他的金玉良言。

于是第二天起，他带卓怡晓去简朐的次数与日俱增。

姜宛繁忙，卓怡晓跟吕旅聊得来，吕旅就带她看色板，看构图，看各种丝线和针法。

吕旅拐弯抹角地问："大学生课很少吗？"

"不少，可多了。"卓怡晓一脸愁容，欲言又止。

吕旅的眼珠滴溜溜地转，转到休息区的某人身上，说："你哥真好，每次都陪你一起来哦。"

回学校的路上，卓怡晓忍无可忍道："哥，我以后就不来了吧，作业早交了，老师很满意，我的分是最高的。"

红灯时，卓裕看了妹妹好几眼，眼神欲盖弥彰。

"有事没事总这么打扰别人，可太像一块牛皮糖了，得少干。"卓怡晓喃喃自语，总结到位。

卓裕忍俊不禁道："好。"

卓怡晓不去，他也没有正当理由总往店里跑了，这妹妹啊，愁人。

周三下午，卓悯敏让他过去吃晚饭。到的时候，一桌子菜跟过年似的，卓悯敏端着鸡汤从厨房出来，心情很好地说："来了啊，尝尝这汤，半夜我就熬上了。"

林以璐冷不丁地说："待遇就是不一样呵。"

林延搞砸的贷款，他给解决了，款项早上到账，中午就吃到了卓悯敏亲自做的菜。

"少给我搁这儿阴阳怪气。"卓悯敏嗔她一眼,"我做得还少吗?"

林以璐刚想开口,畏缩于她妈的警告,讪讪闭了嘴。

卓裕的笑意始终礼貌疏淡,没事人似的。

2016年,他进兆林的那一年,对卓悯敏是真心感激与敬爱,加上父亲的事,他对这个姑姑一直心存愧疚,心想既然亏欠在先,这一辈子为兆林干活,干就干吧。后来有一回,他喝多了睡在林家,半夜口渴醒来找水喝,无意间听到了卓悯敏和林延聊天。

"你以为我愿意费那个心思给他做饭?还不是因为你。你但凡争点气,有你表哥一半强,我用得着笼络他?"卓悯敏的妃色指甲红得刺目,声音像尖锐的雪粒刮打着耳膜,"心里没点数啊,兆林如果没有你表哥,早就被你败完了。我不吊着他,你能开跑车?能住这别墅?能找小明星当女朋友?"

卓裕这才明白,姑姑做的不是菜,而是赏赐与恩典。

这些年,卓悯敏一向如此。而把戏演好,成全这一团和气,也成了卓裕得心应手的例行公事。

饭桌上,卓悯敏看似关切,实则高高在上的姿态一直没变,林延吹嘘炫耀的毛病改不掉,林以璐一个劲地刷手机网购。姑父林久徐稍好一点,还能和他扯几句公司的事。

窗户没关,灌进来的风吹得卓裕心躁、不爽快。他放下茶杯,打断姑父的侃侃而谈:"还有事,我先走了。"

卓裕能感受到卓悯敏的不悦与不满,但他没回头。

七点不到的海汇路,路灯今晚格外亮,一盏接一盏像串起来的珍珠。卓裕没目的地开着车,开着开着就到了这儿。

卓裕自个儿都愣了一下,行吧,来都来了,去隔壁买杯咖啡也行。正巧前边有个车位,他将车开进去,刚停稳,后座的门被拉开,坐上来一个人。

"手机尾号0433。"

卓裕转过头,姜宛繁抬起头,两人都有点蒙。

姜宛繁深呼一口气,明白闹乌龙了。

晚上她是不开车的,坐地铁或者叫网约车。刚才吕旅帮她约好车,车牌发到她微信上,她可能看岔了,又正好瞧见这车闪着灯,想也没想就坐了上来。

解释的时候,卓裕神色是平静耐心的,眼睛也一点一点向下弯。

"对不起啊。"姜宛繁拿起包,"我现在下车。"

"咔嗒"一声轻响,车门落锁。卓裕问:"去哪儿?送你。"

姜宛繁没吱声。

他侧过头,自然而然地叮嘱:"系好安全带。"

姜宛繁没法拒绝,说回四季云顶。

怎么走,哪个路口怎么拐,卓裕甚至都不用她提醒。

"你经常走这边?"姜宛繁有一搭没一搭地跟他聊天。

"不经常。"卓裕说,"这边路好记。"

"你是过来办事吗?"她又问。

说是或者不是都不对,卓裕含糊地"嗯"了一声,问:"你每天都加班到这么晚?"

"没有。"姜宛繁如实说,"多数时候会更晚。"

卓裕打着方向盘,边看倒车镜边问:"这么忙?你这长时间低头作业,颈椎受得了?"

"习惯了。"姜宛繁下意识地揉了揉脖颈,"成职业病了,一听你提起,我就觉得它隐隐作痛,这叫条件反射吧。"

"不是条件反射。"卓裕客观地纠正,"它是真的疼。"

姜宛繁挺无奈的:"那也只能委屈它了。"

"哪天积成大毛病,最后受累的还是你自己。"

这话一出口,车内的气氛趋向一个微妙地带。一个男人能如此耐心地陪聊这种话题,怎么着都有些惹人遐想。

"我这里有个盲人师傅,推拿针灸做得很不错,你有空可以去试试。"卓裕把这一切铺垫得行云流水,明晃晃的"好意"变成若隐若现的"心意"。

安静了两秒,姜宛繁道:"我刚观察了你一会儿,颈椎三四节应该有轻微膨突,但不是很严重,可以去拍个片子。平时多练练颈肩肌肉群,这样穿衣服肩型也会更好看。"

气定神闲的样子,俨然一个肩颈专家,有点将他一军的意思。

卓裕没卡壳,顺理成章地问:"那正好,盲人师傅那儿我们结个伴一起去——你哪天有空?"

姜宛繁愣了愣,没忍住,笑着说:"最近都没空,得在店里。"

"那正好。"卓裕从善如流,"我来你这儿订件衣服,明天?"

两人的眼睛于后视镜里隔空相接,似胶水隐隐往上泼,谁也没先挪开。

"好。"

阴雨转晴,这一轮的降温天结束。天空蓝得放肆,太阳隐在云里,阳光不刺目,烘得世界像个低温小烤箱。这才是秋高气爽该有的标准模板。

八点多,姜宛繁开车带着吕旅去店里,吕旅吸着牛奶嘴都不停,说昨晚微博热搜,一演员被曝早已结婚生子。

姜宛繁听了半天,仍然懵懵懂懂:"她演过什么戏啊?"

吕旅报了几部,姜宛繁在脑海里努力搜刮,摇摇头。

"哎?"吕旅指了指前边,"是他啊。"

卓裕站在简朐门口,白衬衫服帖,腰间是没有logo和花纹的哑光皮带。他这一身清爽笔挺,站在阳光下真是应了那句话:腰以下全是腿。

吕旅感叹:"我要是女明星,想让我隐婚生子,对象至少得长这个水平才能考虑。"

姜宛繁无语极了。

"裕总早呀!"吕旅热情招手,"您这也太早了吧?"

卓裕对她身后的人抬抬下巴,说:"你师傅忙,不来早点,这一天就别想约到她了。"

吕旅竖起大拇指,一副"你好懂"的表情。姜宛繁倒没什么反应,某种意义上,这确实是实话。

没有多余的寒暄，进店后按流程进行。衣服风格、款式、长度、颜色、立领平领、衣扣纹路、拉链材质……姜宛繁问得事无巨细。

不知道为什么，卓裕有种莫名的压迫感——是来自她身上的专业，一字一句不疾不徐，时不时地用木尺比画丈量。姜宛繁声音是温和且缓慢的，听要求时，眉眼沉下去，审视着，思考着，到最后，再客观地给出自己的建议。

"出席会议或者酒宴，室内温度不会低，马甲的作用低于衬衫。开会久坐，容易勒。待会儿让吕旅拿几种里衬布料给你选，外套的话……"姜宛繁忽地抬起头，目光悉数落在卓裕的脸上。

她的眼神专注、细腻，像一张渔网，漏下绵绵的湖水，让鱼甘愿困顿其中。

卓裕的呼吸变慢，肺腑中擦出隐隐的火星。他在这微弱的火光里生出一种错觉，这辈子，能被这样的目光拥抱，是多奢侈的事。

再开口，他的声音有点哑："外套怎么了？"

"做成戗驳领双扣，大众，稍显普通，但胜在视觉效果轻盈，百搭，不出错。"姜宛繁平铺直叙道，"竖领更特别，但也更考验基础条件，对五官、气质、体态及身材比例……"

姜宛繁点到即止，视线将他从头扫到脚，遗憾且委婉地收了声。

卓裕心想，你直接报我名字好了。

下一秒，软尺忽然围住卓裕的腰，淡淡的香袭入鼻间，瞬间征服他的肺腑。姜宛繁的声音如外面的好天气："胸围113.1，腰围77.7，臀围115.8……嗯，身材真好。"

从她开始量体裁衣那一刻起，说的任何话都是令人信服的。这种带着专业感的称赞，像一把刻度尺，九分谈的是正事，但又留了一分余地自行想象。

卓裕是想象不出什么花来，但笑脸就没停过。

姜宛繁把本和尺交给吕旅，就去忙别的了。吕旅瞄了瞄数据，又瞅了瞅卓裕的三围，倒是一脸风平浪静。

煮的第一壶花茶很好喝，小学徒给卓裕倒了一杯，卓裕的唇还没碰着杯口，就听吕旅开口道："你喜欢我师傅。"

卓裕转过头，神色倒也坦然，和她对视两秒，笑着问："那我有戏吗？"

冰雨一样的两个字无情砸向他的脸——

"没有。"

卓裕当然要刨根问底，但吕旅总是灵活地岔开话题，僵持间隙，旁边顾客刷短视频的声音频频："公子春衫桂水香，远冲飞雪过书堂——揭秘新生代传承人晏修诚……"

卓裕主动破冰："这位的知名度很高。"

本以为有了同行业的谈资总不会冷场，但吕旅的脸色一下子紧绷，小钢炮似的撂话："我师傅不谈恋爱的。除了她爸，她不需要男人，你就当她喜欢女人吧。"

过了这么多天，卓裕一想起吕旅当时的回答，仍是头疼。

当然，头疼的不只是他。

姜宛繁最近也心力交瘁。上次从广州来的那对年轻夫妻再次登店，这回更挑剔，直接点名要跟姜宛繁聊。

聊就聊吧，那女的却拿了几份自己打印的嫁衣样式给她，说："我都编了号，你就照着做吧。1号的衣领我喜欢，颜色我就要3号这种感觉的，还有裙摆……"

姜宛繁始终耐心，听完才笑着说："不好意思，这个我们做不了。"

女人见怪不怪，板直着背，语调轻扬："钱的事好商量。我知道你档期满，这样，我加一倍。"

"您加十倍都不行。"

这事还有后续，据吕旅说，姜宛繁去忙后，那女的坐在沙发上挺生气，逮着手里的爱马仕一直揪，她丈夫在旁边劝，态度忍让，语气也平和，最重的一句话就是："你这样不太礼貌。"

那女的一下子就炸了："闭嘴！再说话就给我买十个包！"

本以为会吵一架呢，哪知那女的最后加码道："没事，下次我出二十倍。"

她丈夫那张帅脸顿时五彩斑斓。

一天下来，姜宛繁累得半死，没力气回四季云顶，直接在店里歇着。她爸的电话见缝插针，腰还没坐直就打了过来。

姜荣耀同志声情并茂地给她说了一件匪夷所思的事："家附近有一个人够离谱的，翻墙进了镇人民医院的住院楼。夜黑风高，雷雨交加，你猜她要做什么？"

　　姜宛繁心不在焉地陪聊："偷氧气瓶？"

　　"不！"姜荣耀猛地大声，遂又压低声音，"再猜。"

　　"爸爸，我今天好辛苦，不想猜了，就想听您说会儿话。"姜宛繁四仰八叉地躺在床上，拿手背盖住眼睛。

　　姜荣耀的语气总算正常了："她翻窗户进去病房摆拍，拍自己虚弱住院的照片，然后准备发朋友圈，后来被巡逻保安也就是你二叔抓住了，事不大，很尴尬。"

　　姜宛繁猛地坐起，皱眉问："不会是我奶奶吧？"

　　"嗯，也是我的妈。"姜荣耀说，"她想让你相信她病得很严重，需要冲冲喜。"

　　祁霜女士真乃周伯通转世，岁数渐长，思维也越发离奇。但姜宛繁能理解，老人家嘛，总得找些事情打发时光。

　　吕旅半小时前给她发来一长段星象解说："天秤座今晚0点起正式进入水逆，诸事不宜，建议朝南睡，可缓解太阳宫遮月。师傅，你最近要注意哦。"

　　哪知一语成谶，第二天，姜宛繁又加了个晚班，本来排在周六交货的单，她咬咬牙赶了出来。

　　都什么点了，饭都没吃上一口，吕旅抱怨道："要都这样说自己有急事，这生意就不用做了。"

　　姜宛繁弓着背，借着光线给丝线收尾，针放下去，她维持着姿势没有动，颈椎胀，肩膀这一片都麻了。

　　吕旅可心疼了："我给你揉揉。"

　　这时店门被推开，姜宛繁还低头揉着脖颈，吕旅先看清的人，脸色一下子就变了，防备性地往姜宛繁前边站了站，没好气道："我们下班了，请出去。"

　　晏修诚的声音一如当年般清澈，字正腔圆的播音腔。身材挺拔，整个人像一张无懈可击的面具。他看向姜宛繁，熟稔如老朋友："我给你带了膏药贴，很好用，你试试。"

　　姜宛繁转向他，目光冷淡，没有丁点情绪波澜。

吕旅登时发飙："谁要用你的破膏药，听不懂好赖话是吧？请你出去！"

晏修诚熟视无睹，目光定在姜宛繁身上："这么多年不见，宛繁，我们聊聊。"

姜宛繁带着审视与思考，接招对方全部的跃跃欲试。空气是文火慢炖的汤药，隐隐沸腾。

姜宛繁看向他："我真的很好奇，你怎么还有脸来找我？"

这话重，并且尖锐，本以为他会落荒而逃，但等两人一小时后忙完出来，晏修诚风度翩翩地倚在宝马车边，秋霜露重，俨然一位失意深情种。

吕旅捋起袖子，火冒三丈："没完没了了！"

姜宛繁扯住她："走吧。"

吕旅看了看手机，气得她都没心思找网约车。

晏修诚迎上前，刚拦住姜宛繁的去路，路边两声短促鸣笛，然后一道熟悉的声音传来："手机尾号0482，你们约的车在这儿呢。"半降车窗里，卓裕看着她们，"上车。"

姜宛繁反应快，拉着还发愣的吕旅上了车。

门关，落锁，卓裕神色瞬收，目光蜻蜓点水般看向晏修诚。

"裕总，你怎么在这边？这么巧的吗？你巧合地等了多久啊？"吕旅挺有水平的三连问，问得卓裕有点招架不住。

他笑道："等八百年了，成精了都。"

吕旅嬉笑道："师傅，你去摸摸，看他长出尾巴了没。"

卓裕答得挺正经："尾巴也要做件衣服。"

多大的人了，聊天这么幼稚。姜宛繁虽没搭腔，但心里那点不快消得无踪无影。

车内气氛维持着很好的平衡，谁都不提刚才发生了什么，抵达四季云顶，几人也是客气地说拜拜。

卓裕开车走了，但没走远，算了算时间，绕着楼盘溜达了两圈，再回下车的地方，果然见吕旅优哉地等在那儿。

"谢谢你刚才救急，走吧裕总，请你喝酒呗。"

卓裕很上道:"行,你请客,我买单。"

小酒吧没多远,吕旅的男朋友早就在那儿点好酒了。

吕旅笑嘻嘻地介绍:"这是我男朋友陶陶。"

卓裕调侃:"我刚不是还帮了你们吗?伤害值这么大啊。"

"抱歉抱歉,您且忍忍。"

卓裕也是直截了当的性子,待酒上来后,敞开问:"你师傅那儿,我真的没机会?"

吕旅才喝半杯,脸就红了,说:"不骗你,真没有。"

"她有现男友,还是忘不掉前男友?"卓裕循序渐进。

吕旅摇摇头,都不算吧。

卓裕的心像被针尖挑起了一撮肉,笑着试探:"要不我去整个容?"

一旁的陶陶先急起来了:"不用不用,裕总,从男人的审美来讲,您也是天花板。"

卓裕懒懒地靠着椅背,谈笑风生的模样是真坦然。

安静好久的吕旅忽然闷闷开口:"下次可以少提,哦不,最好能永远别提晏修诚吗?"

卓裕愣了愣,回想起来,这时间线绕得真远,他还是几天前提的这人。

吕旅将杯底的红酒一口喝完,打了个酒嗝道:"道貌岸然的狗男人,连渣男都配不上,就应该去蹲大牢。"

气氛像落地的滑翔伞,伞翼软软垂收,轻悦的萨克斯音乐也如干烈的过耳风。吕旅有吐槽的欲望,但还是有分寸的,毕竟这是姜宛繁的私事。

晏修诚和姜宛繁是大学同学,彼时的晏修诚给人的感觉是老实,性格自卑,沉默寡言,无论是学业还是生活,存在感都低。

要说逆风翻盘这个表述,谁都没想过会在他身上实现。如今他功成名就,再忆苦思甜时,苦难也成了媒体热衷追捧的励志谈资。

"你看他接受采访那装腔作势的样儿,还传承第一人,呸,他也配?"酒劲不壮胆,但能逼出心里话,吕旅的眼睛和脸一样红,"他怎么成名的,他自己最清楚。

宛繁姐对他那么好,他干的那叫人事吗?"

陶陶一下一下安抚她的背:"好了,好了。"

吕旅又打了个酒嗝,杯子早被陶陶藏了起来,她直接捧起酒瓶就喝,猛一大口,辣得狂咳。

卓裕递去矿泉水,陶陶拧着瓶盖,着急得手都在抖。吕旅变脸快,笑嘻嘻地一把推开他:"我没事,真没事。裕总,你上回订的那套衣服,可能要久一点点哦,别催宛繁姐,她最近累惨了,脖子都快断了。"

卓裕笑了笑:"好。"

吕旅点点头:"嗯,反正你也不是真的想订衣服。"

"裕总别介意啊,我女朋友心直口快。"陶陶流汗,人家不要面子的啊?

卓裕跟陶陶碰了碰杯:"实话实说是好事。"

得,看出来了,这大哥恨不得有人替他昭告天下。

吕旅撑着下巴,目光又亮又敏锐:"现在你是不是该知难而退了?"

卓裕神色淡然:"退不退不是我该考虑的事,她现在过不去的坎,不管是不是我,以后一定会有那么一个人带她翻新篇。"

吕旅有意无意地摩挲酒瓶,保持着低头的姿势默默不变。卓裕起身,借口去洗手间,其实是去车里拿东西。

等他回来,吕旅抬起头,惊讶道:"给我的?"

"给你的。"卓裕把椅子抽出来,坐下喝了口柠檬水,"卓怡晓托我带给你的。"

里面是限量版的巴斯光年手办,特别难买。吕旅一下子清醒了,激动地喊道:"绝了!"

陶陶摸摸脑袋:"卓怡晓是谁?"

"我妹妹。"卓裕答得云淡风轻,"她送的。"

吕旅其实心里门儿清:"裕总好意,我心领啦!"

卓裕又把右边的纸袋拿给陶陶。

"我也有?"

"打开看看。"

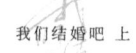

陶陶震惊了，竟是一台最新的游戏机。

吕旅微眯起眼睛："裕总，拿人手短，吃人嘴软哦。"

卓裕早就不打算藏着心思，所以用不着故弄玄虚，也不用刻意让人遐想。他光明正大地拉帮结派，倒让人无可指责。

"我想追你师傅，这事真没戏？"卓裕眼角扬着淡淡笑意，再次问。

吕旅眼珠转了转，没吱声。

卓裕不强求，退而求其次道："那她是不是讨厌我？"

"应该不讨厌。"吕旅认真回忆着，语气幽幽，"那天给你量完尺寸，闲聊时，宛繁姐提到你了。"

"她说什么？"

吕旅没马上回答，拿起刚倒的清酒馋馋地喝了两口。

等待间隙，卓裕下意识地挺直背，衬衫贴着皮肤，渗出微凉的汗。

"她说，你屁股挺翘。"

吕旅这话有点意思，可能说的只是字面内容，但确实足够让人多想。

比如，卓裕洗澡时，衣服脱到一半，就会下意识地看向镜子。他家浴室的全身镜是定制的，暗绿色的金属窄框，低调且有格调。卓裕看着镜子里的自己，目光下意识地停留在某个部位。

翘？

好像是还可以。

再次见到晏修诚，是在两天后。

兆林重点推的国风系列着手实施，这是与首席设计师第一次洽谈交流。其实合同早就签了，但为了宣传效果，林延特意安排了一场签约直播，并且买了微博热搜。

卓裕对此不置可否。这操作很符合林延一贯的风格，说好听点是八面来风，但在卓裕看来，这小子很不务实。

林久徐西装笔挺，和林延早早等在会客室，期间让人来叫了几次卓裕，心情之急可见一斑。

卓裕和人正在谈事，总这么被打断也不耐烦。

周正看他放下资料，忍不住道："具象化的工作全是你在推进，信不信我现在问他面料采选的国标，他一定说不出来。"

作为部下，周正这话本不应该，是抱怨，但也是事实，更是替卓裕不值。在他眼里，林延能做好的就两件事——

给卓裕制造困难。

让卓裕解决困难。

"你少说两句。"卓裕后仰，掐了掐眉心，"门没关严。"

周正默声，不让他为难，就事论事地谈起公事："这首席设计师的费用可不低啊，林董就没把把关？"

桌上摆着晏修诚的资料及签约合同，设计费用确实夸张。

"财务上的事不经我手。"卓裕声音平平。

"贷款批不下来的时候，就知道找你。"周正语气不服。

卓裕安静片刻，笑了笑："这么多年，不也过来了？"

他的视线落向晏修诚的资料，周正说："他还是有两把刷子的，早些年名不见经传，后来参加比赛，拿了第一，慢慢就出来了。"

晏修诚的履历确实一飞冲天，卓裕虽不是一开始就涉足服装业，但这么多年将套路也摸得差不多——找个各方面资质不差的设计师，精心包装，再拿几个奖镀镀金，就成完美精英了。

从去年开始，晏修诚频频登发媒体，如果不出意外，应该很快就能在一些综艺节目里看到他活跃的身影。

卓裕不是冷情，不是偏见，而是明白手艺人需要沉得住气，务实，埋头修炼。这不，身边就有个正面对比吗？像姜家这种世家，姜宛繁自带光环，不需要包装滤镜，但她依旧兢兢业业，每天窝在店里，绣得脖颈都快断掉了。

敲门声起，秘书又来了："裕总，人已经到楼下了。"

晏修诚从电梯走出来时，林久徐和林延父子俩殷勤寒暄，卓裕故意站在人群后。

客观来说，晏修诚确实出众，衣架子身材，面容文气俊朗，没有那种刻意的营造，气质很令人舒适。卓裕本是不在意的，那晚听吕旅谈及晏修诚和姜宛繁的事，他想顶多也就是年轻时的小姜眼光不太行，但今天这么一细看，他忽然就有点不舒坦了。

林久徐找了一圈不见人，问："卓裕呢？待会儿一起陪晏老师用午餐。"

秘书为难道："裕总已经走了。"

林久徐不满道："他怎么没跟我打招呼？"

"我打电话叫他过来。"林延自告奋勇，当着面支起少当家的派头。

结果，卓裕回答得直截了当：不来。

原因？

不想就是不想。

林延挂不住脸，低吼道："别忘了你的身份！"

安静数秒，卓裕忽然一笑，情绪不着痕迹，不疾不徐地问："我什么身份，嗯？"

一字一字冷而锐利，像尖刀慢动作地剔肉。林延面红耳赤，心虚且害怕地挂断电话。

光亮一层层地减弱，灿灿余晖终于谢幕，卓裕依旧在办公室里。周正给他送烟进来，忍不住皱眉："裕总，少抽点。"

卓裕含糊应了一声，找不着打火机，他弓腰拉开抽屉，最下边那一层是一些不常用的小物件，卓裕顺手一翻，压在书下的一个橡木框赫然入眼。

卓裕顿住，照片里白雪皑皑，他穿着蓝白相间的滑雪服，墨镜泛着淡淡雪光，掌心压着雪橇，人景如一，鲜活依旧。

"裕总，打火机。"周正返回来，找了一只新的递给他。

卓裕回神，没什么表情地将相框压去最底层，然后合上抽屉，把烟丢还给周正："嗓子疼，不抽了。"

手机响起，是一个本地的陌生号码。卓裕接了，没想到是吕旅的男朋友。

陶陶兴致高涨地发出邀请："裕总，一起来吃烤鸭呗！"

这元气满满的劲头，瞬间驱散上一秒的沉闷，卓裕松了口气："好，我来。"

烤鸭是陶陶从北京带回来的，口感确实不错。卓裕环视一圈道："难得你有闲下来的时候。"

吕旅吃完半口面皮，拭了拭嘴："我还好，主要是宛繁姐，她这半个月都没好好休息，几个晚上都是直接睡在店里的。"

卓裕早就想问了："她人呢？"

"去中医院了，颈椎疼。"吕旅看了看时间，"差不多要回来了。"

卓裕忽然觉得手里的烤鸭不香了，随手放在一边，问道："她总这么疼，受得了？"

"那肯定受不了。"吕旅侧过头，对陶陶说，"你帮忙把宛繁姐的那一份放微波炉里加热一下。"

陶陶被支开，屁颠屁颠地去了茶水间。

吕旅可机灵，笑眯眯地继续道："想问什么，尽管问。"

卓裕笑着微微后仰，闲适地靠着椅背："我能理解为，你这位把关员，对我的印象还可以吗？"

"您可真够直接的。"吕旅顿了一下，一语双关，"还行吧。"

卓裕顺着话问："所以，她喜欢直接的方式？"

吕旅发现了，这人的文字陷阱够多的。她坐直了些，清了清嗓子，把关员的架势端得正正的，问："裕总，你为什么喜欢我师傅？"

卓裕好一会儿没吱声，表情深凝，目光也淡，像跳入某个回忆圈，挑拣着足以佐证的细枝末节。他忽然笑了笑，坦诚道："一见钟情，你说她会信吗？"

"你咋不问我信吗？"

"我喜欢的是她，别人信与不信不重要，她信才作数。"

"我不是别人。"吕旅解释道，"我是师傅的腿部挂件。"

卓裕纠正道："稽查员。"

"那是，这些年追我师傅的可多了，瞧见我这双眼睛没？"吕旅两根手指对着脸屈了屈,"炼丹炉里淬过的,看人一看一个准。"

卓裕作势拍了拍胸口:"有点紧张。"

"紧张啊?那就知难而退,不用受罪啦。"

"退不了。"卓裕笑着说,"我这人就喜欢迎难而上。"

吕旅的眼睛滴溜溜地转,好奇地问:"你打算怎么追啊?你先说说计划,我帮你参考一下。"

卓裕认真想了一番,说:"送花?"

"可。但你记住,宛繁姐不喜欢红玫瑰。"

"再多到她眼前刷刷脸。"卓裕笑道,"够明显吗?"

"行。但宛繁姐工作的时候你千万别打扰。你看她平日好性情,发起脾气也是较真的。"吕旅提醒得够温馨,"还有,知道追我师傅的男生为什么不成功吗?"

卓裕:"不够死皮赖脸。"

吕旅本来想说是太烦人了,不过换个角度想想,没准他这样的,还真能误打误撞。吕旅掂量一番,怕他误会,说:"那个,宛繁姐不是清高,也不是瞧不起人,更不是想找个多有钱有权的男朋友,她纯粹、纯粹是……"

卓裕轻轻"嗯"了一声:"我知道。"

"啊?"吕旅愣住。

"心不在这种事上,还没遇见能让她上心的人。"卓裕声音沉,一字字如清风灌耳,"这样很好,对别人负责,对自己负责。是个多好的人。"

吕旅吸了吸鼻子,眼角耷拉下来:"被你说的,我都感动了。"

言归正传,卓裕还真有一套追人的安排:"下周有部电影首映礼,我拿了两张票,你找个理由送给她。"

"我懂我懂,假装偶遇。"

卓裕神色微妙,这话说开了,怎么有点中二少年的气质?

卓裕:"我再名正言顺地约她吃个饭,提高一下存在感。每天往这里送送花,她那么聪明的一个人,应该就明白了。"

"如果我师傅拒绝呢?"

"那我每天送两束。"

卓裕说得半真半假,眼角眉梢浅扬,有一种拿捏得刚刚好的风流感,不会让人觉得轻浮,只想感叹哪怕不喜欢,但这么一副好皮囊,天天看着也是赏心悦目的。

吕旅摆正脸色,义正词严地问:"你不是只想玩玩吧?"

卓裕笑意疏淡:"我玩不起,也没想玩,我是认真的。"

吕旅鼓了鼓腮帮:"哦,你直接表白吧。"

"那也太直接了。"卓裕调侃道,"总得准备准备,改天再表白。"

忽然,钥匙落地的声音从门口传来,没关严实的门悠悠打开,门缝一点一点敞宽,姜宛繁就站在那儿,目如清辉,遥遥注目。

卓裕被这目光看得脑子如同冰镇一般。

几秒的沉默后,姜宛繁轻咳一声:"那个,我先回避一下,当我什么都没听到。"她转过身,钥匙忘了捡,再转回来时,叹了口气,再次望向卓裕,比他还直接——

"别改天了,要不就现在?"

吕旅张大嘴巴,被这两人的对手戏整呆滞了。

卓裕和姜宛繁的视线颤在一起,彼此试探,审看,拉扯,对抗,较劲。

"可以不挑时间,但是我怕你把我赶出去。"卓裕低声笑起来,问道,"你能不赶我走吗?"

姜宛繁弯唇的弧度极浅:"我家是做生意的,从来不赶客。"

卓裕抬头,重新看着姜宛繁的眼睛,他的目光像一把拉到极限的弓。

"我不是跟你做生意,是喜欢你。"

"我不是跟你做生意,是喜欢你。"

"我不是跟你做生意,是喜欢你。"

"我不是跟你做生意,是喜欢你。"

吕旅跟个复读机似的重复了一晚上,陶陶都听烦了:"你怎么成裕总的忠实粉丝了?"

"本来我对他印象不太好,觉得就是一个纨绔公子哥。"吕旅说,"但他能这么直接当面地跟宛繁姐表白,没一点的遮掩和套路,我倒有点佩服。"

这年头,欲拒还迎和处心积虑不难,去繁从简、回归本心倒难能可贵。

"那有什么用?"陶陶往门外的方向努努嘴,"宛繁姐还是拒绝了。"

不仅拒绝,还拒绝得很彻底——

"抱歉啊,我家只做生意,要别的,没有。"

温温柔柔的形象,却说出这么坚决的话,这不就是快刀斩乱麻吗。

吕旅惆怅得直叹气,又有点不甘心,拿出手机给卓裕发了条微信:"裕哥,你还好吗?"

陶陶无奈道:"这就从'裕总'变'裕哥'了啊,你的意志力呢?"

吕旅说:"我觉得这一个,靠谱。"

不过靠谱的人,迟迟没给来靠谱的回答,半个小时了,手机安安静静的。

陶陶摊手道:"没戏了。"

"你弟弟就是这样的性子,从小到大你最清楚。林延做得不对,你骂他、打他都行。"卓悯敏往人心坎上说,让卓裕舒坦。今天林延那句趾高气扬的"你什么身份"触了卓裕的红线,卓悯敏是来替儿子善后的。

卓裕坐在沙发上,叠着腿,面色始终平静。

卓悯敏话锋一转:"你是哥哥,也是兆林的骨干,还是要多提点,多帮助,多带带林延。"

卓裕低头,眉心动了动,这是他不耐烦时下意识的动作。这么多年,话听多了,腻了,烦了。

他不说话,卓悯敏便忽然放低语气:"当年,老卓也是这样做的。不管他最后做了什么事,但作为哥哥,他对我们这些姊妹还是很好的。"

卓裕指尖微颤,抬起头笑着说:"姑姑,您的话,我明白。"

卓悯敏就此满意,她的声音恢复如常,带着丝丝喜悦:"对了,还有件事。向衿下周回国,你看宴请是定在家里,还是外边?"

第 2 章 心动与追求

卓裕正在看手机，卓悯敏以为他没听见："向衿她……"

卓裕看着手机竟笑了起来，轻松的、发自内心的，和平日疏离客套的表情全然不同。

"姑姑，这顿饭能免就免吧。"卓裕起身拎着外套，"如果是相亲，真没必要。"

卓悯敏被他的直接搞愣了。

卓裕闲适自得地穿上外套，挺淡定地说："我有喜欢的人，在追。"

而店里，上一秒还郁郁寡欢的吕旅，在看到微信回复时，差点跳起来。

卓裕："静音没调回来，才看到。"

卓裕："别叫裕总，也别叫裕哥了。"

卓裕："我努努力，争取早点换称呼。"

一旁的陶陶瞅了瞅，茫然地问："什么称呼？"

"笨蛋。"吕旅说，"姐夫呗。"

陶陶"哦"了一声："笨蛋姐夫啊。"

不过，事实好像跟预想的不一样。追人不都是送花、送礼物、约会，总得占一样，可卓裕这边无事发生。

大概是他那天晚上表白得过于爽快，或者是吕旅渲染得过于夸张，有事没事就在姜宛繁耳边念叨"这个人吧，至少勇气可嘉""他说要追你，师傅你怕不怕？怕的话，要不出去躲一躲"之类的话，姜宛繁差点听抑郁，做事时也分神，恍恍惚惚总往窗外看，跟被人下蛊似的，觉得卓裕就应该拿束花，西装革履地出现。

事实证明，没有什么应不应该。

再转念一想，这是不是等同于男人的嘴，骗人的鬼？！

姜宛繁想着想着，自己都笑了。

吕旅暗中观察，转到衣架后头，悄悄给卓裕发微信："厉害！"

卓裕："什么？"

吕旅："你什么都没开始做，就能让宛繁姐眉开眼笑啦。"

"你是不是太闲了？"声音幽幽地从身侧响起，吕旅吓得手机差点滑脱，"哎！师傅。"

姜宛繁无奈道:"再这样折腾,就别叫我了。"

吕旅欢快道:"行,那就叫姐姐。"

姜宛繁懒得跟她说,吕旅就绕到左边:"别这样嘛,师傅。"

姜宛繁不搭理,吕旅又绕到右边:"姐,他现在真出现在你面前,你怕不怕?"

姜宛繁刚想说你这问题问得莫名其妙,头一偏,就看见卓裕白衣黑裤,一身清清爽爽地站在那儿。

下午四点的太阳懒懒地下班了,一缕阳光休憩在他的侧脸。男人鼻挺透光,肤色白皙。或许这样的形容并不合适,但此刻的卓裕,白衣清辉,光而不耀。

答案从心里慢半拍地打出——

怕不怕?

怎么会怕,只会让人挪不开眼。

卓裕应该听见了她俩的对话,神色似笑非笑。姜宛繁轻轻皱眉,这倒好,真解释不清了。

"我都长这样了,有什么好怕的?"卓裕单手斜插在西裤口袋,对着吕旅假装严肃,"扣工资了啊,这么欺负你的衣食父母。"

还挺护短啊,不得了。

吕旅将他一军:"裕总,你一没带花,二没带礼物,两手空空是不是没诚意?"

卓裕乐了,转而看向姜宛繁:"你这小徒弟,成精了。"

姜宛繁笑道:"管不住了,谁要谁收走吧。"

吕旅有眼色,笑嘻嘻道:"我走我走,我马上走。"

人走了,留下一地沉默。

卓裕刚想开口,姜宛繁主动破冰:"我今天挺忙,要不您先随便看看?有需要再叫吕旅。"

这话温文得体,一句"今天忙"就把约会、吃饭、聊天的可能性堵得严丝合缝。

卓裕悠然自得,指了指旁边的沙发:"我坐那儿行吗?"

姜宛繁默了默,点头。

顾客刚从内室量完尺寸,笑容堆了满脸,很满意。姜宛繁听人说话时,会

第2章 心动与追求

微微倾斜身体,保持一个合理的亲近距离。四点的阳光不厚此薄彼,又悄悄匀到她身上,淡奶黄的毛衣镶上毛茸茸的小金线。姜宛繁甚至不用笑,站在那儿,就是安定的,平和的。

顾客大概又提了个要求,姜宛繁拿起软尺,娴熟地于对方的肩膀比画。卓裕注意到她的手,并不是指如青葱、完美无瑕。因为长时间的绣作,拇指和无名指上缠着医用胶带,手背也有两道很明显的旧痕。

顾客笑眯眯地问:"姜姜啊,那个人……"

"嗯?"

"坐沙发上的,他是……"

卓裕的手机响了,是谢宥笛发来的视频通话,声音暴躁如雷。

"姓卓的,你还能不能行了?你想体验生活拿我开什么刀啊?刀就刀吧,既然当上了网约司机,就得有点职业操守吧?"谢宥笛极其郁闷,"别以为我不清楚你的心思,不就是想找个理由晚上送小姜回家嘛,但系统派单你就得接,你总拒单,我的车就被平台拉黑,交管局让我明天去上课。"

谢宥笛愤愤道:"你是为爱当司机,我却要接受再教育。"

顾客半天才缓过神:"我本来想问他是不是你男朋友,不好意思,原来是司机师傅。"

姜宛繁有模有样地解释:"嗯,新手,没经验,明天就得重新考科目一。"

送走顾客,姜宛繁立在原地没动,抬手捏着后颈,整片肩都麻了,缓了十几秒,一只手递来一瓶水。

卓裕蹙眉道:"都这样了还不休息?"

姜宛繁垂眸盯着那瓶水,接过来道:"下午只约了一个顾客,不算忙。"

卓裕皱眉更深,但也没再多说。

姜宛繁被人叫走,再出来时,卓裕已经不在店里。吕旅刚好经过,姜宛繁把她叫住,下意识地想问他走了吗,话到嘴边又及时刹车。

吕旅奇怪道:"怎么啦?"

姜宛繁凝神回答:"没事,去忙吧。"

说了不算忙,却还是忙到了晚八点。夜如幕布,一扯一拽就将天光遮盖。姜宛繁最后一个走,估计要变天,她的肩颈疼得特别厉害。

店门是电动的,拉下之后,外层的玻璃门还得上把锁。姜宛繁拿锁时,手有点抖,忽然手心一空,锁被拿走,卓裕就站在她身侧,边锁门边说:"你说的不算忙,就是忙到这个点。忙起来,是不是就通宵了?"

姜宛繁愣道:"你……你是路过?"

锁身轻碰玻璃,声音清脆如撞钟。卓裕看着她,目光很坦荡,反问:"你说呢?"不是路过,是压根儿就没走。

他的车停在路边,卓裕挑眉:"网约平台根本就不把你的单派给我,要不你给我升升级,体验一回专属司机?"

揶揄调侃并不突兀,冒出小心翼翼的试探。

姜宛繁微微偏头:"你既然没打算走,怎么不留在店里等?"

"我要是表现得太明显,问你的人一定很多。"他看着她,"这一天天的,已经很辛苦了,就别再受打扰了。"

姜宛繁心口某处忽然被压成海绵,陷下去,没见底。

卓裕笑道:"更怕你烦我。"

短暂的安静后,姜宛繁径直走向车边,一本正经道:"四季云顶东门停,司机师傅,您慢点开。"

卓裕其实有点蒙,他觉得自己还算直接,也很坦诚,但姜宛繁并不像小白兔,见招拆招,借力打力,出其不意,很会留钩子,她不是被追的那一个,反倒像岸上钓鱼的姜太公。

比如上车后,她没说一句话,车内只有暖风送香,安安静静,把遐想的余地留给卓裕。卓裕咽了咽喉咙,松开衬衫领扣,可空气并没有变轻松。

"听歌吧。"他忍不住打破沉默。

姜宛繁:"嗯。"

卓裕按亮车屏指令,CD自动播放,悲怆的小提琴音乐响起,闻者流泪。姜宛繁看向歌名——《今生不能在一起》。

卓裕清了清嗓子，尚算沉稳："我换一首。"

他迅速切歌，这一次的前奏换成了钢琴，一串低低沉沉的音符，不把听众听厌世算它输。

两人的视线同时落向歌名——《那就别在一起》。卓裕手心有点冒汗，再点下一首。

下一首歌没前奏，进来就是演唱者一阵撕心裂肺的狂吼："你想要的我都没有，我们没能走到最后……"

卓裕想起来了，上周这车借给谢宥笛开了一回，谢宥笛嫌他的歌全是外文的，听得累，就换成了自己的。

卓裕不死心，连切好几下，显示屏上，歌曲列表快速更换，然后停下——

很好，有缘。经典永流传，清透治愈的女声唱响《分手快乐》。

卓裕被整无语了，索性调回广播频道。他从后视镜里看姜宛繁，却正中她的目光。

卓裕艰难开口："这个碟是谢宥笛的。"

说完他就后悔了，结合眼下的情境，还不如闭嘴的好。

就这么沉默一路，到达四季云顶，姜宛繁松开安全带，道了谢，下了车，走了几步，又折返回来。

卓裕看着她，姜宛繁微微弯腰，隔着车窗，两人视线持平。

她深吸一口气，发自内心地说："希望你快乐生活吧。"

等人走了好久，卓裕坐在车里还没缓过劲。这算怎么回事，还能解释得清吗？好不容易攒的好印象，几首歌就摘了帽。

手机在仪表台振了振，卓裕心烦意乱地拿起，划亮屏幕，姜宛繁的微信头像是一条蓝色小鱼，头像右上角的红色未读消息数字标识，像极了小鱼吐的泡泡。

"点击查看'一碗姜茶'给您分享的歌单，一起来听听看哟！"

卓裕点开，是姜宛繁分享过来的私人歌单，列表里有二十多首歌，系统从第一首开始自动播放。

Cloud 9，轻爵士的纯音乐，像跳跃的温泉洗涤双耳，将快乐推高至九霄。

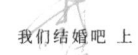

卓裕点开歌曲评论区，热评第一："这歌还有一个中文填词版本，叫《遇见你的无限可能》。"

卓裕昨晚听"一碗姜茶"的歌单睡着了，早上醒来时，窗帘没拉严实，晨光在墙上巡礼，深棕灰的墙漆褪成浅米白。他盯着那一团漾动的光，跳入耳朵的仍是那首 Cloud 9。

这种感觉很奇妙，结束与开始，从一而终。

换衣服时，卓裕的手在黑色西服上一顿，转而又选了旁边的浅色衬衫。

九点有会议，是林延特地安排的"苏芝"项目交流会。卓裕刚进会议室，一眼就瞧见坐在中间位的晏修诚。

晏修诚颔首示意，俊脸带笑。卓裕点头回应，表情似是而非，挑不出错，但也绝非良善。

之后的半小时，晏修诚对他的设计理念侃侃而谈。卓裕听得仔细，这个人的逻辑思路和表达能力都无可指摘。最后林延做总结陈词时，难掩谄媚，甚至要求公司设计部好好向晏修诚请教学习。

散会后，林延叫住卓裕，热情地与晏修诚互做介绍。

"裕总，久仰大名。"晏修诚主动示好，伸出的手修长干净，不经意地露出腕间的手链，精细却不阴柔，无一不透着精致得体。

卓裕毫不拐弯地想起了姜宛繁。同样是手，她手背上的旧痕，指节处缠着的医用胶布，这么一比较，真不是一路的。

他笑着回握："客气。上回有事，没陪你吃饭，改天有空补上。"

"裕总贵人事多。"晏修诚说，"有机会我们互相学习。"

这都是客套话，换作任何人，都能重复这样的话术。

本是场面上的你来我往，看破不说破，但卓裕扬了扬眉，笑得轻松："我不是你们这行的，跟我学也学不着靠谱的。不过，我有一个朋友开了家做刺绣的店，叫简胭，得空的时候，我带你去转转？"

在听到名字的一瞬间，晏修诚的脸色微不可察地变了变。

事后，林延意犹未尽地找到卓裕："怎么样，晏老师确实还不错吧？"

卓裕掐灭烟，扫了扫胸口处的落灰："听实话？"

林延："啊？"

卓裕笑着说："他那个人，又装又假。"

"苏芝"这个项目由林延主导，与卓裕本就没有太大关系，管林延高不高兴，他确实不太喜欢晏修诚这个人，这人就像一件包装无瑕的陈列品，一言一行都按着脚本在刻板展示。

从公司出来之前，周正还说："晏修诚是后起之秀，也有值得包装的资本。在浮躁的当下，娱乐圈的边角八卦已索然无味，这个时候冒出一股清流，再沾上那么一点民族遗珠的光环，就太容易变现了。咱们小林总，不就是一条上钩的大鱼吗？"

卓裕当场指正："行了，少搁这儿话里有话。"但心里喟叹，周正跟了他这么多年，是个明白人。

卓裕开车到简朒，店里特别忙。几个小徒弟接待顾客看样板，吕旅在打电话，揣着手来回踱步。戴老花镜的刺绣老师傅叉腰喊人："要锦线锦线锦线！不给我辞职了啊！"

吕旅猛地举手："来了来了！"跑得急，差点亲上模特衣架。

卓裕乐了，倚着墙看热闹。多好，这才是真实的鲜活。

还是一个小徒弟发现的他。"咦？裕总你来啦。"然后立刻冲着里面高声叫喊，"裕总来找宛繁姐啦！"

店里顿时按下暂停键，所有人齐刷刷地望过来。卓裕下意识地挺直脊背，接受审查似的。

"裕总你先坐会儿啊，茶水自己倒。"吕旅给完锦线，又捧着一摞布料出来，堆得高，看不清路，侧出脑袋说话可费劲了。

卓裕伸手帮忙："放哪儿？"

"好人有好报，告诉你情报。"吕旅小声道，"宛繁姐在里边忙，你进去吧，坐着就好，别吭声。"

卓裕指了指外边，说："怡晓又给你带了手办礼物，待会儿拿给你。"

吕旅美滋滋道："谢谢，谢谢。"

这是卓裕第一次进内厅，才发现里面不比外面小。七八十平方，四四方方一整间，三张大长桌充作工作台，左右放着各种工具机器。一整面墙打成货架，挂满了各色布料。两位资历老的师傅和姜宛繁在低声沟通，还有四五个年轻点的学徒在码放工具。

深秋五点半，天色已暗，姜宛繁身后是半落地的窗，光线虽不明亮，但嵌在身上，像勾了一圈巧妙的轮廓。卓裕能看见她垂于肩后的头发上散落着一层淡淡余晖。

他进来时动静不大，隔了很久，还是老师傅提醒，姜宛繁才注意到他。

卓裕坐在角落的木沙发上，没有任何打扰。一个小时后，其他人陆续离开，只剩一个学徒，有点紧张，姜宛繁轻声交代道："手别抖，针再斜着点，你看，这一块得密、顺，出来的成品才能有反光的效果。"

看着学徒做了一会儿，姜宛繁说："你看我走一遍。"

学徒让出位置，姜宛繁坐下，丝线捻长，绕两圈于手掌，问："知道为什么要在这个圆形中加飞鸟图案吗？"

"琴瑟和鸣，双宿双飞，图个好寓意。"

姜宛繁点点头："对，还与衣角这处的玉兔相呼应。'圆鸟'为日，'玉兔'为月，以丝线连接，日升月落，光辉交织。"

"宛繁姐，我想记在本子上。"

"死记硬背没有用，你多看多听多学，心里自然就有数了。"姜宛繁手速很快，穿针走线的动作很漂亮。

卓裕有一刻的恍然，他不想关心她绣的作品是什么，因为此刻的姜宛繁看起来就是江上清风，水底游鱼，像最美的那帧电影画面被截取放大，恨不得设置成手机壁纸。

半小时后，学徒收工，室内仍是安静的。卓裕的视线挪回姜宛繁，发现她坐在那儿半天没动，他皱起眉，起身走过去问："哪里疼？"

姜宛繁愣了愣，像机器人似的费劲转身："我表现得很明显吗？"

卓裕一副"你说呢"的无语表情。

"没事，我让吕旅拿个膏药贴贴。"姜宛繁试着左右扭了扭脖子，倒也没忘记他等了这么久，"订了盒饭，一块儿吃？"

卓裕没回答，姜宛繁看向他："不想吃？"

卓裕忽然正经道："你能帮谢宥笛一个忙吗？"

"什么？"

"谢宥笛的车已经被我祸害了，再有下次，就得吊销驾照。"卓裕语气无辜，"所以给个机会，让我当一回网约车司机。"

不就是想送她回家吗？说得这么清新脱俗。姜宛繁恍恍惚惚，觉得自己要是不答应，就成了伤害一个，不，两个男青年的渣女了。

她叹了口气："你等会儿。"

再回来，手里拿了个防尘衣袋。

"上回你订的衣服，衬衫还在等面料，来都来了，试试外套吧。"

卓裕很配合，她说什么就是什么，脱了外衣后手一顿："里边还要脱吗？"

姜宛繁四平八稳道："你想脱就脱，正好我让吕旅过来给你复尺，尺寸现在还能改。"

卓裕佯装失望道："不是你复啊，那不脱了。"

姜宛繁绕到他身后，嘴角没忍住微微上弯。出于职业本能，她的目光从卓裕的后颈游离往下，男人的肩、背、腰，被剪裁得体的外套衬托出好看的线条。

接着往下，姜宛繁的视线停在某处几秒，再优哉收回。

卓裕笑着调侃："给你当模特，我这样的，你看行吗？"

185厘米的身高，她得踮脚才能看准拉平于肩膀上的尺子读数，听到这话，她的手一抖，面颊像被火焰细细密密地熏着。

姜宛繁清了清嗓子："免费的也干？"

"那不行。"卓裕说，"我倒贴。"

这个回答把姜宛繁堵住了，卡壳不过五秒，卓裕的手机和姜宛繁的手机各自"叮咚"响起——卓裕猝不及防地被吕旅拉进了简胭的微信群。

小周:"欢迎姐夫!"

紧接着,系统显示上条消息已撤回。

吕旅:"欢迎新模特!"

小王:"欢迎欢迎,想看模特试穿唐装。"

小周:"穿汉服。"

小李:"穿秋衣。"

小赵:"我有一个大胆的想法。"

系统显示小赵已被群主"一碗姜茶"移出群聊。

姜宛繁握着手机,皱眉提高声音:"吕旅!"

没关严实的门外,吕旅的声音欢腾地飘远:"这便宜还不捡啊?我这是给咱店节约成本。"说完又飞快补一句,"裕总记得发红包哦!"

卓裕乐不可支,想了想道:"不让你为难,我退群吧。"

他拿出手机,点开群资料,往下滑了滑,指腹停在"删除并退出"上方。

"算了。"姜宛繁打断道,"待着吧。"

过了两天,周五,谢宥笛拎着两大袋火锅外卖来卓裕家,进门从鞋柜里拿出拖鞋,轻车熟路地去冰箱拿可乐。卓裕穿着松松垮垮的家居服,没坐相地窝在沙发里,头发搭在额前,褪去人模人样,面前再摆几只啤酒瓶的话——

谢宥笛十分不满他此刻的形象:"你好像一只大懒猫。"

卓裕皱眉道:"你能换个形容吗?说话越来越像姑娘了。"

谢宥笛挽起衣袖,展示小臂肌肉:"我这还姑娘?"然后顺手抛给他一个易拉罐,"帮我开可乐。"

真服了,这货从小就不会开易拉罐,也不知是哪儿没发育好。

卓裕一把接住,嫌弃地坐直身子,单手食指扣紧易拉环间隙,稍一用力,"滋"的一声,气流声清脆。

"看什么呢?"谢宥笛凑过来,瞄向笔记本屏幕,"哟,你还研究中医按摩呢?

够闲的啊。"

卓裕站起来，揉了把头发。

"知道自己一把年纪，得注意保养了？我跟你说，你真得有危机感。我一小学同学，看起来魁梧，一身腱子肉，结果体检的时候查出精子活力低。"谢宥笛灌了一大口可乐，爽。

卓裕换到单人沙发，跷着二郎腿点烟："你同学怎么连这都跟你说？"

"我人缘好呗。"谢宥笛点开暂停的"跟李小强零基础学按摩"视频，李师傅的声音悠悠继续："大椎穴，位于颈部下方第七椎体凹陷处，一定要找准位置，不然适得其反……"

谢宥笛点点头："千万别乱按，错了会瘫痪。"

卓裕点烟的手一顿，目光微动："你昨天不是说脖子疼？正好我给你松松筋骨，就按视频教学里的手法。"

谢宥笛大概率没说过自己脖子疼，但仍然很激动："行啊！这是我的高光时刻啊，裕总亲自服务！"

这话相当不真诚，他就是执念于占卓裕的便宜。主要卓裕这人太滑头，看着根正苗红，其实最擅长绵里藏针，周旋时总有法子做到片叶不沾身。

谢宥笛自觉拉开椅子，坐得板板正正："来吧小卓，你笛哥给小费。"

卓裕卷起衣袖，神色镇定，气势跟真有祖传手艺似的。

刚一拳头按下去，谢宥笛"嘶"的一声倒吸气，卓裕皱眉问："疼？"

"不是，大早上的你怎么还喷香水？"谢宥笛吸吸鼻子，"怪好闻的，待会儿借我喷喷。"

卓裕加重手劲，心想你可闭嘴吧。

"百会、承灵，大椎左边三寸。"卓裕沉眉，严谨复述视频教学里的内容，"颈百劳，这里有感觉没？"

"有点麻，可以再重一点。"谢宥笛歪着脖子说，"很到位。"

卓裕若有所思，不记得接下来的步骤了。严谨起见，他打开视频，同步实践。

"巨骨穴用力碾十下，再用刮痧板顺着大椎垂直按压。记得手腕使力，一定要给足劲,同学们冲冲冲!"

谢宥笛尖叫:"疼疼疼!"

"忍着,这才有效果。"因为太费劲,卓裕背上有点冒汗,他重复三遍这套按摩手法后,问谢宥笛,"行了,感觉还好?"

谢宥笛脑门在滴汗,维持着弓背的姿势,沉默十秒后,说:"卓裕,我好像动不了了。"

这几天天气好得不像话,蓝天衬得太阳高高的,白云都嫌累赘,抬眼望天,一碧如洗,哪儿哪儿都舒坦。

简胭的人难得有忙里偷闲的时间,团坐在一起喝养生花茶。吕旅又在聊娱乐八卦,聊完了就给小店员分析下月运势,还兴致勃勃地拿出塔罗牌算桃花运。

姜宛繁耳边热闹,靠着沙发,拿一块布料随意盖住脸,阳光罩在肩颈,暖和的,僵疼舒缓了不少。

刚想闭眼小憩,突兀的警笛声从外面传来,大家循声望去,一辆救护车正从店外飞驰而过。

"运动神经元损伤,颈部突发生理病变。"医生察看核磁片后,比画出一处小光点,"刺激脊髓发生水肿,血供不足导致的。"

谢宥笛虚弱道:"医生,我是不是瘫痪了?"

医生面无表情,拿了一根银针往他腿上穴位一扎,谢宥笛狂叫一声,从病床上腾跃而起。

"疼!"

医生淡定道:"放心,瘫不了,但你得住几天院做做理疗,还有,中医按摩有讲究,以后得注意。"

"卓裕,我真是欠了你十八辈祖宗一毛钱,你这么整我,我长这么大,怎么有你这种哥们儿?"做针灸时,谢宥笛脱光上衣趴着,被针扎得跟刺猬似的。

卓裕顺了顺他后脑勺上的毛:"再说话,嘴上也来两针。"

"滚滚滚!"

卓裕又顺了一把，笑着说："消消气，伤肝。"

"一边去，就你那点心思，可够出息的。"谢宥笛只恨自己后知后觉，"你不就是想在姜宛繁面前献殷勤吗？她肩颈老毛病，你就跟着视频学按摩。怕伤着她，就拿我当试验品。你能耐，你牛气，你咋不当面跟她说呢？"

说完，看见门口站着个人，谢宥笛提高声音："当事人来得正好，你给评评理。"

卓裕诧异地问："你怎么来了？"

就是这么巧。

看到救护车经过时，吕旅提了一句谢宥笛妈妈订的一件成品衣还没拿走，然后给他打了个电话，谢宥笛苦兮兮地说自己进了抢救室。

姜宛繁拿着一束花，脸色有些尴尬："你还好吗？"

"好啥好！瘫痪了都。"谢宥笛委屈得跟什么似的，"知道你颈椎疼，他都改行当按摩技师了。你什么感受啊小姜？"

卓裕头疼，这货太直接了。

姜宛繁也没想到是这种理由，对着卓裕想笑："就……感谢你的手下留情吧。"

"都谢谢了，那你得请他吃饭啊！"谢宥笛，逻辑闭环一百分。

陪他做了后面的两个理疗项目，卓裕才和姜宛繁出了医院，车门一关，两人耳边还嗡嗡响——谢宥笛的叫嚷声太魔幻了，整层楼都跑过来看，以为谁被截肢了。

"想吃什么？"卓裕系上安全带。

姜宛繁先是看了看时间，卓裕好像知道她要说什么，补充道："再忙再晚，饭也得吃。一顿饭，不耽误事。"

姜宛繁也很坦然："行，西诀那边吃粤菜行吗？"

"不好意思，接个电话。"手机响起，卓裕顺手从储物格里拿了瓶橙汁递给她，姜宛繁接过来，橙汁竟是温热的。

"以璐？"卓裕挺意外。

林以璐的声音在电话里难掩激烈，带着克制不住的哭腔："虽然她是妹妹，我应该让着点，但这一次我真的不知道她为什么要这样……"

姜宛繁侧过头，看见卓裕的面色一点点失温。

"她发那么大的脾气我都吓着了，拿起我的包就往水池里扔。"林以璐的抽泣声止不住。

卓裕再开口，声音维持着平静："她还摔坏你什么东西了？"

那头又哭诉许久，挂断电话后，卓裕顺手将手机递给姜宛繁："开车不方便，帮个忙。微信第五个，转一万，密码六个0。"

机身还带着温度，在手心沉甸甸的。姜宛繁照做，打开林以璐的微信聊天界面，页面上可见的消息记录，全是转账信息。

"好了。"姜宛繁还回手机，"这也是你妹妹？"

"嗯，我姑姑的女儿。"

姜宛繁又问："那你自己的妹妹呢？"

恰遇红灯，卓裕按了P档，转过头和她视线相对。

"我不是故意听你的电话，声音有点大。"姜宛繁说话时平静坦诚，"有争执的时候，可以听听各自的说法再做决断，毕竟都是妹妹。"

其实这话不算委婉，卓裕一听即懂。

"以璐性子直，娇气。怡晓敏感，姑娘家长大了，我很多次问她，她都笑着跟我说没事。"卓裕往后靠了靠，微微叹气，"我确实有照顾不周的地方，但我真的尽力了。"

姜宛繁冷不丁道："会哭的孩子有钱拿啊，真好。"

卓裕看她一眼，眸光深了些许。

除了行驶时车里轻微的颠簸，气氛一直安静到目的地。

刚下车，就看到卓怡晓冲他们招手："宛繁姐。"

她穿着一件宽毛衣，马尾高高束起，兄妹俩都是好容貌，在人群里很惹眼。卓怡晓只有在看到姜宛繁时露出了笑，再瞧向卓裕，跟蔫了的茄子似的。

卓裕摸了摸她的头，说："以璐给我打了个电话。"

卓怡晓抿了抿唇，头垂了垂。

"你真的扔了她的包？"卓裕低声问。

卓怡晓轻轻别过脸，不吭声。

姜宛繁站远了些，小姑娘面子薄，她一个外人也不好听人家的隐私。

卓怡晓忽然点头承认了："是，我不仅扔了她的包，还丢了她的粉底液、眉笔、遮瑕膏，掰断了她两支口红。"

姜宛繁愣了一下，想起刚才在车里对卓裕的态度，心生懊悔。

卓裕沉默片刻，问："扔完舒坦吗？"

卓怡晓抿紧唇，别过头。

"舒坦就行，多大点事，扔了就扔了。"卓裕顺了顺妹妹的头发，淡声道，"先吃饭。"

卓裕斜靠着椅背，袖口挽上去，腕间一块深棕皮带的手表衬得肤色偏白。他点菜很有水平，粤菜清淡爽口，但卓怡晓一直沉闷不语，吃了流心奶酪包、沙姜猪手、葱油切鸡，最后还认认真真干完了三碗腊肠煲仔饭。

姜宛繁几次欲言又止，卓裕察觉到了，然后招呼服务生。

"还加菜？"姜宛繁惊愕。

"那道油粿你没吃一口。"卓裕说，"再尝尝。"

确实吃不上一口，因为都被卓怡晓吃了。

后来卓怡晓去洗手间，姜宛繁一起。洗手台上，佛手柑精油飘着淡香，姜宛繁补妆的时候，卓怡晓在一旁好奇观望，情绪比刚才高涨了些。

"喜欢这个色号吗？"姜宛繁将口红递给她，"你皮肤白，这个樱桃色很衬你，我家还有一支，明天带给你好不好？"

卓怡晓摇摇头："谢谢姐姐，不用了。"

"没事，我有两支一模一样的。"

"不是这个原因。"卓怡晓不好意思地说，"林以璐说过好几次，说我化妆不好看。"

姜宛繁蹙了蹙眉："化不化妆，跟别人的评判没有任何关系，只要是让你愉悦的事，那就去做。何况，你长得这么漂亮，为什么不锦上添花？"

卓怡晓的眼睛很亮，隐秘的小火焰在其中跳跃，几乎没有犹豫地说："谢谢

061

姐姐！"

"咱们下次约个时间，带你去买化妆品。"姜宛繁一点都不敷衍，端详着她的五官，"你的眉形真好，是我特别羡慕的野生眉。"

卓怡晓脸色微红，沉默了一会儿，低声说："都是姐姐，但她从不会夸我。"

姜宛繁旋回口红盖，说："我听裕总说，你们今天闹矛盾了？"

卓怡晓的头垂得更低："嗯，我把她的包扔了。"

姜宛繁微微俯身，视线和她的齐平，轻声问："为什么？"

"她莫名其妙说我是寄生虫，让我别不知好歹。"卓怡晓声音渐哑，"还说我哥得替她家做一辈子的事。还有，她说我爸爸、我爸爸……"

姜宛繁不忍心了："好了好了，不说了。"

卓怡晓哽咽难言，眼泪吧嗒往下掉："我不该给哥哥添麻烦的。"

"你做得对。"姜宛繁说，"以后碰到这种事，就该勇于维护自己。被人打了，还得给对方钱？没这种道理。"

卓怡晓抬起头，眼神懵懂。

"你叫她一声姐姐，她更不该这么对你。退一步说，都是女孩，谁都没必要受这份委屈。迁就只能换来对方的变本加厉，再有下次，你还要反击。"

卓怡晓吸了吸鼻子："要是打不赢呢？"

"打不赢就跑吧。"姜宛繁诚恳建议，"生命健康是第一。"

卓怡晓终于被逗笑，伸手抱住姜宛繁，泪眼汪汪道："谢谢姐姐，真的谢谢你。"

从来没有人对她这样剖心相待，是温柔的开解，是坚定的支撑，是良言一句三冬暖，也是女生之间的同心同德。

姜宛繁拍拍她的后背，温言道："还有你哥哥，他……"

"我哥哥他不容易，真的。"卓怡晓急急辩解，"他为我已经忍耐了很多，最最最难的就是他。姐姐，你千万别对他有看法。"

嗯，亲兄妹，关键时候都护自己人。

姜宛繁本来是想提醒，真遇到什么事了，一定要告诉她哥，他有保护她的责任，也有维护她的担当。倒也不是性别歧视，一个男的，工作忙，百密一疏再正常不过，她总让他猜字谜，他也猜不出什么花来。有时候，把情绪敞开，把不满和芥蒂摆在明面上商量、抗衡、争取，才是最有效的解决之道。

气氛就这么陷入诡异的沉默。

回去包厢的走廊上，两人一前一后走着，卓怡晓心思敏感，性子露怯，几度欲言又止。

姜宛繁舒缓着她的情绪："心情不好的时候，可以跑跑步，逛逛街。别暴饮暴食，对身体不好。"就像刚才。

"没。"卓怡晓真诚道，"我是真的喜欢吃饭。"

姜宛繁点头道："挺好的。"

气氛再度沉默，卓怡晓看着姜宛繁的背影，心里那个愁啊，自己是不是说错话了？哪个字会产生误解？她不会对哥哥有不良印象吧？

卓怡晓的内心戏飙了十几场，卓裕的结局基本都是灰灭无余。

走了几步，姜宛繁想起一件事，说："你哥他……"

"我哥他一米八五，身体健康，收入很好，有房有车，无不良嗜好，私生活简单，这几年我没见过他交女朋友。"卓怡晓那双眼睛清澈如林间鹿，真诚地望着姜宛繁，不等到回应不眨眼。

姜宛繁艰难总结："很厉害。"

卓怡晓放了心，愉悦地挽住她的手，话明显多了起来："姐姐，我哥哥最近好奇怪。"

姜宛繁还有点恍惚："哪里怪？"

"没事总对着镜子看自己的屁股。姐姐，你觉得这是怎么回事？他不会是哪里不舒服吧？是不是应该去医院挂个号？"

话刚说完，就瞧见卓裕站在包厢门口，脸色发青，如僵石。

姜宛繁眼梢微挑，分明是在忍笑，她悠悠转过头，好言好语地安慰卓怡晓："别多想，你哥可能是在自我欣赏。"

卓怡晓完全没有理解卓裕的心情，两天后去医院看谢宥笛时，她还在回味那一晚，说："哥，宛繁姐对你的印象应该还不错，因为她夸你很厉害。"

063

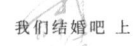

刚做完热敷回病房的谢宥笛问:"你俩就发展到这个程度了?"

卓裕把妹妹往后拨了拨:"什么话你都说。"

"实话实说怎么了?"谢宥笛双手背在身后,笑眯眯地问,"怡晓,宛繁姐是不是很漂亮?让她当你……"

"谢宥笛。"卓裕不悦道,"真该给你嘴上扎两针。"

中午一起吃过饭,把卓怡晓送到学校后,谢宥笛"啧"了一声,道:"咱妹妹真好看,你觉得妹妹和姜宛繁,谁更好看?"

卓裕睨他一眼,说:"你最好看。"

谢宥笛点了点卓怡晓离开的方向,道:"别把她当小孩,她其实什么都知道。"

卓裕淡声道:"那我更不能让她失望了。"

谢宥笛摸了摸手臂,说起正事:"林久徐和向家走得很近,我听到最多的,是你和向袆的事,你真去跟她相亲了?"

"面都没见。"

"你姑姑这么热衷于撮合,你不怕得罪她?"谢宥笛笑着拿话刺他。

卓裕挺淡定:"我说我有个哥们儿暗恋向袆十年,我不能和兄弟抢女人。"

"你哪个哥们儿?"

"谢宥笛。"

"呸,还能做个人吗你?"

卓裕说得轻松自如,但确实为了这事和卓悯敏闹了不愉快。卓悯敏有意结亲,倚仗向家资源更上一层楼。那日卓裕说有喜欢的人,她本以为是玩笑的推辞,但之后再提此事,卓裕连话都不接,就端坐着,连个笑容都不给。

谢宥笛笑道:"三月董事会召开之前,你的辞呈一递交,我看他们怎么办。"

这些年,姑侄之间不是没有过嫌隙,但都知轻重,权利弊,总有缓和的主动和自觉。往感性上说,是亲人。往理性上说,是场面上的人。

但这一次,卓裕的态度硬,没有半分服软的倾向。卓悯敏再不满,总能笑脸相迎,可林延是个憋不住情绪的,不敢直接拿卓裕开刀,只能挑剔为难他的心腹。

周正被他批了几次,扣奖金、扣工资,各种奇葩的理由强压下来,周正却跟没事人一样，反倒高兴道："裕总，你做了什么事？看把小林总急的。说说看，我也一起乐乐。"

卓裕正在看文件，手指点在付款条约上快速阅览，问："都扣工资了还有这闲心？"

周正一摊手，Who care？

一声敷衍的敲门声响起，林延站在办公室门口，面无表情道："出差，十五分钟后出发。"

周正和卓裕相视一眼，不言而喻。

待人走后，周正语气不满："什么态度？好歹您也是总经理。"

卓裕按了按眉弓骨，按通内线吩咐几句，又从抽屉里拿了一盒药丸。

周正是真心为他打抱不平："又让您去收拾烂摊子的，我问了Annia，南郊生产线上的供应链出了问题，延期交付的赔偿金不少。"

这条生产线原来的供应商与兆林合作了三年，彼此友好共赢，但今年年初，林延强硬地要更换供应商，新供应商不怎么靠谱，延迟了几次到货时间，掰扯得一团乱麻。

员工私下里说，之所以要换供应商，是因为原来那个跟卓裕关系太好，小林总看不惯。

"那出了问题，怎么又让裕总去收拾烂摊子呢？这不是打脸吗？"

"这些年小林总的脸挨的打还少吗？他就是这种风格呗。"

"不是看不惯，是忌惮吧。"员工窃窃议论。

过去Z市要一个多小时的车程，抵达后，供应商负责人借口不见面，林延气急败坏："不是约好两点的吗？"

卓裕拦了他一把："你冲员工吼什么，还没明白？对方故意的。"

林延火冒三丈，脸色青红交加，抡起文件板往前台上砸，砸完了，又看向卓裕："哥，你来解决吧，这批面料一断，违约金都得几百万，我没法跟这批客户交代啊。"

卓裕回去车里打了几通电话，千丝万缕的关系周转，总算约到了对方负责人。

晚上的饭局就是鸿门宴,卓裕这段时间应酬多,胃炎犯了,还没好全。他在车里提前吃了两颗药,掌心压着胃揉了揉。

林延和新供应商并不熟,按他的说法,是熟人朋友牵线搭桥。

卓裕冷冷一笑。

林延说:"哥,你别阴阳怪气,现在解决问题最重要。"

卓裕说:"长点脑子比解决问题更重要。"

这话尖锐直白,敲打得林延面红耳赤。

饭桌上,周旋一来回,卓裕就知道对方是块难啃的硬骨头,奸诈狡猾,笑里藏刀,说只要采购系数提高5个点,那么一切好商量。

林延喝得傻乎乎的:"行,行啊。"

卓裕按着胃的手一顿,面若熔浆:"不行。"

场面一瞬静默,对方笑眯眯地问:"你们这公司,到底谁做主啊?"

林延受不得激,刚要开口,桌子底下就被卓裕的皮鞋尖狠狠踢了一脚。卓裕笑意不达眼底:"5个点,林总,你知道这意味着什么吗?"

林延腰杆直直的,示威一般喊:"能不能眼光长远一点!"

卓裕笑意依旧,丝毫不受影响,叠着腿,斜靠着椅背,优哉地点了根烟。

林延觉得挣回了脸面,喝得越来越投入。

觥筹交错,浮光掠影,恭维声夹杂在一起迟钝入耳,明明是热闹的,一切又似乎是虚无的。有一瞬间,卓裕觉得没意思透顶,直到他垂低眼睛,看向手机屏幕,朋友圈自动更新,吕旅刚发了一条——

"师傅,大美妞,世上最最最好的女人!生日快乐么么哒!"

九宫图凑齐,蛋糕,聚会,吃饭,最中间那张是姜宛繁的侧脸抓拍。

这张侧颜照没有修图,鼻尖一颗细细小小的印都能瞧见。因为真实,所以眼里的温柔与愉悦能跳出屏幕一般,像一根绳,紧紧拽住卓裕,把他发散的神魂定回原位。

她今天二十六岁生日。

卓裕没有任何犹豫,推桌站起身。

第 2 章 心动与追求

林延吓了一跳："你、你干吗？"

卓裕单手搭着西服，言简意赅："各位慢吃。"

司机在大厅等着，见他出来怔了怔："裕总，就结束了？"

卓裕说："你跟我走，明天再派车过来接林总。"

八十多分钟的路程，司机一小时开到。吕旅发的照片里有他们聚餐的店名，司机把车停在花圃后边，斜对着饭店的大门。

最近抽烟的频率陡升，手边的烟盒里只剩四五支。卓裕降下车窗，转头就看见一行人走出店门。

灯影绰约，隔壁高楼广告牌铺下来的灯光层次分明，姜宛繁捧着花，笑着与人说话，她站的位置正好被最柔和的那一角光勾描。

卓裕就这么看着，这一刻，风尘仆仆与躁动都乖乖归顺。

"呀！裕总！"一个店员对他狂招手。

卓裕下车，轻松闲适的姿态仿佛偶遇。

吕旅惊讶道："太巧了吧！"

"刚下班，正好路过这里。"卓裕的目光落向姜宛繁，"你们这是聚餐？"

"今天宛繁姐生日，我们给她过生日呢！"吕旅眨眨眼，声音很大。

卓裕神色微讶，分寸感拿捏得刚刚好。藏了一宿的迫切终于能顺理成章地说出口，他看着姜宛繁："生日快乐。"

姜宛繁在他的注目里弯了弯唇角："谢谢。你吃过饭了吗？"

"吃过了。"

"我们要去唱歌，一起？"

卓裕仍是笑："不了，我还有事，下次。"

姜宛繁看着卓裕云淡风轻地转身，黑衬衫的背影明明是挺拔利索的，她却觉得消沉寂寥。

吕旅叫的车到了，卓裕看着他们上车开走，才把振了五六遍的手机翻转朝上，按了接听。

林延暴怒："你什么意思？说走就走电话也不接？这是你该有的态度吗？你

067

把我当什么了？你对公司的贡献再牛，也不能目中无人吧！"

好不容易平息的躁乱又腾然升起，像绞绳，张狂示威般勒住他的脖颈。卓裕握手机的手在抖，指腹压着机身泛出青白，另一只手从不适的胃部挪到眉心，狠狠一掐。

胃上的疼痛放大，就在他觉得快要克制不住时，司机忽然小声问："裕总，这是找你的吧？"

卓裕手一顿——车外面，姜宛繁弯着腰，敲了敲车窗。

"怎么了？遇事了？你不是坐车走了？"卓裕下车，问得急。

姜宛繁一时哑然，卓裕视线下移，这才看清她左手拎着一只小纸盒蛋糕。

"吃吗？"姜宛繁问完，自己都觉得这行为有点无法解释，索性坦然一笑，"你都祝我生日快乐了，蛋糕分你一块。"

卓裕侧头，手虚握成拳抵着嘴唇，淡淡忍笑。

站在马路边怪傻的，两人坐去苗圃边的长椅上。

"吕旅他们呢？"卓裕剥开纸盒，吃相随性，毫不端着，"待会儿我送你过去，你是寿星，离开太久不合适。"

"其实我不太喜欢过生日，他们太热情了。"姜宛繁轻呼一口气。

卓裕吃了一大口蛋糕，点点头："看出来了，是找借口躲出来透气的。"

姜宛繁转头看着他："不是。"

"嗯？"

姜宛繁目光平静，说："没找借口，就是来给你送蛋糕的。"

卓裕愣了愣，耳膜上像撒了一碗绿豆，绵绵不绝地跳跃着，屏蔽外界所有声音。

他低声笑了，再抬头时，眼神如粼粼波光："我会多想的。"

姜宛繁挺淡定地点头："那你也只能想想而已了。"

两人搭在一起的视线都没有挪开，就这么静静看了几秒，鼻间还飘着清新松软的蛋糕香，温柔地挑拨五官六感。

这是姜宛繁第一次认真看卓裕的眼睛。眼廓长，眼尾往上挑了一道微小的弧，不是刻意多情的桃花眼，更像情绪盲盒，有沉稳，有索要，有犀利的探究，也有清亮坦荡的渴求。被他注视时，姜宛繁放在凳面的手心微微发汗，她觉得，对这样一个男人用不着撒谎，说任何实话都理所应当。

姜宛繁轻轻叹了口气："打招呼的时候，我闻见你身上有酒气，想着拿东西给你垫垫肚子。"

卓裕"嗯"了一声，自然而然地吃完最后一口蛋糕，没再说任何让她尴尬的话。

分寸感在他身上展现得游刃有余，他总是可以把气氛引到一个正常维度。姜宛繁看着他，不自觉地弯了弯唇。

"笑什么？"卓裕扬了扬眉。

姜宛繁指了指他手里空了的蛋糕盒："光盘不浪费，表扬。"

卓裕乐了："我都二十八九的人了，光个盘还能被表扬啊？"

姜宛繁从包里拿出一瓶牛奶："来，喝完它，再表扬你一次。"

卓裕没接，抬起头，目光由淡转浓："本来想瞒着你，但现在不想了。不是顺路，不是偶遇，不是巧合，我特意从Z市开车赶回来，就是想见你，很想很想见你，对你说一声，生日快乐。"顿了半秒，卓裕此时的目光已经炽热直接，"你觉得我这个人怎么样？"

姜宛繁还没回答，他略低的声音继续响起："应该还不错，不然也不会给我送蛋糕。既然这样，要不要跟我试试？"

姜宛繁抬起头。

"这样你送小蛋糕的时候，就不用找理由了。"

姜宛繁原本想说的话有很多，但又觉得此刻说什么都欲盖弥彰。沉默没多久，吕旅的电话打来，问她在哪儿。

卓裕已自觉起身，没事人一样道："我送你过去。"

到了地方，姜宛繁看了他一眼，卓裕笑道："想邀请我一块儿上去？"

姜宛繁只得问："去吗？"

"不去了。"卓裕说，"去了你不自在。今天过生日，要开心。"

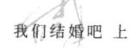

姜宛繁点头，下了车，走到一半，她回过头，卓裕的车还停在那儿，他没降下车窗，玻璃黢黑平静，但能感觉到里面的目光一定是追寻着她的。

蛋糕余味蔓延，此刻周身空气仍带着淡淡清新的甜。姜宛繁对着车的方向笑了笑。

车窗立刻下滑，她已经转身走了，卓裕看着她的背影，神色是同款的平静温柔。

几天后，姜宛繁去了趟谢宥笛家。

谢母对这一次的睡衣特别满意，在镜子前转了好几圈，丈夫夸完儿子夸，没夸到位的必须重新夸。

谢宥笛被迫营业半小时，揉了揉嘴巴："高考写作文都没这么真情实感过。我跟你说，以后萌萌上你那儿订衣服，你直接说没档期，钱我私下补给你。她每做一回衣服，就逼着我夸一百遍，累嘴……哎哟！"

二楼，谢母火冒三丈地丢下来一个枕头，咆哮道："谢宥笛！再没大没小叫我小名你试试！"

这家待不下去了，谢宥笛揉着脑袋："走吧，请你吃饭。"

中岛路上新开了一家泰国菜馆，谢宥笛点了一份招牌咖喱大螃蟹，等菜间隙，他直白地问："卓裕追得怎么样了？"

姜宛繁一口柠檬水差点呛出来。

"看来不怎么样。"谢宥笛凝重道。

姜宛繁拿纸巾拭了拭嘴："下次聊这些，能提前知会一声吗？"

"有戏了，有戏了。"谢宥笛笑眯眯的，"为什么要知会？因为你想做准备，为什么要做准备？因为你有点小怕。"

姜宛繁冲他竖了竖拇指："改行算命吧。"

谢宥笛呵呵两声，双手枕着后脑勺往椅背一仰，没个正形地说："机会难得，你有什么想了解的，赶紧问。"

姜宛繁没有故作清高，没有言行不一，真的认真思考了一番，问了一个早就疑惑的问题。

"怡晓是他的亲妹妹，他……"

"觉得他对怡晓没有对林以璐好，对吧？"谢宥笛知道她想问什么了，"你俩都是我朋友，我不至于坑谁，也不想瞒着谁。卓裕的父亲过世后，他就去了兆林，也就是他姑姑家的公司。兆林做到如今的成绩，卓裕功不可没。不过，他姑姑不怎么把他当自己人。"

姜宛繁蹙了蹙眉，两家关系应该更好才是。

谢宥笛仍是笑着："你是不是想问他图什么？"

姜宛繁点头道："图什么？"

谢宥笛笑意敛淡，然后叹了口气："卓裕他爸是出车祸走的，当时车里还有他姑姑。"

七年前的冬天，辰市甘林镇1658盘山路段发生一起交通事故，一辆白色汉兰达坠崖，车上两人，一人身亡，一人幸存，但幸存者的左腿受伤严重，失血过多，最后截肢保命。

姜宛繁明白了，幸存者就是卓裕的姑姑卓悯敏。

"既然是不幸中的万幸，更该惺惺相惜才对。"姜宛繁疑惑道。

谢宥笛摇摇头，停顿片刻，说："卓裕爸爸那天，是酒驾。"

姜宛繁怔然。

"其实卓叔是个很严谨的人，分寸毫厘，跟刻度尺一样，谁都没想到他会犯这样的错误。卓裕的姑姑之前是省话剧院的演员，跳舞的，小有名气。你去网上搜，能搜到很多表演视频，本来可以往更高一级的演艺平台上走，但这事之后事业全毁了。卓裕自己也过不了这道坎，出事之后，把姑姑当亲妈，对林延和林以璐比自己的亲妹妹还好。他对林家有亏欠，但说句心里话，他并不是过错当事人，就算父债子偿，这些年他的付出也够了。"

谢宥笛说这话时，是正经的，肃然的，还有几分打抱不平与惋惜。他对姜宛繁认真道："情义本没错，但要是变了味，那他做得再多，填一辈子也填不满。"

姜宛繁一下子就懂了那句"他姑姑不怎么把他当自己人"。

"对了，卓裕之前的职业，你猜猜看。"谢宥笛话风一变，又吊儿郎当起来，"猜对了奖励你一个卓裕。"

姜宛繁假装害怕："太贵重了，要不起。"

谢宥笛"啧"了一声："卓裕听了，心又得划拉两道血口。"

姜宛繁低头笑了笑，继续刚才的问题："他之前是做什么的？"

"滑雪，特别厉害。"谢宥笛语气里的骄傲盖不住，"他二十一岁的时候就拿下了SAJ的高阶认证，可以在欧洲、日本当教练的那种。我当年和他去萨斯费，他在雪山之巅，晴空之下完成了一个超高难度的转体动作，真的，到现在我还记得那种帅和酷。我要是女的，能愿意当场给他生孩子。"

姜宛繁听得诧异震惊。

"和他如今这副浪荡哥哥的形象很反差吧？"谢宥笛的笑意淡了些，"都是被恩恩怨怨给消磨的。"

菜上齐了，谢宥笛大快朵颐："吃啊，你吃啊，这大螃蟹还不错。"

姜宛繁仍旧没怎么动筷子。

"别想那个可怜蛋儿，也别为他吃不下饭。"

走的时候，谢宥笛推给她一张名片："我一朋友，开经纪公司的，想定两套礼服给艺人走红毯，过两天来找你行吗？"

"好。"姜宛繁心不在焉，然后慢半拍地反应过来，"啊，不行，我明天得回老家一趟。"

谢宥笛一脸问号："有钱还不赚？"

姜宛繁说："我奶奶病了。"

一周后的冬至，天气应景地降温，天气预报说寒潮晚上来临。卓裕去学校接了卓怡晓一起回林家。

这是和卓悯敏为了相亲的事冷战一个月后，他主动破冰。卓悯敏依旧热情周到，亲自包了三种馅的饺子，有卓裕最喜欢的鸡肉虾仁。但两人一进门，看到沙发上还坐着个人。

卓悯敏笑盈盈地说:"这是向衿。"

卓怡晓站在卓裕身后,能明显看见哥哥的肩膀一僵。

这顿饭吃得客气、和气,卓悯敏有意撮合的心思没藏着掖着,卓裕也懒得修饰态度,一直平平淡淡的,向衿倒是笑容甜美,不多话,但也不冷场,偶尔冲卓裕眨眨眼。只有卓怡晓知道哥哥不高兴,虾仁饺子都没吃两个。

到了后面,卓裕大概有点忍无可忍,找了个由头去车里抽烟。人往后排一坐,腿架在驾驶座椅靠背上,这姿势销魂得像个没骨人。

车外树影摇晃,最上边那层的枯枝被风碾压折弯,偶有几粒大雨点砸窗,很快被风吹延出道道粗鲁的水痕,而密封空间里,烟雾缭绕如修仙。

没别的,他就是觉得没意思透了顶。

卓裕划亮手机,看了一眼日期,恍惚记起距他上一次见姜宛繁已经过去很久很久了。这期间他给她打过一次电话,系统说不在服务区。后来他路过两次简胭,看见里边人头攒动,也就没进去。

卓裕掐熄烟,拨了谢宥笛的电话。

"你说啥?哎慢着慢着,三条碰了。"谢宥笛那边吵,吼得跟大喇叭似的,"谁?小姜?"

卓裕沉了口气,耐着性子重复:"你最近和她有联系没?"

"什么?小姜要唱黄梅戏?!"谢宥笛惊叫。

信号断断续续很卡顿,卓裕想摔手机。

"她哪有空唱黄梅戏啊。"又一阵卡顿,滋滋的电流声搅得听不清楚,等卓裕再听到时,谢宥笛声音清亮,"病得很厉害,回老家了。"

卓裕猛地坐直,皱眉确认:"她病了?"

那头吵得像大杂烩,谢宥笛"嗯嗯啊啊"半天,说:"对。"

卓裕又打给吕旅,吕旅说:"我师傅上周就回老家了。"

"她家是在霖雀?"卓裕记得。

"嗯,就住在霖雀镇上。裕哥你还有事没?我这边有点忙。"

"没事了,忙吧。"

卓裕握着手机,机身烫着掌心,他按下车窗键,冷风携雨灌入的那一秒,像冰水泼脸,卓裕身体一颤,没有犹豫地下车,重新坐上驾驶位。

导航显示距离目的地418km,从绕城高速上京广,一路往南。

天气布满浓雾,车身披满露水,狂风压倒性地碾在道路边的树枝上。这一波寒潮来势汹汹,卓裕抽烟的时候开了一条窗缝,风像尖刀,无孔不入。

到广墨段的时候,雷鸣电闪,疾雨如织,大货车开着双闪,速度一降再降。卓裕几近盲开,也没靠边等雨停。

路况不佳,视线遮挡,凌晨一点,卓裕终于开到霖雀镇,但刚出高速口,仪表屏显示右后车压异常。幸好防爆胎能坚持继续开一段,卓裕降低车速,只能先找地方修车。

绕了一圈,终于找到一家虽然关门但屋里还亮着灯的汽修店。

"别敲了,睡了,换别的地儿吧!"年轻人音量十足。

卓裕言简意赅:"我加钱,帮个忙成吗,哥们儿?"

十几秒后,吱的一声,门开了一条缝。老板比卓裕想象中年轻,身形瘦高,大冬天就穿了一件短袖,被风吹得牙齿打战。

"你这车太好了,我没原装胎,算你便宜点,换不换?"

卓裕给他发了根烟:"换。"

小伙子把烟往耳后一夹,做事麻利得很,问:"老板来这边做什么的?"

卓裕说:"看朋友。"

"朋友啊,住哪儿的?"

"不知道。"

小伙子抬头望了他一眼,卓裕自己都想笑,人生地不熟,也没个具体地址,说出来别人都不信。

"正好,跟你打听个人。"他顺着话问,"这镇上,姓姜的人多吗?"

小年轻咬着螺丝刀,手劲很大,答道:"多。"然后眼睛往后头的方向扬了扬,"喏,那儿就有一个。"

卓裕扭头看了一眼就转了回来,顿了一下,又猛地回头——马路对面,医院大门口,站着表情同样震惊的姜宛繁。

冷雨如针,寒风穿堂。她着急过马路,这个时间的小镇其实没什么车了,但卓裕还是下意识地迎上前,速度比她快,先走到马路半道拦在她右侧。

"你生日那晚我表个白,就被吓到跑回老家了?"卓裕调侃道,"怎么,我追,你逃啊?"

"你、你怎么到这儿来了?"姜宛繁话都说不利索,抬高手,把伞匀向他的头顶。

卓裕一挑眉:"幻觉吧,要不你摸摸看真不真?"他微微弯腰,脸凑近。

姜宛繁魔怔一般,伸出食指,轻轻点了点他的脸。触碰一瞬,两人视线相搭,世界都安静了。

姜宛繁呆憨地答:"活的。"

卓裕忍俊不禁。

"姜姐,今天守到这么晚啊,奶奶好点了没?"小年轻扬声问。

姜宛繁回过神,飞快收回手:"好些了。"

奶奶?卓裕皱眉,慢慢反应过来。

"车坏了?"姜宛繁走进汽修店。

"换胎,好了。"小年轻用力拧着扳手。

姜宛繁蹲下道:"你给他好好修,修仔细点。"

"放心嘞,姐。"

最后,小年轻贼酷地冲卓裕大手一挥:"姐的朋友就不用多给了,再少你八十,墙上扫付款码。"

汽修店关门熄灯,车门一关,极致的静,呼吸里的最后一丝冷意消散,暖气覆盖。

"你……"姜宛繁欲言又止,"怎么到这儿来了?"

卓裕默了默,说:"因为你……奶奶病了。"

姜宛繁一脸疑惑,卓裕垂着眸,不再开口。

他没带伞,也没带衣服,仍是薄薄的呢子外套,后背湿了一半,头发尖凝着雨水,暖气铺满车内,但仍能感到他身上的湿寒。

姜宛繁什么都明白了。

沉默持续发酵,车里像塞了只气球,越鼓越大,再多一秒就要爆炸。姜宛繁无意识地摩着指腹上的茧,故作轻松地笑道:"这么大的雨,路上不好开吧?车胎在哪儿坏的?路上没出事吧?开了几个小时?你吃过饭了……"

"别紧张。"卓裕忽地打断她,"声音在抖。"

姜宛繁愣了几秒,继续艰难地找话题聊天:"见一面,还挺……难的。"

"下次还见。"卓裕目光如燃灯,"只要是你,再难都见。"

第3章

我们结婚吧

他肩膀上湿透的衣料,头发上凝滞的雨滴,容颜难掩的倦色,都是真诚的佐证。姜宛繁的心跳和雨刮器一样快,脱口问:"你什么时候回去?"

卓裕愣了一下,笑得很勉强:"伤心了啊。"

"不是,不是,我不是赶你走的意思。"姜宛繁解释道,"你能休几天?我可以带你在镇上转转。"

卓裕想了想,说:"两天。"

姜宛繁说:"那我们先去宾馆开房。"

卓裕看她一眼,不过姜宛繁并没察觉到这不是什么正经话。

开好房,领了磁卡,卓裕坚持送她回家再过来。外边暴雨如注,姜宛繁没拒绝。

下车前,她说:"记得路吗?掉个头笔直开,第三个路口左转。你别转错了,有个路口在修路。"

"好。"

"你还是开导航吧,就导丹心宾馆。"

"担心我啊？"卓裕问得直接。

姜宛繁哑然。

卓裕笑了："我记性好，不会开错路。以后我们自驾出去玩你就知道了。回去吧，早点休息。"

尾灯渐远，姜宛繁才反应过来，她在他的"以后"里。

雨下一夜，妖风阵阵，早上总算停了雨，但云层压得厚实，裹了一层灰袍子似的。手机弹出几条黄色预警，提示48小时内有暴雨。

姜弋打着哈欠走出卧室时，被一桌稀饭油条吓了一跳："姐，你起这么早？准备出摊卖早餐？啊对了，你昨晚几点回来的？"

姜宛繁问道："我昨晚没回来，你找都不找一下的是吧？"

姜弋震惊道："你昨晚没回家？干吗去了？爸妈知道吗？放心姐，我先给你保密。"

姜宛繁保持沉默。

吃早餐时，手机搁在桌面上，她拿起又放下，解锁几次又按熄——卓裕醒了没？宾馆不含早餐，旁边巷子里才有米粉店，也不知道他能不能找着地方。

姜宛繁心不在焉，姜弋眼睛滴溜溜地扫荡观察。

"你总看我干什么？"姜宛繁被盯得心烦。

"我刚看锅里还留了一份早餐。"姜弋无辜道。

姜宛繁面不改色道："给爸留的，待会儿我送去医院。"

时间还早，姜宛繁磨蹭到八点才出门，又在宾馆坐了十分钟，这才给卓裕打电话。

"起来了吗？"她问。

"回头。"

姜宛繁转过身，卓裕一手拎着袋子，黑衣黑裤，一身清爽地站在宾馆门口。

"这么早？"姜宛繁视线一低，"买早餐去了？"

"对。"卓裕给她看，"这个叫什么？那阿姨介绍的时候我有点没听懂。"

"油团，糯米做的，里面包了红豆沙。"姜宛繁问，"咦，你没尝尝米粉吗？"

是我们这儿的特色。"

卓裕笑道："你带我去？这边的阿姨很热情，问了我好多，但我有点听不懂方言。"

姜宛繁没多想，说："那明天我早点过来。"

"这是你给我带的？"卓裕指了指她拎着的保温袋。

"早餐多做了些，就给你带了一份。"姜宛繁说，"就一些米粥，你想吃吗？"

"吃。"

两人边聊边回到房间，卓裕走后边，手拦着门板，没有关门。

姜宛繁狐疑："你这衣服，怎么这么皱？"

"我昨晚洗了。"卓裕把保鲜盒揭开，闻着食欲飙升，"拿吹风机吹了两小时。"

临时起意过来的，换洗衣物都没带，这衬衣面料带点真丝，估计是不能再穿了，卓裕却不在意："先凑合这两天吧。"

"不用凑合，忘记我做什么的了？"姜宛繁扬扬眉。

"你给我做衣服啊？"卓裕作势起身，站直后双手自觉打开，神色愉悦道，"来吧，量尺。"

他的肩膀舒张，能清晰看到硬朗的身形轮廓，衬衫过了热风有些缩小，贴合着背脊腰线，好身材一览无遗。

姜宛繁淡淡挪开眼："不用。"

"嗯？"

"你的三围尺寸我还记得。"

她声音清淡，撩得卓裕心尖如落轻羽。

"忘掉。"卓裕低声道，"我最近有健身，应该比上一次更好了。"

一片安静里，对视间，再多一秒就能听见愈演愈烈的心跳声。

手机响起，缓和气氛，是姜弋发来的微信语音。姜宛繁没多想地点了一下，少年音质清亮——

"姐姐你是不是谈恋爱了？"

姜宛繁蒙了，慌忙点屏幕，结果点中第二条语音——

"你在家心神不宁的,早饭都没吃几口,得了相思病一样!"

姜宛繁抬起头,卓裕正似笑非笑地看着她,倒也没多说什么,自然而然地喝起了米粥。

他的吃相很好看,碗勺不发出丁点声响,还剩最后一碗底时,直接端碗喝完。不用言语的刻意夸赞,就能让人相信他是真的喜欢这碗米粥。

姜宛繁刚放松了些,卓裕忽然叫她的名字:"姜宛繁。"

"嗯?"她莫名其妙。

"你是记得每位顾客的三围尺寸,还是只记住了我的?"

他好像很想要一个答案,姜宛繁倒也没欲盖弥彰地找借口:"特别好的或者异于正常的,我会记得深刻些,是职业习惯。"

"那我是哪一种?"

姜宛繁看他一眼,轻声道:"特别好的。"

她的目光清澈又坦诚,像一注抚慰剂,撩得人筋骨绵绵。卓裕被她注目得胸腔膨胀,抵御不住地稍稍别开了脸。

姜宛繁指了指床边的外套:"穿上走吧,今天带你去一个地方。"

白天她能开车,在卓裕的车上摸索适应了一会儿,驾驶得就很顺畅了。

"你住的地方就是镇中心,霖雀不大,山多水多,现在仍有一部分人是住在山上的。"

卓裕问:"主要的经济产业是刺绣?"

"对。"姜宛繁打左转灯,"不像镇湖、鹿城那样有名气,没有形成规模,年龄稍长点的都会绣,也有厂商过来收,但价格一般都很低。"

二十分钟车程,到目的地下车,还走了一段小路,眼前是一座很普通的自建房,入门是大平院,门口依稀坐着几个老人在做绣活。

姜宛繁熟稔地打招呼:"阿婆。"

老人戴着头巾,粗布厚袄子,能看见上头精致繁复的花纹,笑起来满脸褶子,目光朴质。

姜宛繁弯腰俯身看她们手里的绣品,对话用的乡音,卓裕听不懂。山间雾气氤氲，就这么看着，也是一幅绝美风景。

不多久，老人们都笑眯眯地看向卓裕。姜宛繁也跟着看过来，神色微闪，双颊赧然。

卓裕走过去，拣起掉在地上的一板线团，递还给老人，又蹲在地上仔细看了看，夸道："阿嬷，您绣得真好。"

阿嬷听懂了，笑得眼睛眯成缝。

姜宛繁又带着他往屋里走，卓裕看清后，愣住了——除了竹签、丝线、织架这些工具，屋里的人，有点不一样。或佝偻，或矮小，还有一个只剩半截身体，空荡荡的裤管扎了两个结。

"来了啊，姜姜。"大家乐呵呵地打招呼，并没有因为陌生人的到来而不自在。

姜宛繁走过去聊了聊，拿起两把绣扇给卓裕看："好看吗？"

"栩栩如生。"卓裕不敷衍，接过来仔细端详了一会儿，惊讶道，"竟然是平面的，看着像立体的。"

姜宛繁很得意："小水绣的。"

就是那个只剩半截身子的男孩。

卓裕猜到什么，问："是你把他们聚在一起的？"

姜宛繁"嗯"了一声："阿嬷们年龄大了，做不了重活，家里没人照应都挺可怜的。我给她们找来工具，绣好的东西，我再帮忙找渠道销售，能帮一点是一点吧。"

"那些小衣服很漂亮。"卓裕指着架子左边。

"啊，那个不卖的，给精神病院做的。"

"精神病院？"

姜宛繁给他搬了张小竹椅，示意他坐，然后说："虽然他们生病了，精神不正常，但不管是什么样的人，对美的认知是共通的。"姜宛繁笑了笑，"就像身体本能，看到花儿会高兴，闻到花香会舒畅。我们每年冬天都做一次衣服捐献，过新年，穿新衣，图个好兆头。"

卓裕看着她久久不言语。姜宛繁被阿嬷叫去，卓裕目光追随，眼底有些热。

外面阴云压得低，厚滚翻涌，但雨就是不下来。

姜宛繁要在这儿待一晚，把这一批外销的绣品清点拍照，她让卓裕回宾馆，卓裕直接道："我能和你一起待在这儿吗？"

姜宛繁为难道："这里没有多余的房间了。"

"好。"卓裕不死缠烂打，"那我明天早上来接你。"

他说话的语气有点乖，姜宛繁笑道："好，那你别吃早餐，等我带你去嗦粉。"

吃过晚饭，卓裕开车回了镇上。这才五点，天已黑透，气压极低，吹得风竟然带着热乎劲，让人浑身不适。

把车停到丹心宾馆，秘书的电话打了过来。

"裕总，您、您是出差了吗？"秘书小声道，"小林总说您没按流程汇报，林董有点不高兴。"

卓裕淡淡应了一声："嗯。"

秘书紧张巴巴地问："那明早的例会您能来参加吗？"

"不能。"卓裕言简意赅。

秘书快哭了，她没法交差啊。

卓裕无所谓道："林总问起，你就说我追人去了。"

"啊？追、追谁？"

卓裕带着明确的真心，笑着说："他嫂子。"

电台正在播报天气："我省17时起，有大暴雨局部特大暴雨，气象台发出西南部雷雨大风黄色预警信号……"

卓裕看了一眼窗外，风流云散，树枝逆风折腰，像剑正酝酿出鞘。"啪"的一声，豆大的雨滴爬在挡风玻璃上，又凶又疾。

那三个字的答案，本是半真半假的戏言，卓裕从未想过，它竟像这滂沱的预警一般，于这雨夜，一语成谶。

六点多，憋了一天的雨终于下下来了，拍在窗户玻璃上，像密集的铁钉，姜宛繁还以为是下冰雹。

"楼上窗户都关好了吗?"

"关好了,就是顶楼有点漏水,还是老位置。"

"天晴了我找人来修。"

姜宛繁找了个桶,放去漏水的位置,去了才发现这哪是漏水,分明是流水。

窗外雨势大,像给世界蒙了几层塑料膜,什么都看不清。她皱了皱眉:"别开窗,别出门,今晚也别做绣活了,都休息。"

山上的夜晚更冷,姜宛繁生了一个炭火盆放在堂屋中间,大家围坐着闲聊。阿嬷笑眯眯地说:"姜姜的男朋友很好的。"

姜宛繁弯唇扒拉着木炭,让火烧得旺些:"才见一面,怎么就知道他很好了?"

小水发现了重点:"姐,你承认他是男朋友了。"

姜宛繁一愣,"啧"了一声:"人小鬼大。"

小水憨笑着摸摸脑袋,把空荡荡的裤管捏上来一些,说:"我也喜欢这个哥哥的。"

"怎么个喜欢?"

"他给我看短视频,给我讲解,好耐心,还说会送我一个航模。"卓裕的每一个字,小水都记得清楚。

"一个航模就把你贿赂了。"姜宛繁说,"我给你买两个。"

"那我还是喜欢他。"小水老实道,"不能撒谎。"

炭火盆的焰光把姜宛繁的脸衬成淡淡的橘子红,像柔和的反光板,和她此刻的情绪相得益彰。

木炭燃烧的噼啪声,盖不住外面的雨声,姜宛繁扭头看了窗户好几眼。

九点,老人家陆续进屋休息,姜宛繁把数月以来的成品放在竹床上整理拍照。

楼上的漏水声越来越大,像小瀑布,姜宛繁放下相机,拿起手机,信号减弱,微信也自动下线了,红色字体提示网络不佳。

"轰——"电闪雷鸣,一瞬间把天空划亮成诡异的青白色。姜宛繁的手跟着抖了一下,刚想走到窗边看雨势,哗的一声重响从二楼传来。

姜宛繁飞快跑上楼,"阿嬷别动!"她叫停起床张望的老人,然后走到漏水

的地方一看,好家伙,屋顶裂缝处被风揭掉一块瓦,风顺着缝隙无孔不入,嘶吼声怖人,雨水也不留情地往屋里浇灌。

姜宛繁心一沉,大声道:"都起来!伞、雨衣、帽子都带上!"

这里地势复杂,看着三面环山,其实建房处是低洼的平地,经不住长时间的暴雨,再拖延,势必积水成河。姜宛繁最担心的,是泥石流和山洪。

好在离这里五百米远的地方还有一座房子,也是她家的产业,虽然闲置没住人,但四周都是平地,比这儿安全。

开门后暴雨飞扑,没几秒身体就全部湿透。

"婶,你扶好张嬷,腿脚不便的咱们先送过去。"姜宛繁扯着嗓子,声音被雨声盖去大半。

这里有六个老人、两个能勉强帮忙的中年妇女,还有三个身体残疾的。送完第一拨,再回到这里,雨水已经倾灌进堂屋,并且势头加剧。

"别怕,你抓着我的手。"姜宛繁抹了把脸,老人行动慢,又是这种天气,转移过程更加困难。

烈风呼啸,雨像泼水一桶桶往身上浇。

"全部上楼顶待着!"将人送到,姜宛繁转身就要往回跑。

"姜姜,姜姜。"阿嬷拉住她的手,怎么都不肯松。

"我没事,来得及。"姜宛繁轻轻拍她的手背,"您别怕,我一定回来。"

再折返的时候,水淹至小腿,姜宛繁脚底没踩实,直接摔滑下土坡,脚踝刺痛钻心,疼得她半天说不出话。

"没事吧?"婶子急得要命,"这、这怎么办啊!"

姜宛繁扶着她的手站起来,"轰"的一声巨响,几人眼睁睁地看着右前方的一面山坡倾倒,顺势下来的山洪成了浑浊的瀑布。

"你带着阿嬷走,走了就别回来,听见没有?"姜宛繁冷静安排道,"没时间了,动作要快!"

婶子急着问:"那你呢?"

屋里还剩一个没了半截身子的小水,他才是最难转移的。姜宛繁没有半点犹豫:"我去接他。"

河谷坡度陡峻,山洪一旦起势就没有缓解的余地,而且破坏力惊人,就这么十分钟时间,水已经淹到她的腰部。

小水缩在堂屋的竹板床上,怀里抱着一堆绣品,声音发抖:"姐我会游泳,我不走,你别管我了,我会拖累你的。"男孩的脸上已分不清是泪水还是雨水。

"废话什么!"姜宛繁厉声道,"双手搂紧我脖子,不许放开!"

洪水分秒之间急速上涨,等姜宛繁转过身,浊浪扑面,直接把她扯进了洪水里。

"紧急播报,省西南突发极端暴雨天气,林梅等地特大暴雨,其中霖雀镇小时降雨量达到200毫米,已调派消防、应急队、水上救援专业队伍前往救援。"

"山上发洪水了!淹了好多房子!"卓裕走到宾馆前台,就听到了这句话。

宾馆外不停有救援人员穿梭,镇政府工作人员举着喇叭喊话:"不要外出,原地等待统一安排转运!"

卓裕抓住宾馆小哥的胳膊:"出什么事了?"

"雨太大了,山上全淹了,你别出去啊,可危险了……哎哎哎!你去哪里!"

卓裕抢过他手里的雨衣,边跑边往身上套。

半山腰就拉起了警戒线,消防车、警车闪着信号灯,乌泱泱的全是人。卓裕的车开不过去,他横打方向盘停在路边。

"暴雨引发山洪,右侧山体土质松软,这一片全是泥石流,连带着附近很容易发生次生灾害。"消防战士在讲解,围着他的人或哭或追问,都是被困者的亲属。

"相信我们!救援难度虽然大,但我们不会放弃的!"

另一边响起激烈的争执——

"让开,我要上山!我姐在里头!"

卓裕耳里嗡声一片,他镇定冷静的神色与当下格格不入。在所有人还没反应过来时,他以车身作掩护,从右边的灌木缝里钻了进去。

风雨呼啸,瓢泼之势让人根本睁不开眼。受灾腹地有救援队的光亮,卓裕

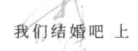

顺着光的方向往上找，很快，那栋熟悉的房子就在百来米外。

简易棚子勉强遮风挡雨，获救人员湿淋淋地坐在椅子上，卓裕刚走近，就被一只手猛地抓住。

"阿嬷？"卓裕认出她来，然后下意识地寻觅那个人影。

阿嬷嘴唇苍白，身子发抖，颤颤巍巍地说着什么，手往后边一指，然后眼里就涌出了泪花。卓裕的心狠狠往下一跌。

"救援难度太大了，西、南两个方向的山体严重受损，这边已经塌过一次，路全堵死了，路中间正好是洪峰旋涡，冲锋艇也过不去。"救援人员讨论着施救方案，"据信息收集，还有三名被困人员，什么情况暂不清楚。"

"西面被困者施救难度小，我们有把握。麻烦的是左边，必须越过洪峰，而最直接的方法，就是把冲锋艇开到洪峰附近，咱们的人带着安全绳游过去。"

卓裕猛地出声："我愿意去！"

队长狐疑："你是？"

"二中队。"

事发紧急，多方增援，队长将信将疑，卓裕已经穿好救生衣，麻利地上了救援艇。

冒雨挺进，船身剧烈晃荡，中心旋涡吸力比想象中还要惊人，差点掀翻艇身。

卓裕沉默不语，熟练地系安全扣，调整安全绳的位置，围着腰间紧紧一拉。

消防战士："同志，你……你是哪个队的？"

"五队吧。"卓裕正色回答，再次检查安全扣后，毫不犹豫地跳入洪水中。

寒冷裹紧身体，血流似是停滞，一瞬间降到冰点。卓裕呛了几口水，根本游不了。救援艇配合地调整方向，救援人员嘶喊："不行！太危险了！快上来！"

卓裕奋力一个挺身，冒出水面深深吸了口气，下一秒，整个人沉入水底。水下的阻力远比水面要小，五分钟后，绳索绷直，卓裕潜过洪峰，终于冒出水面！

艇上消防员惊喜道："他过去了！"同时透过喇叭指引他施救，"1点钟方向，烟囱上有被困人员！"

在这场突如其来的变故到来时，姜宛繁才觉得，在某种意义上，人生就像一道选择题，生或者死，分秒而已。

可当她看清卓裕那张脸的这一秒，她恍然觉得在他这里，自己就是那个坚定的必选项。

两人狼狈到没眼看，可对视之间，万物犹如静止。

姜宛繁张了张唇："你……你怎么来了？"

卓裕灌了太多水，嗓子都泡变声了，笑容被雨冲刷得柔软，他说："这话你问了我两遍，其实我不想来的，可是你在。"

烟囱只有刚够落脚的面积，再过两分钟一定淹没。卓裕把另一条安全绳递给姜宛繁，声音是极致的沉着："动作要快点，手别抖，一定扣紧。"说完，他把两人的绳子缠在一起，打了个非常专业的救生结，然后抬起头望向姜宛繁，"信我吗？"

姜宛繁用力点头。

"我数到三。"卓裕倒计时，口令一发，姜宛繁纵身一跃，默契地往水里钻。

救生艇铆足劲往回拉扯，水面不断有漂浮物滑撞过来。卓裕在前面，哪怕有安全绳绑紧，他仍时不时地反手去触碰姜宛繁——怕她意外落水。

忽然，姜宛繁大声喊道："沉水里！"

卓裕还没反应过来，她已迅速从身后赶超，拽着卓裕就往水里栽。

耳朵被水封闭，陡然凝滞，浑浊不堪的水下看不清彼此，两人下意识地摸索对方，卓裕的长腿钩紧她的身体，死命将人环在怀中。

一团黑色阴影从头发丝上冲过，浮出水面后才看清那是一根厚实的老树桩，砸到脑袋上铁定没命。

"把手给我！"

"快，快抓紧！"

终于，两人被拉上救生艇，远处传来掌声和欢呼声。

"霖雀特大暴雨"的新闻已经遍布社交网络——

"小时降雨量200毫米，相当于半小时内把二十条澄溪江灌了进去！"

"霖雀我去过！山美水美的小地方，千万不要有事啊！"

"愿平安！"

各路媒体记者赶来现场报道，消防、武警、民间救援志愿者络绎穿梭，姜宛繁在简易安置棚里处理脚上的伤口，她不断张望寻找，就是不见卓裕的身影，问了好几个人，都摇头说不清楚。

伤口刚包扎好，姜宛繁便急急起身，一瘸一拐地往外走，雨还在下，视线黏稠模糊，跟她此刻的思维一样乱。

忽然肩上一沉，姜宛繁回过头，卓裕竟站在身后。男人模样狼狈，湿衣贴着身体，领口全是脏泥巴，望着她的目光却澄澈依旧。

姜宛繁鼻尖一酸，低下了头。卓裕什么都没说，就这么牵住她的手，无声地走到一旁角落。

他的手很快松开，语气带着愉悦的调侃："你别哭啊，哭了我真会多想的。"

姜宛繁抬起头，湿润的眼睛像明珠，这一刻的光辉，真挚又柔软，完完全全是属于他的。

卓裕的胸腔塞得满满当当，沉默地别开脸看向别处，再转回来时，他的喉结微动，声音仍勉力维持着轻悦："我们现在也算是过命的交情了，我多想一想，应该也不过分。"

姜宛繁被逗笑了，眼眶中的泪凝在睫毛上。

她笑着，他看着，目光灼热。气氛渐渐浓烈。

忽然，卓裕再次牵起她的手。这一次没有试探，没有犹豫，没有权衡分寸的完美借口。姜宛繁被他用劲箍在怀里，入鼻是雨水的冷意，黏土的腥稠。透过湿衣，体温传递，如丢进熊熊升温的火把。

"听谢宥笛说你病了的时候，我是直接从我姑家开车来霖雀的，天气不好，下雨看不清路，我那时候也想过，万一高速上出点什么事，值吗？"

姜宛繁的声音不自觉地抖："值吗？"

"不是值不值的问题。"卓裕笑道，"是会觉得遗憾吧。遗憾开车技术，遗憾没集中精神，遗憾没实现和你的一些'可能'。"

安静片刻，他低声道："姜宛繁，我很喜欢你。喜欢到什么程度我不敢说，但就像刚才,我往洪水里跳,想见你,想护你,想救你,是本能。多难喜欢上一个姑娘啊,我就得让她好好的。"

嘶吼的风雨在耳里幻化成攒在枝头的莹雪,姜宛繁的心静了,双手下意识地轻拥卓裕的背。

卓裕肩膀微颤,沉声问:"你想谈一场什么样的恋爱?"

姜宛繁摇头,只更用力地拥住他。

"要求太多了吗?"卓裕笑了,"可我不想给你半点犹豫思考的时间了。"

命运如蚁,一溃千里。谁说人间多团圆?不过是劫后余生,只争朝夕罢了。

"我有什么,就给你什么。只要你愿意,只要你愿意……"卓裕轻贴着她温热的脖颈,哑声说,"姜宛繁,我们结婚吧。"

广播声嘹亮响起——

"姜宛繁,姜宛繁,你的家属在找你,请听到广播后回到2号救助点。"

卓裕拍了拍她的肩膀,然后松开人:"过去吧,你家人肯定担心坏了。"

雨夜混乱,实在不是适合谈感情的时候。

姜宛繁一步三回头,每一次回头,卓裕仍站在原地。姜宛繁眼热,外面的雨好像下进了心里。

"姐!爸,姐在那儿!"姜弋跳起来招手,扯着姜荣耀小跑起来,姜荣耀差点栽了个跟头,但也没责骂儿子,在看到女儿平安后,连声说"好好好"。

姜弋急得要命:"我要冲上去找你的,但半山腰就拦住不让了!"

姜宛繁愣住,那卓裕是怎么上来的?她起身回望,人头汹汹,已经找不到他的身影。

救援仍在继续,不止霖雀镇,多个山区县城受灾严重,新闻媒体轮番报道,微博词条高居爆位。通信信号断裂数小时,能联系上人时,已是次日清晨。

断断续续涌进的未接提醒震得手麻,粗看一眼,前边全是谢宥笛,卓裕还没翻完,电话响了。

"你大爷的,终于接电话了!"谢宥笛吼道,"你也是个神人,跑去霖雀!幸

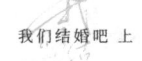

亏我聪明猜到了，不然你死在那儿都没人给你收尸！"

卓裕乐了："那你帮我刻个无字碑。"

"滚蛋。"谢宥笛粗鲁地问，"你少胳膊少腿没？"

卓裕低头看了一眼敞开的衬衣，腰上围着纱布，右侧伤口痛感绵绵。他一本正经地答："胳膊腿没少，少了只肾。"

谢宥笛卡壳半天，纯情发问："你对小姜这么猛的吗？"

卓裕噎了噎，这哥们儿的关注点总是很奇特。

天色以可见的速度层层递亮，窗外透进来的光不疾不徐地调档，竟洒下几缕奢侈的阳光。卓裕有点恍然，昨夜仿佛大梦一场。

谢宥笛仍在滔滔而谈，卓裕一个字都没听，他盯着骤白的光亮，腰上的伤扯出的疼，还有那一秒，姜宛繁主动回抱他的真实感，让他整个人沉静、放空，某种冲动挤裂出一条缝，不遗余力地往外迸射。

"谢宥笛。"他忽然沉声叫道。

"啊？"

"如果我离开兆林，你会不会……"

"会！我会！不管你做什么，做没做成，有哥们儿在，一定饿不死你。"谢宥笛激动极了，"你终于悟了，这只肾少得好，少得好。"

洪峰退去，道路逐步恢复通行，高速路没受太大影响，卓裕于下午开车返程。走之前，他给姜宛繁发了条信息，两个字："走了。"

姜宛繁的回复也简洁："注意安全。"

彼此默契，谁都没有提昨晚的事。

高速五个多小时，卓裕下了高速，直接去了公司。

他已经两天没露面，林久徐发了好大一顿火，当着员工的面将他数落。卓裕听着，但也没全听进去，因为左下腹的伤口疼得慌。

在林久徐的责备声里，卓裕不疾不徐地走到沙发边坐下。林久徐一瞬静默，面色难忍。

卓裕甚至笑了笑："姑父，您继续。"

一旁的林延按捺不住,急吼吼地喊道:"你身为公司管理层,两天不接电话不回信息不来公司,你还有理了?"

卓裕看向他,笑意深了些:"没理,那按规章制度,我是不是该走?"

"你!"

"林延。"林久徐呵斥一声,沉着脸色大手一挥,"别说了。"

卓裕回到办公室,周正已经等着了。

"裕总,你好点了没?应该回去休息,别来公司的。"

卓裕捂着左腹的手徐徐垂下。非亲非故的外人,都比沾亲带故的自家人要热忱。

"我打了你一宿电话,后来找上笛哥,才知道你去了霖雀。"周正说,"没想到那边会下那么大的暴雨。裕总,还好吗?"

"都过去了。"卓裕挨着沙发坐下,姿势不舒服,人半躺着闭目。

"林董也是,不问你情况,树威信也不能当着那么多人下你的面子。"

卓裕轻嗤:"面子是给别人看的。"

周正见他疲惫,也不忍心再多说。

安静十几秒,卓裕忽说:"周正,如果我离开公司,你有什么打算?"

周正诧异道:"裕总,你是要走吗?"

来添茶水的小职员正好听到这一句,搭在门把上的手收了回去,继而转身离开。

无人的角落,电话声愈压愈小。

"敏姐,你忙吗?跟你汇报一下,我刚刚听到一件事。"

几天后,卓裕去医院换药的途中,接到卓悯敏的电话。卓悯敏的语气尚算平稳,说太久没见,一起吃个饭。

卓裕赶着点到林家,才发现卓怡晓竟然也在。

"今天不是有课?"卓裕诧异道。

"有课的。"卓怡晓朝厨房的方向抬了抬下巴,小声说,"姑姑一定要我来。"

卓裕皱了皱眉。

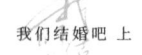

"都来了啊,我做了你最爱吃的虾。"卓悯敏的声音不咸不淡,她今天穿的裤子,右边裤管空荡荡地扎了个结,没装假肢,看起来诡异极了。

卓裕皱眉更深,卓悯敏单手拄着拐杖,另一只手端着盘子,一瘸一拐地走向餐桌。

"我来。"卓裕迅速伸手,却被卓悯敏一把推开。

卓悯敏面无表情,拖着残肢,一步一步走得极慢。"我知道,有些事情就像这些菜,时间一久就凉透了,忘记了,不在意了。"

"姑姑。"一旁的卓怡晓小声叫她。

卓悯敏笑了笑:"怡晓一直最听话,就像那时候,我也最听你们爸爸的话。可是有什么用呢?一念之差,就再没有重来的机会了。"

骤然提起过世的父亲,卓怡晓下意识地往后躲,神色无措。

卓裕一把将妹妹拦在身后:"姑。"

"你叫不叫这一声姑姑,我都是希望你过得好。我和你爸爸的事,那都过去了。我这一条腿,反正没了这么多年,该习惯的也习惯了,谁都不欠谁的。"卓悯敏不疾不徐地说着,又热情地拉开卓裕面前的餐椅,"坐吧,好好吃饭。"

卓裕的脸色一分分紧绷,手垂在腿侧,虚握成拳。忽然手心温热,他慢慢侧头,是卓怡晓轻轻牵住了他的手。

卓裕感觉到妹妹的紧张、惊惧,用力回握住她。

就在他定力稍稍回位时,卓悯敏坐在位置上,毫无征兆地将空荡的裤管卷起,不避讳地露出那条残缺的腿——膝盖下方没了,肌肉萎缩一圈,这么多年过去,缝合处仍时不时地红肿。

她当着兄妹俩的面,慢条斯理地处理起红肿处。

"说起来,怡晓是最像我的。"卓悯敏声音平静,抹碘酒的动作冷静平稳,"你喜欢画画,我喜欢跳舞。我这辈子是没机会再跳了,但你可以一直坚持。"

卓怡晓连连退缩,揪紧了哥哥的衣服。

这些话、这样的画面,带来无形且巨大的冲击力,明晃晃地提醒着他们,都是因为他们的爸爸,她才被迫选择截然不同的人生。

第3章 我们结婚吧

把卓怡晓送回学校,卓裕一个人待在车里久久没动,饭没吃上几口,此刻胃火烧一般翻涌。

手机响起,拉回一些理智,是姜宛繁发来的:"谢宥笛在我店里,你过来吗?"

卓裕轻呼一口气,回复:"来。"

不仅来,还带了一束花。

一进店,谢宥笛就在那儿鬼吼鬼叫:"哎哟喂!哪只小蜜蜂来采蜜了啊?姜老板,你买蜂蜜吗?买一斤送一个卓裕,赶紧的。"

店员们乐了:"姜姐赶紧来,划算的!"

"再闹,一人蛰一口。"卓裕笑着把花递给姜宛繁,"我记得,你不喜欢玫瑰。"

百合清香沁脾,姜宛繁低头闻了闻,对他笑:"谢谢。"

"哇哦,哇哦,哇哦!"两人站在一块,画面太和谐,起哄声更嘹亮了。

卓裕不让人尴尬,主动道:"花给我,我帮你放花瓶里。"

姜宛繁指了指内厅:"里边有几个。"

卓裕前脚进去,谢宥笛后脚跟来,笑得没个正形:"进展不错啊,裕总。"

卓裕盯了盯他的衣服:"穿得跟孔雀开屏似的。"

"不好看吗?我还准备给咱们那俱乐部做工作服的。"谢宥笛一提这个就来劲,"你什么时候走?"

卓裕插花的动作没停,抿了抿唇,告诉他:"算了。"

谢宥笛声音骤冷:"什么意思?给我把话说清楚。"

里面的声音激烈到根本盖不住,姜宛繁匆匆进来时,就见谢宥笛发了好大的火——

"脑子坑了还是被猪油堵住了?你姓卓,不姓林,你非得给林家打一辈子工是吧?不是我不尊老,就你那姑姑,对你的态度是个姑姑该有的吗?"

卓裕抵靠着桌沿,花摆在一边,笑得吊儿郎当:"何至于,消消气。"

"消你妹!"谢宥笛气得左右踱步,"你爱干吗干吗!在兆林做到退休,把兆林做大做强做出宇宙,让林延那败家玩意儿发光发热!"

卓裕敛了敛笑意,左腹伤口的疼痛弥漫如针扎,他故作轻松地说:"那我也

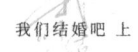

有成就感，在哪儿不是做，钱和名我挣到了，不亏。"

谢宥笛冷笑："我认识你二十多年，你骗不到我。既然想自己骗自己，那我无话可说，就祝你跟那乌龟老王八蛋一样长寿吧。"

谢宥笛气呼呼地走了，走出门，咆哮声传来："谁要跟你当好兄弟，不跟你玩了，绝交！"

一室静默，空气凝固。

卓裕微微低头，喉结动了动，窒息感充斥着五官六感。姜宛繁看到他的手死死地按在桌面上，紧了又松，极力克制。

卓裕侧过头，对她露出一个无奈的笑："不好意思，吵着你了。"

姜宛繁张了张嘴，话还没说出口，卓裕便跟跄着走了。

到家后，卓裕背靠着门板，盯着灯罩某一处，目光虚无放空，伤口上的疼被打散一般，蔓延全身。

卓裕摸着腹部，一点一点往下蹲，衣服紧贴后背，渗出绵密冷汗。卓悯敏的话一直回荡在耳边，提醒着卓裕的亏欠。

想起刚出事的时候，是燥热蝉鸣的盛夏。彼时，卓裕正在瑞士萨斯费参加滑雪集训，皑皑白雪，与他的人生一样光芒耀眼。

电话里，林久徐的声音激烈憎怨："你爸爸酒驾，坠崖死了。你姑姑现在还躺在抢救室里！"

卓裕的耳朵嗡嗡作响，像一世纪的雪顷刻降落。

卓悯敏左腿截肢，惨烈的画面让卓裕至今难忘。她没有任何责怪，只平静地看着卓裕说："别内疚，我不怪你。"

这七个字像咒语，轻而易举地拿捏住他的人生轨迹。

回忆像换季的气温，于他的脑海里冷热交替，正茫然间，清脆的门铃声响起，卓裕回过神，打开门后彻底愣住。

门口的姜宛繁欲言又止，两人一时相看无言。

卓裕眉间轻蹙："嗯？"

姜宛繁垂在腿侧的手无意识地摩挲着指腹，问："你好点了没？"然后指了指他的腹部。

卓裕诧异道:"你怎么知道?"他受伤的事并没有告诉过她。

"在店里,我看出来的。"

卓裕让出路:"进来吧。"

这是姜宛繁第一次来他家,客厅没有多余摆设,一整面书柜做了隔断,墙上是浅灰色的投屏幕布,干净,极简。

卓裕递了一瓶水给她,知道她在想什么:"被谢宥笛吓着了?"

姜宛繁"嗯"了一声:"第一次见你俩这样。"

"没事,闹着玩的。"

"那玩得很大。"姜宛繁客观评价。

卓裕轻笑出声:"玩大的时候,你没瞧见。他就是那样的性格,嘴硬心软。"

姜宛繁反问:"那你呢?"

卓裕微愣:"我?"

姜宛繁望着他:"被他那样说,你不难受啊?"

卓裕张了张嘴,本来想调侃,可对上她真挚清亮的眼睛,心里竟阵阵发软,喉间涌出淡淡的酸涩。

他别过头,强颜欢笑道:"就那么点事,一个人扛着就扛着,这么多年也过来了。再说⋯⋯"他垂眸轻嗤一声,似是自嘲,"还会有人来哄我啊?不会的,我说了也没人在意。"

苦情牌不适合他,他也没这个资格。

"谁说的?"姜宛繁倏地反驳。

卓裕茫然地转过头,姜宛繁轻声道:"我不是来了吗?"

两人的目光再次搭上,对视之中,像是回到那个暴雨夜,姜宛繁的温柔如大雨,将卓裕淋了个透。

他没有犹豫,放纵自己的冲动,猛地将她拉进怀中。以强示人的习惯一瞬间被丢弃,疲倦袭身,她身上的款款温柔是唯一的慰藉。

"吕旅说你不喜欢玫瑰,所以我才买的百合。"卓裕哑声道,"但我后悔了,我就应该送玫瑰的。"

玫瑰，是逆风执炬的坚定，是热烈滂沱的心意，是心无旁骛的喜欢。

卓裕侧了侧脸，皮肤灼热，在她的肩窝沉沉呼吸。

姜宛繁的心跟着颠了颠，轻轻拍他的背，温声说："那下一次，不，明天，我等你的玫瑰。"

第二天，吕旅看到卓裕带着玫瑰进来时，很有眼力地喊了句："大家把手上的活都停一停，裕哥要在群里发红包啦！"

卓裕乐了："发。"

工作群里的红包金额，从没有今天这么大，最后吕旅都急了："还发啊？抢得手疼。"

卓裕仍然面不改色。

"别发了吧。"吕旅捂住手机，"太多了，你还得给宛繁姐买玫瑰呢。"

姜宛繁正好出来，听到卓裕笑着说："没事，以后我自己种。"

"事都忙完了？"姜宛繁问。

"没，没，没。"吕旅吐了吐舌，一溜烟跑了。

"她讹你呢，还上当啊？"姜宛繁皱眉问。

卓裕把玫瑰递给她："不是上当，是靠她说好话，刷刷好感值。"

说话时，他的眼角匀着坦荡的光，一点都不令人反感。姜宛繁接过玫瑰，借着低头闻花香的动作，挡住上扬的嘴角。

卓裕穿着半高领羊绒衫，同色系的外套，仗着长腿，怎么样都俊朗出色。姜宛繁的视线停在他的左腹，问："伤不是没好？那就尽量别穿这么贴身的内搭。"

这职业习惯，真是角度清奇。卓裕大方抬手展示，故作轻松地调侃："上次我穿这身的时候，我记得你看了我很久。"

明艳的玫瑰自带光芒，染色双颊与眼眸。姜宛繁莞尔，这一次停留在他身上的目光，比任何一次都要长。

还有顾客在等，姜宛繁没耽误太久。

据卓裕在一旁打量，她和顾客的沟通应该不是很愉快。

吕旅拿着一摞布料跑到姜宛繁面前一通埋怨:"师傅,咱能退单吗?"

姜宛繁接过布料:"我来吧。"

倒也不是吕旅矫情,还是那对广州来的年轻夫妻。签定金合同时,姜宛繁多看了两眼,因为名字十分般配——赵水灵,程光影。可交流起来,就不是这般如诗如画了。

"腰间尺寸再大一点,肩膀也加宽,这衣服有点长,往短了改。"女人一番指点江山,虽然这一次见面,比两个月前看着要消瘦许多,但气场依旧明艳逼人。

姜宛繁耐心解释:"其实按你的要求也可以,你瘦,穿得下,但效果就不一定好。"

"就按我说的做。"

吕旅是急脾气,差点脱口而出"那你何必上这儿来多花钱呢",幸亏卓裕眼疾手快,拦了她一把,这才没让事态升级。

"这个花色就别用了,换那种BV绿,今年流行这个色。"女人扭头朝丈夫美滋滋地提了句,"衬肤色,你可有眼福了。"

本以为是两口子之间亲昵的调情,丈夫却低着头,沉默到底。

最后,姜宛繁再三确认,说得很直接:"如果按您的要求,成品效果一定不会太合适你。"

女人说了太多话,看起来累,坐在椅子上没起身。她对姜宛繁笑了笑,说:"本来也不是给我自己穿的。"

姜宛繁没细想这话的意思,后边的细节沟通由店员继续,姜宛繁去找卓裕,见他在沙发上闭目养神——也没真睡着,东西往他怀里一放,人就醒了。

"嗯?"卓裕眉心微皱,"衣服?"

是一件浅驼色的线衫,款式极简,宽松,领口处绣了一枝带花苞的绿芽,清新亮眼。

"你换了吧,穿宽松点,对伤口好。"

卓裕心里像盖了一床被夏日阳光晒蓬松的棉被,暖了,软了。他笑着问:"看出来了,你有强迫症。"

"姜老师。"这时,年轻丈夫走过来,对姜宛繁抱歉道,"不好意思,一直这么麻烦你。"

"没关系,我们尊重客户的想法。"姜宛繁让出位置,示意他坐,然后自然而然地坐去了卓裕身边。

年轻丈夫神色低沉,声音微抖:"其实这一次的嫁衣,不是给我媳妇做的。她、她生病了,胰腺癌三期,医生说这病不好治。"

姜宛繁顿时哑声。

"我媳妇说,趁她还在,要亲自把关,帮我物色合适的对象。以后真有这么个人,也不让对方受委屈,什么都给她备好。"说着,年轻丈夫的眼眶红透,"我一个人,她不放心。"

这个小插曲,听得吕旅差点哭出来。

卓裕没说什么,迟了好久才想起去换姜宛繁给的这件宽松衣服。换好出来,姜宛繁在案台边复完最后一遍尺,她走到卓裕身后,对着镜子帮他调整。

"其实我妈一直不赞成我走这条路,说好听点,是传统文化,瑰宝遗珠,但这个小众圈子,能真正走出来的并不多。我算是很幸运的,即使这样,我也不敢说这条路能走多远,走多久。"姜宛繁声音温淡,徐徐道来,"我也怀疑过,迷茫过,想要放弃过,可还是坚持了下来,因为不管圈子大与小,行业冷与热,都能服务、成就一群人的需求与梦想。就像刚才那对夫妻,太苦了。我能做的,就是为这个悲壮故事的结局留一点真实的念想。"

让温柔与爱意永续。

"所以,过日子开心点,珍惜眼前人,真遇到过不去的坎了,也不遗憾。"姜宛繁抚平衣服的褶皱,从卓裕身侧探出头,对着镜子端详了一会儿,满意道,"肩宽刚好,衣长合适。"

卓裕懂了,她是在宽慰他的情绪。

镜子里,两人的视线交汇于一处。卓裕转过身,说:"那我们一起做到。"

"什么?"

他微微低头,说:"珍惜眼前人。"

卓裕没能留太久，被公司的电话催了回去。吕旅正在店门口签收快递，问道："呀，就走啊裕哥，你不和我师傅约会吗？"

卓裕扬眉道："她没答应，你这助攻还得努努力。"

吕旅笑嘻嘻地挥手："知道啦！拜拜！"然后拿着快递进了店。

姜宛繁头也没抬地问："你又敲竹杠了？"

吕旅大呼冤枉，眼珠一转，指出重点："你现在都站在裕哥那边了。"

姜宛繁没说话。

OK，默认。吕旅把快递拿给她："给，北京寄来的。"

一听城市名，姜宛繁就猜到了——果然，是一张鉴赏会的邀请函。

吕旅瞄了两行，嘀咕道："你都婉拒三回了，他们真是执着。"

公司，林延在给晏修诚打电话。坐在一旁的卓裕叠着腿，抬手看了两次时间，已经很不耐烦。

林延兴致勃勃道："只要入选，你的知名度、含金量会更高。后期我们产品的推广宣传一定更有竞争力。放心，兆林在业内还是能说上几句话的。"

卓裕睨了林延一眼。

林延终于讲完电话，兴奋道："余海澜先生你知道吧？"

这是一位华侨收藏家，身家丰厚，热衷于公益事业，且低调为善。这几年一直致力于寻觅流失海外的国宝藏品，高价竞拍所得后，再悉数无私捐献回祖国。

"这两天热搜上的'女史箴终于回归'，就是余海澜先生促成的。绣品需要后期修复，修复后会在故宫博物院展出。如果晏修诚参与，以后再多加宣传，那我们之后合作的设计款系列，销量一定翻倍！"

林延藏不住情绪，一头热，太容易被人猜透拿捏。

卓裕清醒地抓取到关键词——如果。他直言不讳地指出："但余先生的意向人选，并不是他。"

林延神色讪讪道："本来吧，肯定是晏修诚，但余先生的夫人不同意，指定了一个普普通通听都没听过的人，暂时是没谈成。我准备找找关系，帮帮晏修诚，互惠共赢嘛。"说完又抱怨道,"真服了这些女人,什么都不懂,瞎指挥。对了,明天晚上有个鉴赏沙龙,有机会见到余先生,你跟我一起去啊。"

余海澜半月前携流失海外数百年的"女史箴"回国,由文物局领导热忱接见,相关话题在热搜上挂了一整晚。

姜宛繁也很意外这件绣品的修复事宜竟会找到她?她和余海澜并没有交集,直到看见他的夫人——孟媛女士年逾五十,低调和善,十几岁时,跟过一位长辈学刺绣。那时饭都吃不饱,更别谈学费了。但那位长辈善心,没要她一分钱,手把手地将她教出师,自此她才有了谋生的本领。

"你应该很熟悉。"一小时前,孟女士直接来了店里,笑盈盈地告诉姜宛繁,"祁霜,我的恩师,你的奶奶。我回国后,第一时间去拜访了她,谈到你时,祁老师太自豪了。"

姜宛繁还没从震惊里缓过神,孟女士已吩咐人打开车门,邀请道:"只是一次私人聚会,别拒绝,先去看看,好吗宛繁?"

话说到这份上,实在不好再推辞。

直到身处聚会,姜宛繁还在恍惚,待在角落,捏着一片西瓜,看络绎穿梭的来宾。

人数确实不多,但场地小,加之复古厚重的摆件赋予视觉压迫,令人眼花缭乱。刚刚上了水果拼盘,她吃了两片西瓜后才有了些许真实感。

姜宛繁轻呼一口气,这才抬眼具体打量,往左,视线一顿,辨别两秒后,她的面色瞬冷。

晏修诚个子高,比大学时清瘦多了,站在那儿像一节细竹,汉服式样的长夹裳增添飘逸,正与余海澜先生在聊天。

余先生态度平平,倒是晏修诚身边的那个男人口若悬河,情绪高涨。

姜宛繁刚想出去透气,就看见端着酒杯朝他们走去的卓裕。这人天生就是行走的衣架,正装上身,把其余人都比了下去,就连一向以衣品为炒作点的晏修诚都显得刻意腻味。

只不过,卓裕脸色不太好,不是身体上的,而是情绪。

中午宴请，林延呼朋引伴，卓裕逼不得已，已经喝过一轮。这会儿的晚宴，林延拉着他一路交际，不顾分寸，每每在林延大言不惭的臭毛病发作前，卓裕便提前帮他化解。没别的，闹出事的烂摊子，最后还得由他收拾，于是酒没少挡，也没少喝，好了七八分的伤口再次作痛。

人与人的差别，在一言一行中不难甄别。林延虽是兆林的小林董，但能力实在平庸。不比卓裕，游刃有余，八面莹澈，回递过来的名片，都只给到卓裕手中。

林延觉得丢面，对卓裕甩了几次脸。

几人和余海澜交谈，提到国内的刺绣："像苏州、千阳，这些名城广为人知，但很多小地方，一样有惊艳的技艺。"

这话题抛出来，场上有几秒的安静。

卓裕站在比较靠后的位置，笑着接了话："余先生听说过霖雀吗？一个小县城，有机会可以去看看。"

一旁的孟媛女士惊喜道："咦，你竟然知道霖雀？"

卓裕说："我半月前还去过，有朋友在那儿。"这时手机响起，卓裕对孟女士颔首，"抱歉，接个电话。"

孟女士微笑点头："忙完再一起聊聊。"待他走后，问几人，"这位是？"

晏修诚说："是和林总一起来的。"

眼见卓裕成了主角，林延强忍着不平，强调道："他在我公司做了好多年，这次也是带他来拓宽眼界。"

孟女士连个眼神都懒得给林延，并不买账，转个身背对着他。

卓裕接完电话，转身就和一脸阴沉的林延面对面。他皱眉后退一步，问："不出声站在这儿干吗？"

林延攥着拳头，怨声幽幽："哥，你没事就少说话，把机会留给晏修诚，他刚和余先生熟络了些。"

卓裕眼神淡然："那他挺无能。"

"说这么难听干什么？他和我们是一体的，他好，我们都好。"

"不是我们，是你。"卓裕的耐性已到极限，绕开他就走。

林延冲着他的背影怒喊:"你有什么了不起的!不过就是一个高级打工仔!"

卓裕背脊挺直,面色自若,踩着一屋窃窃试探的目光和议论,回到余海澜那边继续站着——倒也不觉得多丢人,只是觉得没意思透了。林延这个二百五,真的一世都长不大。

就在这时,孟媛惊喜地看向他的身后,问:"宛繁,你上哪儿去了?都找不到你人。"

卓裕身子一僵,脑子里闪过无数念头,甚至没有马上回头。

余海澜问夫人:"这位是?"

不等孟女士回答,姜宛繁已站在卓裕身旁,自然而然地挽上他的手臂。

"各位好,我是——"姜宛繁偏偏头,语气轻俏,"这位高级打工人的未婚妻。"说罢,她拍了拍卓裕的手背,是温柔的信号,是共情的安慰以及无声的撑腰。

卓裕低垂眼眸,看着她坚定又漂亮的侧脸,心尖下了一场彩虹雨。

孟女士惊喜极了,直言快语,不吝赞美:"真般配。"然后对丈夫说,"这就是我跟你提过的小姜,祁老师的孙女。"

余海澜不由得重视起来,对姜宛繁态度亲和。

在场的人见风使舵,姜宛繁成了主角,林延和晏修诚自然被晾在一旁。林延被这突如其来的一幕整蒙了,望着卓裕半天哼不出一个字。

卓裕挑眉问:"嫂子好看吗?"

林延差点心梗,而他身后的晏修诚,眼神像一束深幽追光,一直定在姜宛繁身上。忽然视线被截断,黑色西装如墙,是卓裕拦住了他看姜宛繁的目光。

聚会结束后,孟女士拉着姜宛繁的手依依不舍,亲自送到门口。

卓裕开车过来时,孟女士邀请道:"有空和小姜一起来家里吃饭,就咱们两家人。"

姜宛繁坐上副驾,礼貌道别。

车窗关闭,空气骤静,浮着淡淡脂粉香。姜宛繁瞥了一眼后视镜,不由得紧张起来。

卓裕打破沉默,道:"今晚是借了你的面子,难得我也当一回主角。"

姜宛繁说:"互帮互助。"

听到这个答案,卓裕笑了。

车速降慢,他主动提起家里的事:"林延是我表弟,说话没分寸,让你看笑话了。"

姜宛繁想到谢宥笛和他在店里大吵的那次,问:"你和谢宥笛和好了吗?"

"没。"卓裕头疼道,"他把我拉黑了。"顿了一下又说,"然后我又换了一个号加他。"

这事的后续,又是一段离谱至极的发展,卓裕暂时不想详谈,换了话题问:"对了,你什么时候去孟女士那儿?"

"不去。"姜宛繁说,"我拒绝了。"

车身明显一停,卓裕皱眉问:"为什么?"

姜宛繁轻松道:"你公司不也在争取?都这么熟了,我总不好不留情面。"

本以为刚才宴会上的插曲已自然终结,可这话一说,卓裕就点了点头,认真道:"也是,以后你要见我家里人的。"

"以后……"姜宛繁卡顿,下意识地重复。

卓裕挑眉问:"嫌久?好,那明天。"

"我不是这个意思。"

"懂了。"卓裕踩下油门,车速快起来,"那就现在。"

"哎!"姜宛繁真急了。

卓裕不再逗她:"好了好了,你坐稳。我不会逼你做不想做的事,如果真有以后,你要不想见他们,那就不见。"

姜宛繁有点飘飘然了。

卓裕把她送到小区门口,降下车窗叫她:"姜宛繁。"

"嗯?"她回头。

"你说的话,我可以当真吗?"卓裕的声音有点颤,眼神既认真又期许。

姜宛繁什么都没说,转身加快脚步。一到家,她躺在床上,手搭着胸口,心跳依旧怦怦,盯着天花板久了,像画板,眼是画笔,自动勾勒出卓裕的模样。

闭紧眼睛更糟糕，脑子里的卓裕开始动了，笑时上扬的眼廓，被折辱时隐忍克制的神色、穿西装时长腿挺括的身材，量尺寸时的三围……

"胸围113.1，腰围77.7，臀围115.8。"

姜宛繁惊觉自己还能准确背出数据，她翻了个身，从枕头下摸出手机，几次点开小群，最后深吸一口气，打字发送："如果我说，我要领证，你们会怎样？"

大明星："啊？"

小相机："啊？"

一碗姜茶："三个月前认识的，男，人挺好。"

小相机："我爸给我介绍那个相亲对象的时候，也是这么说的。"

大明星："打扰，现在你们要求低到只要是男的就可以了吗？"

一碗姜茶："他是本城人，二十八岁，知道兆林吗？那就是他姑姑家的公司。"

小相机："等等，这个人是不是姓卓？"

姜宛繁皱起眉，又翻了个身："你怎么知道？"

小相机："斗胆一猜，叫卓裕？"

姜宛繁一脸无语："嗯……"

小相机："这么巧！和我一个月前的相亲对象重名！"

"姐，你昨晚没睡好啊？"吕旅拿打版过来的时候，盯着她的眼睛，"都有黑眼圈了。"

姜宛繁摸了摸右脸："牙疼，睡不着。"

"哦，那你吃点消炎药。"吕旅一边整理料子一边叹气，"女史箴的修复，你真拒绝了？别人求都求不来。"

姜宛繁"嗯"了一声："那边工期太长，还有指定的修复地点，一走就是小半年，算了。"

吕旅不无遗憾道："其实师傅，你可以往更高的地方走，肯定比那谁强。"

姜宛繁轻笑："我干吗要跟他比，我本来就比他强。"

"对！"吕旅撇撇嘴，"就是便宜了晏修诚。"

第3章 我们结婚吧

姜宛繁很平静,指了指打版,说:"就这两个版吧,你再拿给童叔过一遍。"

小徒弟喊道:"宛繁姐,有人找!"

以为是顾客,但这个人站在门口,她并不认识。

"姜小姐你好,我叫周正,是裕总让我来的。"周正从包里拿出一只崭新的文件袋递给她,"裕总临时有事,最早的航班出差去北京,来不及过来。"

文件袋不算厚,姜宛繁问:"这是?"

周正说:"裕总说你打开就明白了。"

等人走后,姜宛繁把文件袋放在手里掂了掂,虽然还没看到里面的东西,但心跳抑制不住地加剧。

白色缠线绕了三五圈,打开,最先入眼的是醒目的一抹红。翻开第一页,是卓裕的名字。袋子里还有一些票据、股权证明、商铺产权。

这时手机响起,当事人掐着点打来电话。姜宛繁按下接听,指尖不自觉地发颤,所以按了两次才按准。

卓裕问:"东西看到了?"

姜宛繁"嗯"了一声,喉咙跟堵住似的。

卓裕说:"本来想自己拿给你,但出差走得急。"

姜宛繁还是一声"嗯"。

短暂的沉默后,再开口,卓裕的声音敛了敛,带着一丝小心的求证:"昨晚你说的话,当真吗?"不容她考虑,或者是怕听到别的答案,卓裕以豁出去的态度单刀直入,把握主动,"那我就当真了。我现阶段能给你的,都在你面前了。你别有压力,对我要是真没那感觉,我让周正下午再来一趟把东西拿走。"

姜宛繁听笑了,也不紧张了,调侃他:"既然这样,还拿这些给我做什么?"

卓裕默了默,说:"万一……"

"嗯?"

"万一我赌对了呢?"

"房子车子,都加我的名字?"

"加。"

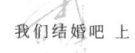

"不怕我分你家产？"

"不怕。"卓裕说，"你家的条件，比我好。"

姜宛繁直接笑出了声，眼角上扬，眉梢柔和，九点钟的暖阳烘得浑身暖，像一只松软的椰香面包。

卓裕微微叹气道："我不想逼你，也不甘放弃，我很想要一个明确的答案，万一是真的，总要给你点表示，你现在看到的、拿着的，就是我目前能给的所有。如果只是玩笑，只是玩笑……"他停了一下才继续，"那我还挺遗憾的，但除了遗憾，还有感恩吧。"

姜宛繁嗓子发紧："感恩什么？"

卓裕的声音与电话那头的鸣笛声混合，缥缈又蛊惑，只听他低声说："你出现了，我心动了。"

工作再忙，吕旅总能发现不同的八卦，惊喜道："发现没有？宛繁姐今天心情特别好。"

"她不是牙疼吗，这还心情好啊？"小店员摇摇头，"没瞧出来。"

"什么眼神？"吕旅认真分析，"她一直在笑，嗒嗒嗒，又来了！"说完又很眼尖地瞧见她手里的东西，"她翻的是不是房产本？买房啦？我们竟然不知道？"

"想什么呢？"小店员"喊"了一声，"我宁愿相信是裕总买的婚房。"

"你才想什么呢！"吕旅说得信誓旦旦，"如果是这样，我吕字倒过来写。"

午饭后，姜宛繁收心工作。手上这条围帐是上周从老家寄过来的，姜荣耀再三叮嘱，得仔细检查，垂边处的那团金线因年代久远，已失色断裂得面目全非，还原起来是个耗时的活。

姜宛繁忙了近十个小时，才绣完五分之一，等她休息时，晚七点的天色已完全黑下来。

吕旅走之前给她点的外卖已凉透，姜宛繁没什么食欲，冲了杯燕麦填肚子。还没喝上一口，店门口的风铃响起，有人进店。

"欢迎，感兴趣的随便——"话音戛然止住，姜宛繁看清来人是晏修诚。

他一身杏色大衣长至脚踝，架着无框眼镜徒添温文，气质形象俱佳。姜宛繁往后退了一步，冷漠顷刻上脸："有事？"

晏修诚抿紧唇："宛繁，你一定要对我这种态度吗？"

"我已经很克制了。"姜宛繁把杯子放在桌上，很重的一下，洒出几滴烫得她手背一缩。

"烫着没？"晏修诚说，"何必呢，自己为难自己。"

"用不着跟我搁这儿话里有话。"姜宛繁看向他，冷笑道，"这么多年过去了，你还是如此盲目自信，半点没改。"

晏修诚已不是过去那个含蓄自卑的少年，如今功成名就，大好前程，再次证明他以往的选择是无误的。因为坚信自我判断，所以更不会知错改错。

气氛僵持割裂，无声酝酿着剑拔弩张。

"你知道卓裕是什么人吗？"晏修诚冷不丁地开口，"一个父亲有犯罪记录的人，你确定要跟他在一起？"

姜宛繁不屑一顾："按你的逻辑，你要是再不走，我是不是得报警了？"

晏修诚脸色一度难忍："他在公司没有实权，他的姑姑、姑父和亲戚都不是省油的灯，这么复杂的家庭，你确定要往自己身上揽？再去打听看看，就几个月前，他和那个叫盛梨书的女明星的暧昧都成笑谈了，还不止这一个。"

沉默几秒，姜宛繁抬起头，嘴角弯出一道弧："你嫉妒他。"

晏修诚骤然发怒："他有什么好让我嫉妒的？"

姜宛繁目光冷直："因为你听到那天我说，要和他结婚。"

晏修诚腮帮绷紧："如果你只是为了报复我，我愿意跟你道歉。"

姜宛繁好像听到了世上最滑稽的笑话，甚至不想再跟他多说一个字，道："你走吧。"

逐客令坚决而不留情面。这么多年过去，姜宛繁与大学时如出一辙，性格坚毅，柔中带刚，明明不是爱出风头的人，但一言一行自带光芒：自信、从容、游刃有余，不惹麻烦也不惧挑战。

这些曾让晏修诚深度迷恋，也让他内心幽暗怯懦。

"我知道，你记恨我。"晏修诚说，"但当年的作品，也不是你一人完成的。"

姜宛繁的目光被冷淡透支："你还能说人话吗？"

晏修诚不怒反笑："说什么话还重要吗？咱们那一届，最后能出人头地的，不还是我？"

"晏修诚。"时隔多年，姜宛繁第一次叫他的名字，"你真可怜。"

燕麦只剩点点余温，与落地灯的光影遥相呼应，淡淡暖橘像搅散的蛋黄，透光看物，视线都模糊了一片。

姜宛繁闭了闭眼，方才的愤懑偃旗息鼓，她平静下来，心像一个空旷的房间，哪儿哪儿都有回声。

手机的呼吸灯微闪，提示有未接来电，是卓裕打来的，就在十五分钟前，她正和晏修诚不愉快地谈话时。

回拨过去，第一声铃还没响完，卓裕就接了。

"你给我打电话了啊。"姜宛繁声音很哑，卓裕还没说话，只是想到他在听，她的鼻尖便忍不住发酸。

"是啊，没什么事，就是想问问你在干什么，晚上有没有好好吃饭。"卓裕那边很安静，显得他的声音格外清晰，犹在身边一般。

一句"好好吃饭"让姜宛繁的眼眶都红了，她吸了吸鼻子："没吃。"

卓裕"啧"了一声："那你不乖啊。"

姜宛繁是想稳住情绪的，可念头一冒出来，就立刻被感性推翻。此时此刻，她的心如藤蔓，下意识地寻找依附对象。

"你那边忙完了吗？什么时候回来？回来之后，我们见一面吧。"姜宛繁有点语无伦次，"不过你好忙，回来之后应该也要去公司的，那就等你不忙的时候，我们再……"

卓裕轻声打断她："想见我是吗？"

姜宛繁哽咽道："嗯。"

"就现在。"卓裕说，"你回头。"

姜宛繁一愣，转过身，看见卓裕手机举在耳畔，就站在店门口。

姜宛繁下意识地抬手揉了揉眼睛，以为是幻觉。卓裕已经走到她面前，手机握在掌心，笑着说："揉什么眼睛，你摸一摸不就知道是不是真的了。"

姜宛繁垂眸，低落委屈的情绪渐渐涨潮，她说："你太高了，我摸不着。"

卓裕忽然俯身，轻轻环住她，带着笑意道："好，我的错。"

姜宛繁偏头蹭了蹭他的肩窝，淡淡沉香弥散，分不清是他衣服上的，还是案台上没燃完的香。极致的安静，五感尤其敏感。

姜宛繁搭在他后背的双手一会儿紧，一会儿松。他当是忐忑犹豫的信号，于是十分懂分寸地准备结束拥抱。手劲还没来得及减弱，姜宛繁已经将他更用力地回拥。

卓裕的耳里像灌入一捧温泉水，是姜宛繁趴在他肩头问："明天民政局几点上班？"

这一次，卓裕彻底把人放开了。乍然空掉的怀抱让姜宛繁打了个哆嗦，体温交织烘出来的余热散尽，像从幻境回到真实空间。

卓裕挽起衣袖，对着沙发上的东西一顿收拾。姜宛繁愣愣地问："你、你干什么？"

卓裕把散落的布料叠齐，码到沙发角，头也不抬地说："今晚我住这儿，睡沙发。"

"啊？"

"门也锁上吧。"卓裕指了指玻璃门，一副认真办事的架势，"我守着你，等天一亮，直接从这儿去民政局。"

姜宛繁忍笑，整个人也释然轻松了，告诉他："我的户口本在老家。"

卓裕停下手中的动作，东西也不收拾了，摸出车钥匙说："走吧。"

"去哪儿？"

"霖雀，送你回去拿户口本，然后再开回来，民政局差不多就上班了。"卓裕一本正经地说。

姜宛繁彻底绷不住了，笑得嘴角半天没放下来。

真实情绪的表达总以最直接的方式,就比如刚才,卓裕就是那样想的,怕她走,怕她反悔,怕太阳升起后,两人又相敬如宾。于是,他就真的站着不动,摆着当牛皮糖的态度。

姜宛繁笑着笑着,心就装满了,说:"周三早上八点,你来接我。"

四舍五入就算一份保证书了,卓裕说好,把人送回四季云顶后,驱车一路往西。

门铃响了半天,谢宥笛才磨磨蹭蹭地来开门,看清人后猛地要关门,卓裕比他更快,一巴掌按住门板,说:"差不多得了啊哥们儿。"

"你谁啊?不认识。"话硬,手软,谢宥笛还是把门打开了。

卓裕乐了:"你成年十年了,还搁这儿玩冷战呢?"

"友谊的小船说翻就翻,管得着吗你?"谢宥笛瘫在沙发上啃苹果,跷着腿跟大爷似的,"知道自己错了吗?"

没回声。

卓裕坐在单人沙发上,撑着半边脑袋兀自出神,脸上还挂着淡淡笑意。

谢宥笛默默坐直,双手环紧自己的胸,往后挪了挪。卓裕正好瞧见,气笑了,抓着抱枕砸过来:"你有病吧!"

"你才有病。"谢宥笛自我保护意识还挺强,"怪让我害怕的。"

"你说得对。"卓裕承认道,"我是有病。"

"啥?"

"谢宥笛。"卓裕发自内心地真诚地问,"我结婚的时候,你准备包多少礼金?"

谢宥笛冷哼:"我包个屁。"

"那姜宛繁结婚的话,你给多少礼金?"

"她啊,那我肯定给厚厚的。"谢宥笛比画出几根手指,谢少爷大气,谢财神牛气。

卓裕很满意这个数字:"那就谢谢你了。"

谢宥笛一脸茫然。

卓裕坐了一会儿就走,电梯门打开时,他停了停,转头告诉谢宥笛:"周三,我和姜宛繁去领证，晚上请你吃饭。"

直到电梯降到一楼，仿佛还能听见楼上的扭曲咆哮："不是人！"

这是卓裕人生里少有的一夜，之后他想了很多词语去形容，再没有比惊心动魄更贴切的了。他以为自己会失眠，但沾着枕头闭眼就睡着了，没有悸动的梦境，没有患得患失的中途惊醒，只有长久的、安宁的一夜好眠。

一缕阳光从窗帘缝偷溜进来，停留在卧室浅灰的墙布上，像攒满莹雪的花枝。卓裕醒来后看看手机，姜宛繁给他发了微信："过来吃早餐吧。"

四季云顶的公寓区设计得很漂亮，小而精巧，卓裕把车停在小区外，进来后看了一圈，便有点后悔——早知道环境这么好，开盘时就该找谢宥笛拿几套房源的。

做好登记，管家联系了户主才让卓裕上了电梯，门早早打开，地垫上放着拖鞋。

这是卓裕第一次进姜宛繁的家，通透的两居室，各种手工制品做摆件，暖色系，杂而不乱，如果发张照片在网上，一定是大家喜欢的田园风。

姜宛繁从厨房出来，递给他一杯热牛奶："你先垫垫肚子，外卖很快就到了。"她倒是很实在，"不好意思啊，我不会做饭。"

卓裕笑了笑："没事，我能做。"

"你还会做饭？"

"会，那时候带着怡晓，总不能让她饿肚子。"卓裕说，"但也只限于能吃，不饿死，多美味倒不至于。"

很好，新生活的第一步，从互相坦白厨艺开始。

正好外卖到了，摆了小半桌，卓裕心里数了数，明白了，以后早餐配置就按这个来。

两人谁都没说话，安安静静地把早餐吃完。

客厅外，卓裕收拾干净桌子，卧室里，姜宛繁拿出一只文件袋。

"这是什么？"卓裕抬了抬下巴，然后拉开椅子重新坐下来。

姜宛繁打开递给他，卓裕一看，神色凝滞一瞬，心情复杂，有点强颜欢笑的意味。

"怎么，看不上我这点东西？"

"不是这个意思。"姜宛繁思索了一晚，也曾难以启齿，但两人的结婚步骤并不在正常范围，把事由内核掰开了说明白，反倒会轻松自在。

"这份婚前协议，你不吃亏的。"她说。

卓裕听笑了："你这是……给我安全感吗？"

姜宛繁瞬间醍醐灌顶，觉得这个总结很精准，于是点了一下头。

"就算我要安全感，也用不着这个。"卓裕两指捏着协议，弹指一松，任由之轻飘飘地旋落坠地。

姜宛繁愣了愣，下意识地问："那要什么？"

"要什么？"卓裕收敛笑容，目光落向她，"要此刻你坐在我面前，我看得见，牵得着。要明天民政局八点上班，我七点半来接你，你不许迟到。"

姜宛繁沉默许久，说："我知道，这些我会给你的。"还怕他不相信，只差没竖手指发誓，"明天我也不迟到。"

她欲言又止，眼神里的疑虑显而易见，卓裕伸手越过桌面，掌心盖住她的手背，说："已经够了。"

"这哪够？"姜宛繁很难不触动，他越真诚，她就越想让他安心，"你还是签了吧。"

卓裕哭笑不得，拿她没辙。

"好。"他重新捡起协议，随手一折，捏在手心，"签好了就放我那儿。"

这样最好，姜宛繁如释重负。

卓裕始终以平静如水的目光凝视着她："如果有一天……"

"嗯？什么？"

"如果有一天，你非走不可。"卓裕声音平静，没有半点情绪波折，仿佛这就是认定的标准答案，"那不是你的错，一定是我做得不够好。"

八点半还有会议，卓裕没留太久，走到门口时，他忽然又说："对了，你有特别喜欢的房子吗？"

"房子？"

"我们的婚房。"

姜宛繁默默低了低头，声音有点晃："你觉得我这房子怎么样？"

卓裕煞有其事地又环视一周，然后"嗯"了一声："如果你不介意，我可以试试吃软饭。"

电梯门关合，姜宛繁在门口站了一会儿，低头笑了起来。

"你要户口本干吗？我知道啊，就放在咱爸的床头柜抽屉里。"姜弋在电话那头打了个长长的哈欠，带着精神不振的派头，"爸妈现在不在家。"

姜宛繁握着手机，手心微微冒汗："那你寄过来给我，我有点事，要做个登记用的。"

"登记？"姜弋质疑。

姜宛繁深吸一口气，刚要解释，就听姜弋道："哦哦懂了，作品登记吧？行，我现在就去给你寄。"

笨蛋弟弟人靓心善，还特意发了个急件闪送。户口本比想象中更快到手，姜宛繁盯着棕色的小本本发呆。

下午店里忙，后面还排了好长的工期，料子堆满了半张工作台，是吕旅不停拿进来等她选的样品。小徒弟叫了她好多次，姜宛繁都心不在焉。

简胭在海汇路上，这里曾是历史遗址，保留了许多旧时建筑。古钟屹立在五百米外，整点仍会鸣响。

姜宛繁就是被四点的鸣钟声撞清醒的。她看了看时间，然后拿起车钥匙小跑着出了店。

四点之后，主干道的车流渐增，姜宛繁很少有开急车的时候，掐着二十分钟内赶到了兆林大厦。

此时的卓裕正从项目会议室出来，来不及喘口气又要去参加人事会议，半只脚已经踏进会议室时，手机响了。

他接得快，诧异姜宛繁这个点打来电话："怎么了？"

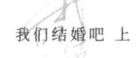

姜宛繁言简意赅："下楼。"

卓裕没问原因，甚至电话都没挂，招手示意秘书，朝着电梯的方向指了指，然后转身离开。

两声短促鸣笛，隔着车窗，姜宛繁看见卓裕朝停车的位置一路小跑而来，肩宽腿长，条顺板正，哪怕天气不好，没了天然打光板，他的颜值与身材依旧很能打。

卓裕拉开车门坐上副驾，担心她有事，眉心焦虑："怎么了？"

姜宛繁心中更坚定了些，直接问："你的车停得远不远？"说完抬手看看表，"得快点，还有半小时下班。"

民政局，站在办事大厅两分钟了，卓裕后背仍在微微出汗。

等候区的位置空荡一片，整个大厅就他们两个人。临近下班，差不多结束一天的繁忙，工作人员伸懒腰活动筋骨，善意地调侃道："真会掐点儿啊，怎么着也是领证，再忙也得多给点时间在这件事上是不是？"

卓裕解释道："本来计划是明天早上，排第一对。"

"哟，原来是等不及了。"另一人开玩笑道。

卓裕还有点没回神，没接话，神色深沉。姜宛繁推了推他的胳膊肘："别让人误会。"

"嗯？误会什么？"

"你的表情，好像是被我逼婚。"

卓裕晃了晃脑袋，又拿手揉了两把脸，懊悔道："我就应该放套正式点的衣服在车上的。"

"没事，我也是从店里出来的。"姜宛繁从包里拿出户口本，"除了这个，别的都没带。"

卓裕睨她一眼："不是带了个我？"

他刚揉过的脸有细微的印，眉深鼻挺，这会儿完全回过神，姿态潇洒从容，带着惯有的一丝不正经。谢宥笛曾用一个土味词来形容卓裕的这股气质：渣浪。

确实，贴合得明明白白。

"这么漂亮的媳妇，等不及是应该的。"办事的大姐笑眯眯地打趣着，接过两人的户口簿和刚填好的表格，熟练地录入系统。

卓裕扬了扬眉："是她半道截和，拉我过来的，您瞧，我衣服都来不及换。"

"西服不是挺好吗？结婚宴就是这么穿的，当提前演练了。"这位大姐也是个能侃的人，再次核对两人的身份信息后，问，"你们带结婚登记照了吗？"

卓裕和姜宛繁无语地对视一眼。

大姐明白了："没事，咱们这儿照相效果也挺好的。"

摄影小哥在一旁热情地招手道："来来来，我这才调试好的新相机，效果杠杠的。"

唯一凑巧的是，今天两人都穿了白衬衫。

姜宛繁拢了拢耳边的碎发，真诚发问："给修图吗？"

"给修，但是你俩用不着。"摄影小哥轻车熟路地指导，"站近一点，再近一点，新娘往新郎肩膀靠近一点点。好的——笑！"

看到照片，小哥诚不欺人——姜宛繁含蓄温婉，眼睛熠熠发光。卓裕剑眉斜飞，一脸从容的喜悦。那种对未来的希冀，对当下的知足，都从他的眼神里迸射而出。

姜宛繁忍不住伸出手，指尖轻轻点在他的眉眼处。

大概是下班心切，办事大姐动作格外熟练，一分钟不到，先是听到类似于打字的嗒嗒声，然后两下沉而脆的盖章声响起——

"好了，恭喜！"

从民政局出来，姜宛繁被乍然变化的光线晃得眼晕。她稳了稳，挺淡定地说："我去趟洗手间啊。"

卓裕也挺淡定地回答："嗯，我等你。"

上洗手间是借口，姜宛繁用冷水拍了拍脸，盯着镜子里的自己发呆半晌，然后按住胸口，心跳怦怦，与掌心共鸣。

平复了五分钟，她才若无其事地走出来。

冬日的天色暗得快,像堆叠的图层。姜宛繁一眼就看到倚在柱子后的卓裕,再黯淡的光感,他都能融入贴合,成为构图的主体。他低着头,专注地看着手里的结婚证,嘴角浮着淡淡笑意。

这是姜宛繁很多年后都记忆深刻的画面,虽平淡,但安宁。万物萧条的冬日,暗沉天光的暮色里,藏不住卓裕汹涌浓烈的灵魂在对她冉冉示爱。

过了很久,卓裕察觉到目光,转过头,神色又恢复平静:"想吃什么?"

姜宛繁说:"吃不下。"

"看到我吃不下饭?"卓裕走近,调侃问。

"确实吃不下饭。"姜宛繁没什么胃口,想了想,临时起意,"要不去吃麻辣烫吧?"

卓裕皱眉问:"结婚后的第一件事,就干这个?"

姜宛繁顿时沉默,他这一会儿调侃一会儿正经的样子,很难不让人多想。

"那你想干什么?"姜宛繁硬着头皮问。

两秒的停顿,正当她不明所以、忐忑不宁时,卓裕付诸行动,轻轻抱住了她。

飒飒西风过脸畔,却一点都不觉得冷。卓裕低沉的嗓音造炬成阳,在她耳边洒下温泉雨。

"新婚快乐,卓太太。"

第4章

另一种快乐

这声"卓太太"像一个隐藏开关,无论未来是否有明珠璀璨照耀,但此刻,曦光驻扎心间,哪儿都是暖的。

姜宛繁在他怀里抬眼,冬日傍晚早早登场的上弦月,像鱼尾钩若隐若现。

"在看什么?"卓裕有所察觉。

"看月亮。"姜宛繁低声喃喃,"是团圆。"

卓裕把她抱紧了些:"以后每一个节日,我都和你团圆。"

后来,姜宛繁真的带他去吃了麻辣烫。本来卓裕想说新婚第一餐也太寒碜了点,显得他多没钱似的。但姜宛繁轻车熟路,拿串熟得很,动筷子前头发随意一扎,袖子一挽,被腾腾热气蒸得面若桃花,眸光水亮。

"吃个麻辣烫就这么开心啊?"卓裕忍不住笑了。

"不是吃麻辣烫开心。"姜宛繁忽然抬头看向他,"是因为和你。"

卓裕的心被她这一记眼神砸软成棉花,不够,还不够,他带着迫切的期待问:"因为和我吃麻辣烫,还是因为和我结婚?"

姜宛繁猛地咳嗽，咳得背直抖。

"慢点。"卓裕赶忙起身递纸巾，轻拍她的背。

"花椒好麻。"姜宛繁灌了一杯水，"你别误会。"说完，她自己先皱了眉，听听，这谁信啊？

"是结婚。"她小声道。

"什么？"卓裕一时没听清。

"是和你结婚。"姜宛繁的重音落在第三个字上。

在朴实简陋的小店里，一字一句带着心无旁骛的赤子之心，裹着宿命般的烟火气，这是卓裕此生听到的最好的情话。

吃完饭，姜宛繁拭了拭嘴："回家吧。"

卓裕没起身，一手搭着椅背上沿，挑眉问："回谁的家啊？"

姜宛繁明显一愣，完全忘记还有这个选择题，于是更直接地把问题抛还给他："你那天不是说可以试着吃软饭？"

卓裕笑着站起身，轻揽一下她的肩膀："我给你时间适应。"

"适应什么？"

"你已婚这件事。"

到家后，姜宛繁盯着巴掌大的红本本发呆，就这么把自己嫁了？

她打开微信，对着红本本拍了张照片发送。

一碗姜茶："那个，我结婚了。"

很快，群视频通话弹出来，向衿和盛梨书的脸扭曲到模糊，同时惊叫："是哪个男人！"

"就……上次跟你们说的那个。"姜宛繁怕她们不记得，简单明了具象化地补充道，"和衿衿相过亲，和小书闹过绯闻的。"

盛梨书："不是我说，他是和我闹过绯闻的人里，最没存在感的一个。"

向衿："当时在他姑姑家吃饭，全程对我摆臭脸。"

姜宛繁挺淡定："那我明天去离个婚？"

盛梨书和向衿:"神经!"

盛梨书又微笑着问:"你俩现在在一块儿吧?让他过来打个招呼。"

姜宛繁:"没有。"

向衿震惊道:"结婚第一天,各回各家?"

盛梨书:"你们什么时候办婚宴?我好调档期。"

姜宛繁:"我还没和家里说。"

向衿直接问:"勇士,你知道自己在干什么吗?闪婚,爸妈不知道,结了婚还不在一起,你们这是在干吗?姜宛繁,你实在也不是一个恋爱脑的人,你想清楚了吗?想明白结婚代表着什么吗?"

姜宛繁反问:"你觉得结婚代表什么?"

"我没结过婚,我哪知道。"向衿"喊"了一声,"结婚的是你,又不是我。小书,你说。"

"看人的吧,对方合适,结个婚也无所谓。"

姜宛繁掌心托着下巴,盯着玻璃上的剪影,整个人沉淀下来,问:"那合适的标准是什么?认识三年,五年?对他的一切了如指掌?如果量化才叫合适,那些结婚几十年又离婚的算什么?"

盛梨书萌萌地点头:"对对对,比如我爸妈,我大伯和大伯妈,我舅舅和舅妈,都是人到中年才离的婚,简直是命运的神秘密码。"

向衿把歪掉的话题拨正归位:"做什么事都有试错的概率,但如果成本太高,真不值当。我不是对卓裕有偏见,他的家庭确实很复杂,结婚不是两个人的事,鸡毛蒜皮,人情往来,恩恩怨怨,就为了这一点点好感,划算吗?"

外面起风了,窗帘摇曳,打碎了玻璃上的剪影。向衿说得字字在理,姜宛繁下意识道:"不是划不划算,而是值不值得。把一切掰扯清楚,算计准确,那有什么意义?何况,它本来就是未知的,未知的东西,谁又能算清楚?我不知道结果,但在一开始,我愿意相信感觉至上。"说完她微微叹了口气,"再说了,我奶奶的情况你们也清楚,为了催我结婚,装病,找神婆,半夜溜进住院部摆拍。当然,不是她想我结婚,我就一定要结婚,而是我既然不排斥婚姻,那我宁愿挑

119

一个各方面感觉还不错的。"

说到这儿,姜宛繁可要为卓裕正正名了:"他也没那么差啊,向衿你不是见过吗?"

"那倒是。"向衿客观地附和,"人模人样大长腿,宽肩窄腰,身材管理得也好,就是气质很渣,不是说他邋遢啊,嗯,就是瞧人的眼神会拉丝的那种,懂了吗?"

被这么一形容,姜宛繁的脸有点发烫,她清了清嗓子,想得通透明白:"他不差,我也没那么完美。婚姻是互相冒险,危险系数对双方来说,都在同一起跑线。"

盛梨书:"你说慢点,我抄得慢。"

向衿:"这有什么好抄的?"

"好词好句,以后我留着发微博。"盛梨书啧啧称赞,"你不觉得这样很酷吗?干吗要给自己套枷锁?又不是非得一条道走到黑。当然得找一个自己喜欢的,如果权衡利弊,迟迟犹豫,那就不是真的喜欢。"

"难怪了。"向衿醍醐灌顶,"我相亲的时候,对他是没一点感觉。"

盛梨书搓手手:"对了,你们什么时候见家长?"

几乎同一秒,屏幕顶端弹出卓裕发来的微信内容:"明天我去拜访你父母。"

等姜宛繁点进去时,只显示"消息已撤回",很快,卓裕重新发来:"明天我去拜访岳父岳母。"

姜宛繁挑挑眉,原来有人也在适应已婚这件事。

回霖雀的时间定在周三,两人领证的第三天。原本卓裕是想马上去的,毕竟娶了人家闺女,没提前知会,换位思考,搁哪对父母身上都难以接受。但姜宛繁很淡定,说店里排了工期,抽不出时间,晚一点再回。

卓裕本来很从容,这一停顿,反倒惴惴不安。

谢宥笛知道他领证后,不仅没个笑脸还不搭理人,卓裕觍着脸讨好,才把谢少爷哄舒坦,获取关键情报。

"见面礼?"谢宥笛冷嗤,"她家有钱,要什么买不起?别整俗套了。你想想看,人家祖祖辈辈做刺绣,那是世家,是传承,是有家风底蕴在的。你得高大上一点,要跟他们有共同话题。"

卓裕觉得很有理，于是找了好多关于刺绣的资料，公司也没去，把自己关在房间一整天，咖啡机都快烧坏了。什么刺绣的发展史、类别特征、名家珍品，都能说出个一二三来，当年高考都不曾这么拼命过。天亮时，他背书直背到头晕。

"你父母好相处吗？"回霖雀的高速上，卓裕忍不住问。

"还行。"姜宛繁答得简单干脆。

卓裕憋着话没说，控制不住地踩了踩刹车。

姜宛繁低头忍住笑，故作正经地安慰道："真的，不骗你。我爸虽然练武术，但也只是爱好，还没到能参加比赛的水平。我妈人更好，见了你就知道了。现在不怕了吧？"

见卓裕不说话，姜宛繁问："要不换我来开车？你坐副驾冷静冷静。"

"不用了。"卓裕叹了口气，"这事是我做得不周到，上酷刑我都认。娶到你，怎么着都不亏。"

下高速要路过镇中心，姜宛繁说要去一家店里拿点东西，卓裕将车停在马路边等。车窗降下来，外头阳光刺眼，他把墨镜戴上，音乐声关小了些。

上回来这儿，阴云暴雨，九死一生。这回重返，天蓝云净，宛如新生。

霖雀镇不算小，三层高的自建房一栋挨着一栋，一楼门面里建材店最热闹，液压机碾钢条的声音此起彼伏，水果店老板娘坐在那儿打盹，进来客人也没察觉。微湿的空气浮游过脸，沁凉但不干燥，像天然的保湿霜。

卓裕的视线偏向另一个方向，三两个穿苗服的阿嬷背着竹篓慢悠悠走过，头上的大银角复古瑰丽。

这就是姜宛繁长大的地方。

"看什么？"姜宛繁回来得快。

卓裕问："你穿过苗服吗？"

姜宛繁点了点头："穿过。"

卓裕替她拉开车门："走吧。"

十分钟后，卓裕看着眼前这栋高三层占地几百平方米的大庭院，手心微微冒汗。这幢小别墅倒也不是说有多豪华，但打理得井井有条，应有尽有。

"紧张了？"姜宛繁哪壶不开提哪壶，歪头狡黠地眨了眨眼睛。

卓裕空出一只手，钩着她的腰往身前一带，挨近了，他身上淡淡的香推波助澜，姜宛繁蓦地一僵。

卓裕在她耳边问："也紧张了？"

她不说话就是默认。卓裕笑着低声道："这叫夫妻同心。"

姜宛繁的脸颊发烫，后知后觉这明明是美男计。

"妈，那啥来了！"守在门口的"情报员"一声吆喝，正式拉开见家长大戏。

在厨房忙碌的向简丹风风火火地走出来："嘴瓢了不会说话是吧？什么叫那啥，叫姐夫！"

卓裕定在门口。

向简丹转过身，笑眯眯地望着他："来了啊，累了吧？快进来坐。"然后扭头冲着里头喊："老姜，人到了，下来！"

急不可耐的踩地声由远及近，姜荣耀一手捏着大蒜，一手握着一把小葱，腰间系着粉色小草莓围裙，应道："哦哦哦，这就是小卓吧？辛苦了，辛苦了。"

卓裕毕恭毕敬，微微弯腰："您好。"

姜宛繁睨他一眼，卓裕侧过头，深深呼吸："我怕我叫爸妈，下一秒就会被赶出去。"

"还紧张呢？"姜宛繁问。

"更紧张了，跟我想象中不一样。"卓裕蹙了蹙眉，这热情，让他害怕。

别说枪烟炮雨，惊涛骇浪，姜家根本就是风平浪静，一团和气。从态度到礼数，姜父姜母都无可挑剔，仿佛是女儿带着相爱多年的男友回家，结婚是水到渠成。

向简丹亲自下厨，做了一桌宴席，姜荣耀坐在沙发上，不停招呼卓裕吃水果。全家唯一反应"正常"点的就是姜弋。他顶着乱糟糟的头发，穿着一件宽松毛衣，右耳戴着一枚耳钉，就没正眼瞧过卓裕。

吃过饭，客套话是再也想不出新鲜花样了，气氛逐渐滑向沉默，到最后彻底暴露出尴尬本质。茶杯口慢悠悠升腾出的热气，成了看热闹的唯一活物。

最终，向简丹清了清嗓子，从神色到语气无不慈爱："小卓，你别紧张啊，姜姜愿意带你回来，我们还是相信她的眼光的。"

一旁玩手机的姜弋冷不丁地插了句："不相信也没办法啊，都这样了。"

"就你长嘴了是吧！"向简丹斥责。

姜弋对着嘴一划拉："OK，我闭麦。"

被一打岔，酝酿的情绪又不对劲了，向简丹脸上的忧愁明显增多，幽幽叹了口气："咱们家呢，其实很开明。我呢，要求也不高。"

见气氛过于严肃，姜荣耀忙不迭补充道："基本上是没要求。"

卓裕颔首认真聆听："您请说。"

"过日子嘛，最后还是看人，物质外在不过是锦上添花。只要这个人呢，三观正，有担当，家里边也不需要多富贵，父母健在，身体安康，和谐简单就够了。"向简丹不仅是说给卓裕听，更多的是说服自己，说着她又叹了口气，"光我在这儿说了，小卓，说说你的情况吧。"

卓裕安静许久，坦荡真诚地迎接着向简丹的目光询问，答道："对不起，这些，我都没有。我父亲过世了，母亲改嫁，只有一个妹妹在上大学。"

姜荣耀结巴道："那、那就只有你们兄妹俩相依为命啊？"

"不是。"卓裕回答，"我还有个姑姑。"

之后无事发生，仍旧和谐共处，但向简丹颇有点强颜欢笑的意思，似在极力维持客气与体面，又聊了一会儿，便体贴地让姜弋带卓裕上楼午休。

姜弋伸了个长长的懒腰，清晰嘹亮地卖乖道："走吧，姐夫。"

这声"姐夫"就是墨汁，姜父姜母的脸色又黑了一度。

"喏，这就是我姐的房间，被子床单全换了新的，我妈起得比镇口的鸡还早，五点就开始收拾了。"姜弋双手环胸，靠着门板，眼神带着七分敌意、三分审视。

卓裕任由他看，毫不露怯。

半晌，姜弋冷哼道："够装的。"

他的敌意很明显，护姐心切，卓裕便转移注意力，聊起别的话题："奶奶不在家？"

"我奶奶年纪大了，不经吓。"姜弋阴阳怪气道。

卓裕神色从容，低头扫视自己："我这模样，应该还好？"

姜弋说不出违心的话，讽刺道："要是长得不好，我姐能看上你？"

卓裕笑着点点头："谢谢，就当是你对我的夸奖了。"

心态挺好啊？姜弋倒觉得有点意思了，他自己也不是什么乖男孩，遇到离经叛道的同类，能瞬间拉近好感。

卓裕有眼力，适时拿出早就备好的红包递过去。

"干吗？贿赂我啊？"姜弋轻嗤一声。

"不是贿赂。"卓裕说，"是你的改口费。"

"啊？"

"刚在楼下，你主动喊我姐夫了。"

主动叫人，被动接受红包，逻辑没毛病。

姜弋盯着这位空降姐夫，从头到尾不动声色，云淡风轻，实则运筹帷幄，十拿九稳。

他掂了掂红包，厚厚一沓，挑眉问："我爸妈演技还可以吧？亲切，慈祥。"

卓裕抬起头，这确实是他匪夷所思的。

"别被表象骗了，尤其我妈。"姜弋懒洋洋地说着最狠的话，"她年轻时有个外号，叫霹雷一姐，现在依旧是小镇顶流。"

卓裕默了默，他和姜宛繁一起站在家门口时，向简丹从厨房"热情"地跑出来，并且手里拿着一把菜刀，"高兴"地朝他抖着手。

卓裕有种错觉，那把菜刀已经克制不住地要劈在他身上了。

"其实你来之前，我姐专门回来过一趟，跟我爸妈说了她领证的事。"姜弋想起那一天的硝烟，还有点呛喉咙，"过程你自己去问她，反正最后我姐就说了一句话。"

卓裕声音有点哑："什么话？"

"她说她已经把你办了，总要给你个名分。"姜弋有板有眼地复述姜宛繁那一日的据理力争，"这事是她做得不对，但是事情发生了，就要尽力弥补，保全你的名声。"姜弋鼓了鼓腮帮，略带歉意，也有些惋惜，语重心长道，"虽然你成了我姐夫，但从男人的角度讲，这事你做得有点小心眼，讹诈似的非得赖上我姐，不大气，不爷们。"

卓裕恍恍惚惚地代入角色，懵懵懂懂地道歉："对不起，但……下次还讹。"

楼下就不那么爱与和平了。

外头院子里，瑟瑟西风盖不住向女士的怒火，她往后瞄了好几眼，确定屋里没人便再也演不下去。

"姜宛繁！我看你就是胡诌！编故事骗我和你爸呢！"

两天前的晚上，她刚洗完碗准备去广场遛弯，一开门就看见站得板板正正的姜宛繁。向简丹吓得直拍胸脯，但听完女儿接下来的话，心脏都差点骤停。

"你、你说你俩酒、酒后乱……胡闹！"姜荣耀拍桌子拍得掌心疼，越疼越上火。

过程可想而知，女儿闪婚，对象长辈从来没见过，跟惊天雷一样劈得姜家外焦里嫩。问及原因，岂不是儿戏？

向简丹护犊心切："就算生米煮成熟饭，这、这也是两相情愿的事，他一男的怎么还让你负责呢？"

姜荣耀第一个不乐意了，胡子一飞，严肃道："别搞性别歧视，男的怎么了？男的就不能吃亏了？吃亏了就不能维权了？"

向简丹暴怒："找你女儿维权啊？都维到要结婚了，你满意了吧！"

姜宛繁小声纠正："是已经结婚了。"

"姜宛繁！"

骂吧骂吧，姜宛繁乖顺听着，不辩驳一个字，只在他们口干舌燥时，默默递上两杯温水："爸、妈，润润喉咙，歇会儿再继续。"

她就像一块软海绵，刀枪不入，反倒让两人冷静下来。

"我后天带他回来。"姜宛繁适时说。

姜荣耀老眼一闭，血压又起。这闺女，补的刀是一下接一下啊。

直到今天正式瞧见人，向简丹才慢慢回过味，什么酒后胡来，彼此负责，根本就是屁话。

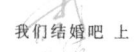

"行，这些我先不追究。"向简丹正了正神色，犀利地摆明自己的态度，"单说他这个人，我并不满意。"

气氛又过于严肃，姜荣耀好心提醒："还可以吧，小卓一表人才。"

"你给我闭嘴，你们父女俩存心气死我是吧！"向简丹手指头敲着桌面，疼得慌，于是更加怒火攻心，"别的不说，他是和姑姑一起生活吧，还有个妹妹？父母过世了，但两边的亲戚总还是在的吧，人情往来这么复杂，你是不是自己找罪受？"

姜宛繁说："我没想那么多。再说了，跟谁结婚，不是两个家庭的事？我和别人结，就不用处理这些了吗？说不定更头疼。"

"别在这里跟我假设！他现在的情况才是看得着，想得到，猜得准的。"向简丹越说越认定卓裕不靠谱，但姜宛繁一脸"我已先斩后奏，还能怎么办"的表情，简直让她怒火中烧，"姜宛繁，我现在真的很想打你！"

姜荣耀急道："打不得，打不得，家暴不可取。"

"连你一块儿打！"向简丹四处寻找鸡毛掸子，"都是你纵的！"

姜宛繁忽然重重咳了两声，姜荣耀眼尖地问："小卓，你没午休啊？"

向简丹动作一僵，秒速变脸，转过头笑得跟朵牡丹似的："睡不着？是床不舒服不习惯吗？还是姜弋那小子吵着你了？没事，我待会儿收拾他。"

卓裕出现得措手不及，向简丹心里没底，也不知他听到了几句。四个人眼观鼻，各怀心思，场面一时冷却。

卓裕张了张唇，刚想开口，"哐"的一声门板撞墙重响，风风火火的脚步声伴着火急火燎的呐喊占据主场——

"我孙女婿呢？快给我瞧瞧看！"

祁霜中气十足，穿着碎花短袄，脚踩黑色棉鞋进了院子。

"妈，你、你咋回来了？"向简丹吃惊，转念一想，立刻狠狠瞪了一眼姜荣耀，呵，打报告第一名。

祁霜眼明心亮，一眼相中卓裕，盯着他看了三五秒，登时笑得起飞："我回来高兴啊！我太高兴了！"

卓裕领首，毕恭毕敬地叫人："奶奶您好。"

"好好好，哪里都好。"祁霜握住卓裕的手，一个劲地拍他手背，"路上累吧？家里还住得习惯吗？你穿得太薄了，冷不冷啊？奶奶晚上给你做酥炸小黄鱼吃。"

一老一少进了屋，卓裕这卖乖的态度，俊朗的长相，简直踩准了老年妇女的审美。姜宛繁忍不住笑出声，横遭向简丹一记怒目。

她指了指奶奶的背影，一脸"我能怎么办？奶奶她喜欢啊"的无辜表情。

人都走了，向简丹沉默地摆弄花草，姜荣耀叹了口气："唉，咱闺女，从小就是有主见的，算了吧。"

向简丹冷斥："别拿胡闹当主见。"

"小卓没那么差劲吧，待人接物落落大方，事业有成，虽然父母过世，但换个角度想，姜姜也没了乱七八糟的婆媳矛盾不是？"

向简丹久久不语，等姜荣耀鼓起勇气偷瞄时，才发现老伴憋着忍着，眼眶早就红了。

奶奶祁霜登场后，气氛是彻底盘活了。祁霜一直希望姜宛繁能早点成家，这一年尤其如此。她梦想成真是其次，主要还是卓裕这个人，八面莹澈，不刻意卖乖奉承，很讨老人喜欢。

到了下午，姜荣耀问："小卓平日有什么爱好？"

来了来了，苦背一个通宵的知识点终于能派上用场。卓裕刚想投其所好，扯一些刺绣方面的知识，姜荣耀便笑眯眯地指了指右边，问："麻将会不会？字牌、五十K、扑克三打哈、跑得快呢？"

见卓裕蒙了一下，姜荣耀体贴道："没事，很容易学的，叫上奶奶，咱们玩几把？"

经过一下午的实战，卓裕发现姜家简直是麻将世家，他的业务应酬多，这些早就玩上道了。姜荣耀属于人菜瘾大，卓裕时不时地给他喂牌，奉上诚意满满的"见面礼"。

晚饭后，卓裕主动对祁霜说："奶奶，我陪您出去散散步？"

小镇的傍晚，烟火气满地，泛橙的光像拉长的鱼尾纹嵌在天边。方圆几里

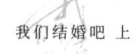

小地方，来来去去都是熟人。

出来倒垃圾的阿姨："祁奶奶，烧香这么快就回来了啊？"

祁霜："对对对，这就是我孙女婿。"

刚走几步，又碰到认识的晚辈："奶奶好！"

"祁奶奶，辣椒要不要？刚从地里摘的，可香了。"转角的大伯扛着锄头热心道。

祁霜被卓裕扶着，眉开眼笑："可不是吗？就是我孙女婿身上的香味。"

遛弯十分钟，整条街都知道卓裕是祁奶奶的孙女婿了。

这种朴质直接的赞美，让卓裕差点招架不住小镇人民的观摩。回来后，他坐在椅子上还有点没缓过神，后知后觉地想，这大概就是所谓的"社死"。

肩膀一沉，姜宛繁站在身后，正笑盈盈地看着他。卓裕轻轻呼了口气："姜家女婿不好做。"

姜宛繁笑容一收，作势要走。卓裕一把拉住她的手紧紧收拢，两人腿碰着腿，他的指腹蹭着姜宛繁的手臂内侧，四两拨千斤的亲密。卓裕坐得不算直，垮着腰，眼梢向上勾："我就要做。"

姜宛繁轻啧："脸皮不薄啊。"

"薄了怎么娶到你？"卓裕适时松开了她，说起正经事，"你妈妈好像不太喜欢我。"

"她连亲儿子都不喜欢。"姜宛繁拍了拍他的肩膀，微微伏腰挑眉问，"怎么，怕啦？"

"说不怕那是骗你的。"卓裕坦白道，"我以后过的什么日子，那还不是她说了算？那可是我丈母娘。"

姜宛繁抬了抬下巴："那我呢？"

灯光炽白，自她头顶匀匀洒下，不是那么修饰气氛的灯影，直白，明亮，却也将她这张脸衬得白净细腻。薄薄的底妆遮不住鼻尖一颗极小的痘印，平添真实的俏皮。

卓裕被她注目得神魂摇曳，以笑意掩盖心猿意马，低声说："你啊，你是我祖宗。"

"床铺都是新换的,这套蓝色的洗漱用品以后就你用,不在家的时候,我给你收好。"向简丹把羊绒毯铺在床上,"都降温了,山区比城市冷,你们多盖一床。好了,早点休息。"

喜不喜欢另说,但向简丹待卓裕体贴周到,无可挑剔。

"嘎吱"一声,人走门关,就剩他俩分别站在房间对角,只有头顶的节能灯在看热闹。

两只枕头一床被子。同床共枕。卓裕想到这个词,有点燥。

"我出去抽根烟。"他说。

下楼去院子里,冬夜的风仍然降不下体温。

"哟,你还没休息哪?"姜荣耀诧异地站在身后,棉睡衣显胖,手里还端着刚倒好的茶。

卓裕心思一动,下意识道:"要不我晚上……"

"什么?"姜荣耀优哉地吹散热气,喝了一口茶。

"我晚上……跟您睡吧。"

噗——茶烫嘴,姜荣耀直缩舌头:"跟、跟我睡?不是,你跟我睡干吗?你不是也有老婆吗?找你自己老婆去。"

卓裕再回到房间时,姜宛繁已经换了睡衣,白色系带的薄棉衣略宽松,袖口有绣上去的两支淡紫郁金香。

卓裕的视线落在她的右颈,姜宛繁解释道:"睡衣是我奶奶做的,这些花纹也是她绣的。领口上是我名字的拼音。"她稍微拎起一点,卓裕走近,发现还真是一串行云流水的"fanfan"。

"小名?"

"不算吧,我名字里哪个字都适合做小名,从小叫我什么的都有。"

卓裕问:"那你喜欢哪个?我以后就叫哪个。"

姜宛繁看他一眼:"你刚才不是这么叫的。"

卓裕反应过来，慢慢抬起手，顺着她睡衣领的那串拼音一点点抚摸，明明哪里都没挨着，却起了一片燎原火焰。

"嗯，知道了，祖宗。"

姜宛繁抿着唇，背对着他一直在抹被子上的褶皱。卓裕轻轻制住她的手臂，调笑道："可以了，被子都被你抹秃了。你睡吧。"

姜宛繁转过身问："那你呢？"

卓裕随手指了指地板，姜宛繁皱起眉，叹气道："不至于，一块儿睡吧。都带你回家了，再做作就没道理了。就是……我睡觉习惯不太好，会抢被子，要是你半夜冻醒，叫我一声。"

姜宛繁说得自然又真实，就是神色仍有点忐忑。

等真躺在一张床上了，好像也没想象中那么难……除了枕头之间隔着两拳头宽的缝，被子中间也能再塞一个人，两人平躺，一动不动，像两块木板。

沐浴露的味道被热气蒸腾，分化出另一种香，在五官六感中挠痒。卓裕忍不住侧头看了她一眼，姜宛繁双目似放空，长发积压在枕间，像一匹散落的绸布。卓裕想缓解她的紧张，但自己的心跳也越来越快。

姜宛繁盯着天花板，确实是在神游四海——

晚上她在厨房洗碗，奶奶站在旁边削桃子皮，外带碎碎念："他怎么穿那么少哟？外套都不是羽绒的，呢子衣是帅的，但到家里谁要看他耍帅呢。"

姜宛繁忍着笑，深有感触地附和："他怕热，不怕冷的。"

"他说你就信啊，你跟你爸一样。"祁霜操心，把卓裕从头到脚回忆了一遍，想起他穿的鞋子是切尔西式样的皮鞋，好看是好看，就是底太薄了。

"他穿多大的鞋？"

"啊？"姜宛繁被问蒙了，"不知道啊。"

"都结婚了，你也太不关心他了！"祁霜越说越生气，桃子皮也不削了，训了她好久，最后交代，"你问了告诉我，我明天给他做一双棉鞋，冷死人了，别冻着。"

这几天太耗心力，领证、结婚、见父母，跟做梦一样。姜宛繁的眼皮本来快合上了，突然想起这件事，便强撑惺忪，脱口而出："你多大？"

卓裕肩膀一僵,像被小电钻戳中太阳穴。

第一晚,就这么直接吗?虽然叫你祖宗,但祖宗你能不能稍微含蓄一点点?

他默了默,低声答:"18吧……"

姜宛繁合至一半的眼皮动了动:"18?你这样的身高,正常不得四十多吗?"

卓裕咽了咽,两把火烧着耳朵一般:"这样的男人,全中国应该找不出来。"

姜宛繁好像明白了什么,卓裕似乎也反应过来了。

"那个……"姜宛繁艰难开口,"我是问你的脚多大码,奶奶怕你冷,要给你做双厚底棉鞋。"

天刚擦亮,窗外鸡鸣声此起彼伏,偶尔伴着两声狗吠,卖豆腐脑的吆喝声中气十足。向简丹端着一盆热气腾腾的豆腐脑进门,看见卓裕,惊了一跳:"哎?就起床了?"

卓裕穿戴整齐,像一夜都没睡过,眼下泛起薄薄一层乌青,又茫然又颓废的神色。向简丹当即断定:"姜姜抢被子了吧?"

卓裕勉强笑了一下:"我来帮您。"

"不用,不用,小心烫。"向简丹扭开身体,"坐会儿啊,早餐马上就好。"

简短客气的闲聊后,彼此闭嘴。卓裕望着在厨房忙碌的丈母娘的身影,几次想开口,都被向简丹身上散发的"冷漠勿近"的距离感打败。

他很明白,向简丹不是那么中意他。

早饭刚上桌,姜宛繁也下了楼。姜荣耀"哟"了一声:"你也没睡好啊?眼睛都青了。"

向简丹忽然放下碗勺:"年轻人的事,你少问。"听着有点指桑骂槐的意味。

姜宛繁和卓裕对视一眼,默契得都不吱声。

吃完早饭,祁霜在楼上喊:"孙女婿,上来一趟。"

卓裕上了楼,就听祁霜道:"来试试,这鞋合脚不?"

卓裕愣了愣,连忙照做,皱眉问:"奶奶,您昨晚熬夜了?"

"年纪大了,睡不了多久的,我不做活也是无聊发呆。"祁霜扶了扶老花镜,

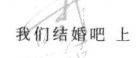

满意道,"不错,很合脚。姜姜说你是42。"

乍一提数字,卓裕又想起昨晚的瞬间。

鞋子再收个边就完工了,祁霜眼睛不太好,让姜宛繁穿针引线。姜宛繁蹲在她身边,桌上的箩筛里放满了各色丝线和工具,像个调色盘。祁霜飞针走线,动作娴熟。姜宛繁安静分线,细如发丝的线在她指间旋转缠绕。天渐亮,白墙上的阳光颜色饱和度低,慵懒地拖慢时间。一老一少,虽安静,但画面有很强的冲击力。

卓裕下意识地拿出手机,聚焦、按下拍照。

九点多,卓裕穿着新棉鞋下楼,鞋底松软,鞋面暖和,黑色老棉布平平无奇,却实用暖和。祁霜还在侧边绣了一个很小的字母"z"。

外头院子里,刚被向简丹掀被窝踹起床的姜弋顶着鸡窝头,坐在滑板上一脸不高兴。

"你还有起床气呢?"卓裕走过去,笑着搭话。

姜弋别过脸,气没消,起身把滑板摆正,一只脚踩着它左右挪,技术娴熟的样子。

卓裕让开道,以为他要滑,看得也认真。但姜弋一直重复这个动作,双目放空,看向远方。

卓裕很直接地问:"不会滑?"

姜弋登时炸了:"难不成你会啊?"

卓裕勾了一下手,示意他下来。

姜弋故意把滑板往前踢了踢,滑板滑行的时候,卓裕甚至没看它,一脚踩住板尾,"砰"的一声定住,就见他左脚往后一蹬,人已经稳稳站在滑板上。

地面并不平整,卓裕微微躬身维持平衡,滑速起来的时候,在滑板上流畅地完成换脚。板尾斜翘,腰身一转,在原地画了个很漂亮的圆,堪堪停在姜弋面前。

姜弋目瞪口呆:"酷!"

卓裕挺淡定地把滑板还回去:"多练,核心要收紧,不然你稳不住。"

"有点功夫在身上啊,你是学过的吧?"姜弋巴巴地问,"在哪儿学的?学了多久？你教教我呗，成吗？"

见卓裕一直笑，姜弋反应过来，嘹亮地喊了一嗓子："姐夫！"

卓裕示意他："上板，教你。"

两人待了一天半，下午就得回去，最舍不得卓裕的就是姜弋。

"姐夫，再待几天嘛，压板的技术我还没学会。"

向简丹听着就来气："别烦人了你，读书没见你有这股劲，不务正业倒是上心，你能不能让我少操点心！"

姜弋贱兮兮地挤眉弄眼："姐夫，妈说你不务正业。"

"死……你、你个死小孩！"向简丹急得吐字不清，抄手就想揍人，"有可比性吗？人家清大毕业，你呢？毕业证还给我做了个假的！人家27岁管那么大的公司，你27岁直接出家当和尚去！"

"那不行。"姜弋说，"现在的和尚都带编制，我考不上。"他简直是在老母亲的雷区精准蹦迪，嬉皮笑脸道，"还有妈，纠正一下，少说'人家人家'的，现在他可是你家的。"

向简丹的脸色缓了缓，眼神也柔和了些，莫名生出一种"女婿就是比儿子好"的感慨。

"我能跟您单独说几句话吗？"卓裕忽然开口道。

姜荣耀和向简丹坐左边沙发，卓裕一个人坐右边。

短暂的安静后，卓裕说："先给您道个歉，我和姜宛繁结婚的事，没有提前让你们知道，于情于理，都做得不对。"

他起身，很正式地朝两个长辈鞠了个躬。

"别这样。"姜荣耀示意他坐。

"换位思考，如果是我的孩子，我也一定接受不了。"卓裕抬起眼，目光炽热又真诚，"您别怪她，是我先喜欢她，是我死缠烂打追的人，连结婚也是我提出的。"

向简丹扭开脸，戳中心结，掖不住怨气地说："这么说来，都是你逼我女儿的了？"

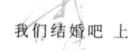

姜荣耀咳嗽两声，笑眯眯地往右边使了使眼色："你看她像被逼的样子吗？"

向简丹瞪着眼，到底没再说什么。

"我知道，我有很多您不满意的地方，这些不满意，我确实无力回天。"

比如过世的双亲，复杂的家事，突如其来冠名姜家女婿这个身份。

向简丹的脸又往后别了别，垂眼无言。

"宛繁是我好不容易求来的，能和她结婚，是我高攀。我会尽一个丈夫的义务，爱她、护她，太虚的保证，您也一定不爱听。"卓裕顿了顿，目光落向姜荣耀，让他看到自己一览无遗的坦荡与坚定，"我能做到的，是房产、投资、商铺，都让她成为共享人。房子车子一样不会少，该给的仪式也一定让您满意。我不是完美的，但我能给的，一定是完整的。"

姜荣耀突然不知道怎么接话，愣愣地望着他，嘴唇动了又动。

这种沉默无异于钝刀割肉，比任何时候都让卓裕没底。

忽然，小声的啜泣掩不住地从向简丹那边溢出。在卓裕说这段话时，她的情绪再也克制不住，女儿闪婚的消息无疑是晴天霹雳，这些天来的愤怒、惊惧、担忧、拉扯，终于凿开决堤口，溃在这两行眼泪里。

"我不是嫌你不好。"向简丹哭着说，"我是怕我闺女过得不好。"

当她能当面锣对面鼓地说出心里话时，便已经说服自己，和卓裕，和姜宛繁，和这件事情和解了。卓裕也很明白，在质疑和偏见面前，开诚布公是最好的面对方式。

一行人将他俩送到车边。

"等我回去做好安排再正式上门。"卓裕说。

"你工作忙，慢慢来没事的。像请期看日子，我来也是可以的。"向简丹掰着手指头数，"订酒宴、定菜式，事可多了。对了，你们会回来办回门酒的吧？"

卓裕点头："会的，只是要麻烦您了。"

姜荣耀笑呵呵道："麻烦什么啊，她最爱做这些。"

前方两米处，姜弋的大拇指往后戳了戳，对姜宛繁悄声道："你丈夫好像一只大尾巴狼，投其所好这一招玩得贼溜。"

就在两人要上车前，向简丹忽然停在原地不吱声了。

"你、你这是又咋了？"老姜急得想跺脚，这是又有哪里不满意了？

向简丹嘟囔道："都没叫人。"

老姜一脸问号："叫谁啊？"

卓裕忽地站直，恭敬坦然地提高声音："爸，妈。"

老姜愣如当场点穴，向简丹登时眉开眼笑："哎！"

"瞧见没？"姜弋推了推姜宛繁的胳膊，"能让向女士主动要求叫她妈，不叫妈还不高兴，这就是我姐夫的能耐啊。"

回程高速，开了8公里到第一个服务区时，卓裕就让姜宛繁来开，自己往副驾一坐，仰头靠背，闭眼狠狠掐了一把眉心。

"去一趟我家这么累？"

"累。"卓裕说，"我这两天神经高度紧绷，怕他们不喜欢我。"

"现在呢？"

"取得初步胜利。"卓裕自我评价道，"再接再厉吧。"

姜宛繁弯了弯嘴角，专心开车。

卓裕看了她两眼，琢磨着怎么开口他这边的事，这周去见一见卓悯敏？也不知她乐不乐意。

正斟酌犹豫间，姜宛繁看了一眼导航，忽然说："下午四点能到，你今天还要忙吗？"

"没。怎么了？"

"那你给家里打个电话吧。"

"嗯？"

"晚上和他们一起吃个饭。"姜宛繁说。

卓裕愣住，姜宛繁语气平静道："丑媳妇还得见公婆呢。"

"你不丑。"卓裕纠正。

姜宛繁笑着说："见吧，就今天。"

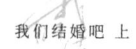

本以为她是临时起意，可当她从行李箱里拿出礼物时，卓裕才觉得这简直是运筹帷幄。礼物小而精，既不谄媚，也不轻视，价值与分寸感拿捏得刚刚好。

车停好，姜宛繁察觉到卓裕的欲言又止，把手从门把手上挪开，静静等他开口。

"我姑姑的右腿因为意外截肢了，你不要被吓到。"卓裕如实坦白。

姜宛繁点点头，乖乖应道："好。"

其实，来卓悯敏家的待遇，比卓裕去她家的时候要"和平友爱"得多。卓悯敏一身端庄长裙及脚踝，妆容精致，态度亲和，坐着或慢慢走路的时候，并不会看出太明显的异样。林久徐则更客气了，一直笑着。林延坐在沙发上假装玩手机，眼睛时不时地在姜宛繁身上溜达。林以璐是被临时叫回来的，一见到姜宛繁，就想起之前在简胭她帮卓怡晓出头的事，实在给不了好脸色。

卓悯敏几次暗示都不顶用，找了个借口把她拉到厨房。

"你怎么回事？今天摆什么脸？"

"我不要叫她嫂子。"林以璐骄横地别过头，"她得罪过我。"

"你听不进去话是吧？你大哥在，别太过分了。"

"怕大哥干什么？他薪水还是爸爸发的呢。"林以璐不服气。

"闭嘴吧。"卓悯敏恨铁不成钢，低声警告，"再摆这副臭脸你试试看。"

这话重，林以璐憋回怨气问："你不是一直想让大哥和向家结婚的吗？"

卓悯敏冷哼一声："都这样了，我能怎么办？"

的确，从两年前开始，卓悯敏就做好了这方面的计划。找个门当户对的，能助力家里生意的，也旁敲侧击地安排过很多相亲，但卓裕的态度始终平平，既不拒绝也不答应，卓悯敏乐观断定，肯定能成。哪怕是前阵子，卓裕几次说有喜欢的女人了，她也只当是调侃玩笑，直到姜宛繁进门的那一刻，卓悯敏兴如嚼蜡。

吃过晚饭后，卓悯敏热情地要带姜宛繁去楼上看看。"我把天台改成了小花园，有一盆茶花开得最漂亮。"

"好呀好呀。"姜宛繁越过茶几，连蹦带跳地主动挽住卓悯敏的手，这火热态度，把卓悯敏都整不会了。

第4章 另一种快乐

卓裕坐在沙发上，不放心地往后看了好几眼，刚想起身，就被林久徐打断，与他聊起了工作。

"这花漂亮吗？很难嫁接的，能开三种颜色的花。"

"漂亮的，姑姑您养得好。"

这声"姑姑"叫得自然亲昵，卓悯敏没想到她改口这么快。

一片安静里，只有花草微微摇曳，像极了两人揣着的心思。卓悯敏细细打量姜宛繁。这女孩确实是一眼明亮的那种漂亮，气质稳，但五官拆开来看，却是显幼态的那种。

"小姜看着不大，大学刚毕业？"卓悯敏不动声色地问。

姜宛繁咧嘴一笑："我都二十六了。"

"啊？那真没想到。"卓悯敏诧异，随后笑着问，"那家里平日也催吧？就像我对卓裕，一直希望他早点成家。"讲到这儿，她适时叹了口气，"怪我，催得太急，催得他压力这么大。"

这话潜台词很明显，他为什么跟你结婚？反正不是因为喜欢。

"不怪您，怪我。"姜宛繁没半点卡顿，话接得行云流水，"都怪我，姑姑。"她绕过三色茶花，再一次挽上卓悯敏的手，宽慰开解，"怪我追得太凶、太狠，没给他喘气的空间。"

卓悯敏愣住："你、你追的他？"

"对呀。"姜宛繁爽口承认，细数起卓裕的好，"长得好看，能力也强，对人也好，现在找个合适的男人太难了，姑姑您能理解的吧？"

卓悯敏扯了个笑："嗯，是。"

姜宛繁一脸明朗，跟这温室里怒开的花儿一样："果然，您跟卓裕平时说的一样好，温柔、开明，总是设身处地地为他着想。"

这帽子不仅扣得高，还绣得花团锦簇，让卓悯敏根本无从辩驳，被迫成了与她统一战线的"盟友"。

"小姜父母是做什么的？"

"待业在家，跟您一样，也喜欢种种花草。"

"挺好的，陶冶情操，有闲心有闲暇，不像卓裕，拼事业，工作忙，经常应酬。"卓悯敏话题转得自然，语气拿捏得也动人，"你知道的，现在实体不好做，他压力肯定大，原本呢，我一直希望有人可以帮他分忧。"

姜宛繁安抚似的拍了拍卓悯敏的手背，宽慰道："您别过于费神，这不是还有姑父、有表弟在吗？姑父宝刀未老，弟弟也是青出于蓝。"

这话听着是共情，实则是提醒。林久徐和林延才是公司的林董和小林总，别什么烂摊子都往卓裕肩上扔，天塌了，也得他们父子俩先顶着。

"退一万步讲，如果……如果真的做不下去了，失业了……"姜宛繁眉心浅皱，一声无奈又护短的长叹如情景剧的最佳配乐，"就，我来养他。"说罢，姜宛繁直接握住卓悯敏的手，无辜又真诚，大度且温柔，"姑姑您放心，这辈子我会对他好的。"

八点不到，两人就走了。

姜宛繁一上车就开了瓶水，连灌小半瓶，喝急了，呛得直咳嗽。卓裕空出右手拍着她的后背："渴成这样，在家里的时候怎么没喝？"

"我不爱喝茶。"姜宛繁顺过气，又抿了一口，"茶叶好苦，跟喝药一样。小时候，我奶奶总喜欢摘一种草药给我泡水喝，说什么清火排毒，我是喝怕了。"

卓裕皱眉问："怎么不说？换就是了。"

"算了，你姑姑煮茶那么费心思，我不喝也不太好。"姜宛繁提醒他，"看路，好好开车。"

进了隧道，恒定的光亮自天窗均匀洒下，卓裕放慢车速，问："在二楼的时候，姑姑和你聊了什么？"

"聊我们怎么认识的。我说你追我追到没眼看，就只能答应了。姑姑的表情很复杂，说她以后会为我撑腰的。"姜宛繁扭过头，笑眯眯地问，"你怕不怕？"

卓裕佯装思索道："嗯，我觉得有点亏。"

"我这样的还亏啊？"姜宛繁忍不住挺直腰板，眉尾的形状像倒钩的月牙。车子刚好出隧道，光线一瞬暗，一瞬亮，再看清时，她的目光像透亮的子弹，直狙人心。

卓裕的视线下意识地往下移,在姜宛繁锁骨下三寸停驻。不是故意,是本能。

他低低说:"嗯,不亏。"

姜宛繁一时没领悟他此刻的那点心思,很认真地等着他的答案。卓裕别开脸看向窗外,手搭着车窗有一下没一下地敲着,再转回头时,他单刀直入地问:"你准备让我今晚回哪儿?"

姜宛繁愣了愣。

卓裕好像等这个问题很久了,好心提醒道:"上次你说过的,我可以试着吃软饭?"

想回她家就直说,拐个弯说得这么清新脱俗。

"行。"姜宛繁答应得爽快,"回我家。"

"起子递我一下。密封胶,小号的那个。"一阵窸窸窣窣的动静后,卓裕指了指开关,"好了,试试看。"

啪——灯亮了,姜宛繁喜笑颜开:"好啦。"

卓裕两步从梯子上下来,拍了拍掌心的灰,认命地问:"下一个修什么?"

"卫生间有点漏水。"

卓裕熟练地拎起工具箱,转场下一个工地。

桶里接了大半桶水,水管衔接处滴滴答答往下漏。卓裕看了看,拿出扳手拧紧连接口,问:"怎么没找物业?"

"忘了,等记起来的时候又有事要忙。"

"找下密封胶,这次要中号的。"卓裕手上使劲的时候,手背的筋脉凸起明显,他皮肤虽白,可并不会觉得文弱,指节扣在金属把柄上,动作干脆利落。

"管道漏水不修好,不怕哪天爆水管?到时候更麻烦。"

"真有重要的事。"姜宛繁蹲在工具箱边,将小螺丝扒来扒去。

"什么事?"卓裕低下头问。

姜宛繁仰起脸:"跟你领证。"

她笑起来的样子,像浮跃的晨光,不多不少地匀进卓裕眼里。哪怕一地狼藉,

139

地点也不够美好,他仍被撩拨得轻而易举。

窄小空间让情绪快速闭环,两人对视的距离也越来越短。卓裕垂手,扳手蹭着裤管,再落于地板,刺耳的金属声虚化变柔软,像一记钟鸣,给将要发生的事揭开序幕。

卓裕单手绕到姜宛繁的后背,把她按近,两人鞋尖抵着鞋尖。

卓裕低头,姜宛繁闭眼,唇与唇的距离薄如蝉翼。

忽然,哗啦——下一秒,凉意劈头浇下。漏水的衔接口被水压彻底冲散,花洒像个扭蛋机似的跟着一起放飞起舞。一时间,浴室像大雨不停的水帘洞,把两人滋得满脸水。

嗯,卓师傅修理技术很好,但下次别修了。

大晚上的,物业和维修部的员工齐齐登门,检查后发现不只是单纯的漏水问题,是埋下去的管道裂了,得敲开瓷砖,重新埋管。忙活到凌晨一点才收工,再把残局收拾完,姜宛繁已经彻底瘫痪。她往沙发上一躺,枕着半边脸,蔫瓜似的说:"我家没有男人穿的衣服,你要是想睡这儿,就自己找地方吧。"

卓裕环着胳膊,斜靠着门,无奈道:"你就这么对我啊?"

姜宛繁指了指卧室:"那你穿我的衣服?"

卓裕拒绝道:"我没这癖好。"

姜宛繁笑了出来,侧躺着望向他,这个角度的眼睛借了亮光,像水里的月亮一样。

卓裕确实想做些什么,但这一身狼狈湿漉,也实在做不了什么。

走的时候,卓裕晃了晃手指上的车钥匙,问:"对了,明天晚上的时间能空出来吗?"

卓裕设想周到,再意外的事情,他都能忙中不出错,安排得面面俱到。抚慰好岳父岳母后,再来搞定这一帮哥们儿朋友。

谢宥笛最摆谱,接电话时,捏着嗓子装高冷:"不好意思,谢爷在开董事会。请问你是哪位小弟?"

"我是你爹。"

"滚。"谢宥笛骂道,"没空去,谁稀罕你这顿饭。"

"真不来?"卓裕佯装如释重负,"太好了。宛繁让我叫你的时候,我痛苦煎熬,生不如死,我谢谢你了。"

"呸,我去,我就要去,我不让你舒坦,我就要气死你。"谢宥笛急得跳脚。

卓裕云淡风轻地"哦"了一声:"你对姜宛繁很不满?"

"什么?"

"竟想让她当寡妇。"

宴席定在卓裕朋友那儿,是一家很小众的私房馆,装潢清雅秀丽,走的是中式江南风,精而不简,连洗手间里的抽纸桶都是花了心思的。

姜宛繁今天穿了一件纯白的开襟呢子衣,款式慵懒却有筋骨,淡水粉的内搭羊绒衫和今天的心情相得益彰。

一个团圆桌上坐着的都是简胭的人,上午乍一听到这件事时,大伙儿惊愕却并不意外,道完恭喜后,回头就热情讨论着随礼多少。

到这儿一见到卓裕,八九号人彼此使眼色,然后默契大声喊道:"师公好!"

卓裕蒙了,他设想过很多场景,讨红包、开玩笑,顶多再吆喝着闹个洞房,就是没料到这一幕。

师公?这陌生得如触电般的称呼,他的形象地位顿时高大了。

望着这一圈萌萌的眼神,卓裕后退一步,朝姜宛繁那边歪着头,低声问:"我是不是应该要表示一下?"

姜宛繁忍着笑,挑挑眉。

卓裕淡定地环扫一圈:"嗯,红包就给你们师傅保管吧。"

吕旅啧啧称赞,这派头,这代入感,这角色转换,简直神速啊。

这边正热闹,楼梯口未露其人先听其声,嘹亮高亢,生怕别人听不见似的——

"姜老板,你能不能替我做主!"

谢宥笛梗着脖子,走到姜宛繁跟前一股脑地告状:"我委屈,我苦恼,我受伤。"

卓裕右手虚虚扶着姜宛繁的后腰,无奈道:"你幼儿园留级二十七年,至今

141

没毕业是吗?"

"你看他就是这么羞辱我的。看在小姜的面子上,我不跟你计较。"谢宥笛不情不愿地拿出红包,往他怀里一丢,"接住你谢爷的爱。"

卓裕一把按住红包,作势往后倒:"太沉了。"

谢宥笛努了努嘴,终于笑了起来。

两人默契地举手,拳头对拳头,谢宥笛真心道:"行了,恭喜了哥们儿,骂归骂,但我是真的为你高兴。"

卓裕什么都没说,只拍了两下他的肩膀。

谢宥笛扭头对着姜宛繁一脸正经道:"你以后要对我哥们儿好一点。"

卓裕笑骂:"砸场子的是吧?"

"笑里藏刀没瞧出来?"

欢声笑语里,吕旅拉开一角竹帘,被眼前的景色震惊了:"哇哦!"

大家齐齐往外望——天光渐昏,澄净暖黄,楼宇交错出的空隙像大小不一的取景框,里头被各种色泽的晚霞填充,城市披上一层混彩滤镜,旖旎且壮阔。

姜宛繁忍不住道:"冬天这样的天色,真的很难遇见。"

卓裕转过脸,视线将她笼罩,低声说:"但我还是遇到了你。"

姜宛繁心尖一颤,手指像会自动寻觅,气息敏感,本能靠近,指尖对着指尖,体温一点一点攀缠萦绕,最后,两只手轻轻勾在一起。

别看简朐这些人一口一声"师公"叫得卓裕心花怒放,合着全是温柔圈套,都不用他们劝酒,卓裕自个儿就端着喝了起来。

谢宥笛鄙视他:"你能不能有点骨气!"

"我也想,但他们叫我师公。"卓裕卷起半截衣袖,手表扣在腕间,手臂筋骨隐隐泛出线条。

"出息。"谢宥笛浑身发麻,受不了了,"结婚了不起啊?"

"不是结婚了不起。"卓裕说完这半句没再吱声,而是转过脸,身体下意识地往姜宛繁那边靠了靠,他喝得五六分,虽没醉,但眼神被酒浸染,既清亮又浓烈。

如果眼睛能说话,姜宛繁此刻听懂了,不是结婚了不起,而是——跟你结婚。

餐后又去了KTV，再一轮下来，卓裕真喝得差不多了。他斜靠着沙发，无骨人似的。包厢里空调足，衣服脱得也只剩衬衣，酒精烘高体温，热得他一把扯开了衬衫衣领。

姜宛繁这些小徒弟，个个八百个心眼，最擅长铺垫画大饼，见叫"师公"不起作用了，又喊出一声声撒手锏——

"姐夫好！"

"姐夫我们想敬你酒！"

"姐夫你今天好帅气！"

"姐夫你跟宛繁姐太般配了吧！"

卓裕当即一激灵，喝，拿过来通通喝！

唱歌闹腾得不行，姜宛繁走过来，站在他面前笑盈盈的，不说话。卓裕仰着脸，这个角度看，眼廓像细长上扬的燕尾，借着这点变幻的光，宛如两片温柔刀。

他忽然伸脚，绕到姜宛繁后边，一圈一钩，人跌进怀里。

姜宛繁手抵在他胸口，又被他一把捉住手腕。两人姿势亲密，隐暗在沙发一角，包厢的追光无暇顾及，成为安全地带。他们在热闹里，能清晰听见彼此的心跳声。

卓裕头一歪，就这么轻轻靠在姜宛繁的颈间。他的呼吸很沉，很深，是一种极致的放松。

"我睡一会儿。"卓裕低声唤她，"老婆。"

姜宛繁浑身如过电，忍不住侧头看，他是真喝到顶了，闭眼休憩，眉间平整，眼睫像散开的折羽扇。其实卓裕的五官拆开来看，眼睛是最吸引人的，明明是眼廓细长的清冷眸色，示人时，又始终带着高涨的情绪。这种矛盾的结合，像一张精致面具，而此刻，才是卸下面具的真实样子。

谢宥笛刚唱完《海阔天空》，喊得气都快断了，扭头就被迫吃了一嘴狗粮："干吗呢！装醉卖惨是吧？欠我十瓶黑桃K今晚还不还了？"

卓裕埋头在姜宛繁颈间，拖腔拿调道："还不起了，我钱都上交了，以后超过一百块的活动不要叫我。"

谢宥笛怒斥:"瞧瞧你什么德行!"

卓裕懒懒道:"已婚男人的自觉。"

零点前散场,吕旅风风火火地安排叫车。卓裕靠着柱子站着,站得直,不说话,看起来没什么异样。

谢宥笛提醒姜宛繁:"他应该喝多了,回去后你给他弄杯热水,让他睡一觉,别管他。他酒品没的说,不怎么闹腾。对了,他车就停这儿,明天助理来开。你俩坐我的车走。"

"这儿离我那儿没多远,要不就我开……"

"别。"谢宥笛打断她,"他特意嘱咐我。"谢宥笛指了指眼睛,意思是姜宛繁夜盲症的事。"他醉成这样都不忘担心你,说坚决不能让你开。"

回到四季云顶,卓裕不说话,不用她扶,乖乖地跟在身后寸步不离。一进门,自己换鞋,还不忘把皮鞋摆整齐,这才倒在沙发上眯眼大睡。

姜宛繁见过很多人酒后发疯的模样,包括她爸姜荣耀,三两米酒下肚,能系着围裙出门扭秧歌。这么一对比,卓裕太乖了。

姜宛繁拿了一条羊绒毯给他盖上,又把空调温度调高,然后蹲在沙发边,静静看了一会儿他的睡颜。

微信群来了新消息:

大明星:"呼叫已婚少女!我杀青啦,三天休息,等你约饭!"

小相机:"这个点你叫她?已婚的人此刻应该不会回复你。"

一碗姜茶:"我在。"

小相机:"回复这么快?新婚期大晚上的你还有空玩手机?"

大明星:"不是应该被疼爱?"

姜宛繁盘腿坐在地上,回头看了一眼睡着的卓裕,五味杂陈地继续打字:"我俩……还没呢。"

群里冷静十秒后,直接语音交流。

盛梨书:"那么只有一种可能。"

向衿秒答:"他不行。"

姜宛繁脸颊燥热："不会的。"

盛梨书："你不能光看他的长相身材，你去男科观察一圈，就知道表里不一很普遍。"

向衿问："你怎么知道得这么多？"

盛梨书："你们是我闺密吗？我刚杀青的戏就是演一个男科女大夫。"

姜宛繁不怎么坚决地说："他不是这样的人。"

盛梨书："那为什么结婚这么久了他还不让你碰？"

姜宛繁拍了一张卓裕睡觉的照片发了过去："晚上吃饭，他真喝醉了。"

盛梨书的声音很大："这是他掩饰的借口！"

向衿："这次是喝醉，下次就是吃多，再下次是要出差，反正就是不碰你！"

盛梨书："姜姜，坚强点啊，我让经纪人去问我杀青那戏的男科顾问的电话，你要相信医学。"

两人的声音在安静的客厅中放大，像高低穿梭的环绕音效，听得姜宛繁恍恍惚惚。

大概是空调温度升得太高，后背像贴着一张电热毯。下一秒，卓裕的声音喑哑，幽怨投耳："跟你朋友说……我是醉了，不是死了。"

姜宛繁的耳朵跟火烧似的，索性把手机往他跟前一递："要不你亲自解释？"

卓裕浓眉深眸，盯了她两秒后，脸转开，一字不吭地又趴回沙发，姿势朝下，头埋得深，像一只郁闷且委屈的毛绒小狗。

跟她们解释有什么用？就这理解力，听完还不得盖棺他强词夺理？她爸妈，自个儿兄弟，她店员，非一般的闺密，卓裕头疼之际莫名想起一句话:关关难过关关过吧。

春节假期在即，该做的工作差不多也到收尾阶段，闲余时的话题八卦多了起来。卓裕没有对外宣布结婚这件事，但好消息总能不胫而走。

在电梯里，有员工笑着说："裕总！恭喜呀！"

不知情的其他人："裕总有什么好事？"

"恭贺新婚！"

卓裕从不摆架子，又是做实事的领导，员工遇到困难去汇报，第一时间得到的不是指责，永远是清晰明了的主动解决。卓裕既能和大厦保安闲聊对方今年高考的女儿填志愿，也能和业务员一块啃着干巴巴的面包凑合午饭然后继续和甲方唇枪舌剑。

作为公司高层，他得民心，却也不屑于利用人心。

上班打个卡的时间，几乎人人都知道卓裕结婚的消息了，裕总什么时候谈的女朋友？闪婚？他夫人哪里的？长什么样？

周正进来例行汇报，结束后传达了这些惊天波澜："我真招架不住，不知道这三个字重复了百八十遍，老刘他们对我都有意见了，以为我故意藏着掖着。"周正的额头此刻还在冒汗，"裕总，要不您发个喜帖得了？"

卓裕转着笔，笑着摆了摆手，再说吧。

周正端详他许久，忽地笑起来。

"怎么？"卓裕抬起头。

"没怎么。"周正由衷地高兴，"在公司这么多年，这是我见过您最有精气神的一次。"

内线响，秘书转达："裕总，林总请你去一趟他办公室。"

"还有谁在？"

"晏修诚。"

林延办公室的门没关，隔着十几步远都能听见他的笑声。卓裕象征性地叩了两下门，林延登时提声："进。"

晏修诚坐着，没起身，对卓裕礼貌一颔首。

"我就说你最近精神劲特别足，看来人还是得逢喜事才爽利。"林延说，"上回没机会正式跟你道喜，这会儿正好，就祝你和嫂子百年好合啊。"

晏修诚神色一滞，脸色之差怎么都盖不住。他看向卓裕，目光有质疑、有愤懑、有敌意、有抓心挠肺的不甘。如此明晃直接，和他一贯的云淡风轻君子之风背道而驰。

暗礁触浪，火烧岩浆。卓裕没退没让，目光之中是镇定，是暗枪，是淬了火的剑，直刺对方的痛处。

林延不明所以，调侃着自以为是的两全之策，对卓裕说："反正嫂子也是做刺绣这一行的，都是一家人了，你让她来公司，跟着晏老师一块儿学学东西。"

气氛从沸点陡然降至冰点，卓裕和晏修诚谁都没搭话。

林延笑呵呵道："没事，这不算走后门，晏老师也不会介意的对吧？"

晏修诚讪讪而笑，一字一字地往外蹦："不介意。"

卓裕目如流霜，温声淡语："嗯，我介意。"

晏修诚站起身，对林延没了笑脸："我赶飞机，还有事的话请跟我助理联系。"

等人走后，林延摸了摸脑袋，后知后觉道："这、这怎么一下子不高兴了？"

卓裕也要走，被他叫住了："哥，你真可以考虑考虑我的提议。"林延心里的那把算盘拨得响当当，"这么有缘分，她也是做这一行的，正好可以当你的贤内助，进咱们的公司，两全其美不是？"

卓裕看着他，要笑不笑的样子。

林延："现在不都提倡独立女性嘛，你也不是迂腐的人，能给她找个好平台，不也是显得你有本事吗？"

卓裕煞有其事地点点头，然后拍了拍林延的肩，蓦地问了一句："你觉得嫂子美不美？"

林延愣住了："啊？美，美啊。"

卓裕搭在他肩上的手劲更重了，笑着说："这么美的人，我要本事干吗？还不得赶紧藏起来？万一你嫂子跑了，我上哪儿去再找一个？"

林延彻底蒙了。

"你也说了，我们都是一家人，你也不忍看着大哥没了老婆，对吧？"卓裕正经之中带着惆怅，"走了，你先忙。"

卓裕神清气爽地回办公室，一路上，工位上的同事纷纷起身道喜："裕总，恭喜啊！"

有胆大的调侃道："什么时候带夫人给我们见见？"

卓裕笑着说:"她最近忙,以后有机会。"

"嫂子是做什么的?"跟过他的采购员燃起八卦之火。

卓裕挑眉道:"她忙,比我厉害多了。"

一片哄堂笑声,女员工之间悄声赞叹:"裕总真好,当着这么多人的面,一直捧他老婆呢。"

"哎,不是说裕总挺花心的吗?上次还和盛梨书传绯闻。"

"花心能这么悄无声息地结婚?你来公司晚,不知情,待久了你就知道了。"

姜宛繁今天又是赶工的一天。上个月对接一家明星工作室,给艺人订了一套礼服参加二十六号的时尚庆典,结果活动主办方将日期提前了,那个经纪人只差没守在店里求她了。

姜宛繁没办法,推了别的工作,从早上忙到现在。剪裁部分已成型,关键在主图的钉珠走线,姜宛繁完成最后一条纹路后,放下针的一瞬间,甚至不敢抬头。后颈像被糨糊黏住,经脉拉拉扯扯堵住似的,绕手去揉,揉散了些才敢缓缓扭转。

忽然后颈热烫,姜宛繁一激灵刚想回头,卓裕按定她的双肩,干燥的掌心继续覆盖:"别动,是我。"

姜宛繁不动了,背对着惊讶问:"你什么时候来的?"

卓裕的语气听着不怎么高兴:"低头多久了?"

姜宛繁有点不敢吱声。

蹦进来拿东西的吕旅戳穿道:"从早上到现在,水都没喝一口。"

卓裕不说话了,姜宛繁紧张道:"我喝水了,你别听她乱讲。"

"别动了,放松。"卓裕叹气道,"我现在是不是要报个推拿按摩速成班?"

"还不如我来教,我要不做这一行,真能去开个推拿诊所。"姜宛繁说,"霖雀的大部分绣工都是推拿按摩的好手。唔,舒服。"

这还享受上了。

旁边有一张四角椅,卓裕长腿一钩就钩了过来,坐下后,他揽着姜宛繁的肩膀往后稍用力,人就靠在了他怀里。

姜宛繁身体一僵,卓裕低声道:"放松啊,这位女顾客。你不放松,我怎么为您服务？"

说得既阴阳怪气，又不怎么像正经话。

姜宛繁干脆跟着一起不正经：“啧，这技术。你是几号技师？"

"10？20？那就18吧。"数字吉利，卓裕笑了。

"记住了，下次不点你。"姜宛繁闭眼休息，扭了扭胳膊，在他怀里找了个更舒服的位置靠着，"左边重一点，再左，对。"

卓裕气笑了："下次你都不点我了，我干吗听你的？"

"这么受不得打击啊。"姜宛繁左右扭了扭脖子，头发丝蹭得卓裕手背痒。

"怎么，道德绑架？"卓裕低下头，从这个角度看，她的睫毛像两瓣婆娑弯月。

姜宛繁懒懒地应了声："嗯。"

卓裕认命道："好，我自己绑自己，打活结，你一扯就松的那种，行吗？"

姜宛繁翻身坐直，乐不可支地看着他："行行行，改行吧18号技师。"

"永远为姜老板一人服务。"卓裕眉眼带光，一脸光荣。

从霖雀回来一周，离春节只剩不到半月，27号这日，卓裕正式登门拜访。

姜家是做大事的，从下高速进县城的第一个路口起，每隔五十米就架起一座红拱门，上边贴着烫金的吉祥话，彩带气球随处可见。姜宛繁家的小别墅里更是乌泱泱的，讨喜糖的，发喜烟的，逢人就热情倒芝麻茶水的。

小孩们嘻嘻哈哈地看热闹，也不知是谁喊了一嗓子："堵在门口干吗小兔崽子们！"

奶声奶气的童音又脆又清晰："看新郎呀！"

卓裕不慌不忙，豁得出，放得开，敞开了脸面大声问："新郎帅不帅？"一边问一边拿出一沓厚厚的红包在手里扬。

小孩们嗓音震天："帅呆了！"

走在后面的卓悯敏一家被这阵仗惊着了，确实没想到会如此隆重。林延皱眉嘀咕："太夸张了，跟打擂台一样。"

卓悯敏当没听到，林延就真以为她没听见，火上浇油直起劲："妈，你当初费了多少心思给大哥安排相亲，还让人来家里吃饭见面，本来以为聊得有戏，结果被他摆了一道，现在竹篮打水一场空了。"

"闭嘴。"卓悯敏低声呵斥，"这是你该说的话吗？你嫂子就在前边，你想让她听到是不是？"

她是看出来了，姜宛繁的家虽不在大城市，但条件优渥，父母视若珍宝，不是没见过世面的人家。

卓裕的礼数到位，光彩礼就拉了一后备厢。七位数的现金，金器首饰一盘盘地摆在台子上，还有孝敬岳父母的东西更不在话下。无论放在哪个地方，这样的诚意和实力都是顶顶有面的。更难得的是，姜宛繁家的回礼不比他的少，悉数对照着给。于是，两家的东西摆在一起，拍个小视频发网上都能火一阵子。

礼尚往来，彼此尊重。这是来自娘家人的撑腰。

两家见面时，姜荣耀大气和善，向简丹爽利热情，能言善道，绝不会让场面冷掉。姜家人口多，上头五个伯伯，四个姨妈，兄弟姊妹把人气捧得足足的，牌局开了七八桌，把亲家这边招呼得面面俱到。

中途，卓裕被向简丹叫走了一会儿，再回来时，两个人有说有笑的。

姜宛繁被兄弟姊妹闹腾得有点累，去了二楼卧室歇会儿，从窗户往下看，院子里的灶火升得红红热热，厨师们忙上忙下。晚饭流水席是霖雀镇的特色，图的就是一个热闹喜庆。

敲门声响，有人问："宛繁，我能进来吗？"

姜宛繁站了几秒，这才换上笑脸："姑姑。"

卓悯敏进了卧室，轻声关上房门："我真没想到，霖雀这么漂亮。这边风俗真别致，刚才以璐还跟我念叨暑假想来玩呢。"

姜宛繁关心道："姑姑您没被礼炮声吓着吧？我都担心您不适应。"

"怎么会，虽然是第一次来，但我就是有种莫名的熟悉感。"卓悯敏四下打量了一番，喟叹感慨，"这就是缘分，我们注定要成为一家人。"

姜宛繁笑了笑："您放心，我以后和卓裕一起孝敬您，他顾及不周的，您只管告诉我。"

第4章 另一种快乐

"你是懂事的孩子。"卓悯敏欣慰地忍不住拉起她的手,"卓裕是家里的大哥,他承受的压力自己从来不说,但我明白,我也心疼。"

两人握着手,踱步到窗边站定。

姜宛繁耐心聆听,安慰道:"他也一直记挂您的好。"

"哪有什么完人,好与不好,都是自己的看待。姑姑知道,刚才林延说的话,你一定听到了。"卓悯敏停顿片刻,小心翼翼观察着姜宛繁的神色,给了她足够的反应时间后才继续道,"凡事都要向前看,虽然你和卓裕认识的时间不长,他做出结婚的决定也很突然,但这就是你俩的正缘。"

姜宛繁目光平静,恭敬地点了点头。

卓悯敏将她的手瞬间握紧:"卓裕呢,虽然有很多做得欠妥之处,但他年轻,事业也在上升期,以前免不了逢场作戏。林延的话,你别当真,根本没有他说得那样夸张。相亲归相亲,好感也只是好感,跟那些什么女明星的绯闻,姑姑宁愿亲口跟你说,也不希望你多想。"

姜宛繁笑了笑:"姑姑,卓裕的那位相亲对象,是不是姓向?"

卓悯敏一愣。

"叫向衿,今年刚回国,左眼眉尾有一颗小泪痣,右耳有两个耳洞对吗?"姜宛繁说,"我是左耳有两个,是初二的时候我俩一块儿去桥洞摊上打的。还有您说的绯闻女明星,她叫盛梨书,新戏刚杀青,我们约好后天一起吃饭。"姜宛繁好人事做到底,"您喜欢她吗?要不那天您也一块儿去。"

凉风入室,混着院子里备宴时的柴火烟气,隐约还有丝丝蛋饺香。这种不应景的烘托像演员走错片场,无措地面对聚光灯。

卓悯敏以为姜宛繁就是这位茫然的演员,却没料到演员将错就错,对戏流畅,一字一句反转剧情。

"这两人都是我铁打的闺密,我们仨有个群,经常在里边聊天。我也听她俩说了不少延弟、以璐,还有您的趣事。所以姑姑您放心,我不会误会的,因为这些前尘往事,边角八卦,我知道得比您详细。您要感兴趣,我慢慢说给您听?"

卓悯敏维持住得体的表情,微微恍然道:"这样啊,我就说你和卓裕是有正

151

缘的。"

"承您吉言喽。"姜宛繁主动挽住她的手，"姑姑，我陪您下楼，您慢点。"

刚走出卧室门，就看见卓裕上楼，卓悯敏拍了拍姜宛繁的手："你也注意休息，牌局等着我呢。"

姜宛繁仍然体贴地扶着她送到楼下，再回来时，她脚步轻悦，卓裕弓腰，双手撑着栏杆，视线一直追随。

"你也躲懒来了？"姜宛繁笑眯眯地问。

卓裕看了一眼楼下："我姑跟你说什么了？"

"把我一顿夸。你这什么表情？不信啊？"姜宛繁仰起脸，"我这样的，还不值得被夸吗？"

"妈说的是实话。"卓裕说，"果然臭美。"

"我妈怎么什么都跟你说，我哪里臭了？"

卓裕单手勾住她的腰，忽然埋头在她的颈窝，低声带笑："嗯，香的。还有，纠正一下，不是你妈，是我们的妈。"

楼下，卓悯敏回头看了一眼，人虽被墙角遮了一半看不完整，但仍看得出两人在亲昵拥抱。她不动声色地移开眼，盖不住心里的五味杂陈。林延说得对，在卓裕婚姻这件事上，她确实是竹篮打水一场空。这些年，她自认为找到了卓裕的命门，虽不能事事如意，但大方向不偏离。

卓裕的能力和为人，确实比她的儿子强太多，有他在，兆林就不会差。退一万步讲，闪婚也不是什么大事，一个年轻女孩能翻起什么风浪，不过是笼络、敲打、利诱，总能驾驭收服。

但姜宛繁这个人的韧劲，确实出乎她的意料。顶着一张言情小说的女主脸，有着一颗七窍玲珑心，不仅软硬不吃，还能把她铺好的陷阱再挖深一点还回来。

还有卓裕的态度。

这件事姜宛繁还不知道，在与姜家正式见面之前，卓裕来了一趟林家敲警钟。他甚少有如此单刀直入、话掰碎了说的时候。

"您和姑父愿意去，这份恩情我记着。我很喜欢姜宛繁，喜欢到看她第一眼就想带她回家见见我爸妈。但老卓走了,她见不着,你们是我的家人,无论过去怎样,我都希望你们能接受我已经结婚这件事,能对姜宛繁宽容。"

林延不乐意了:"这话说的,我们也没说不喜欢她吧?"

卓裕慢慢笑了,微抬下巴,目光无谓也无畏:"不重要。"他喜欢就行。

"这么多年,我扪心自问,对您,对兆林,都算得上尽职尽责。我没别的要求,唯独这一件。"卓裕撂话如熔铸的浆水,不容商榷,"我不希望被人打了我的脸,所以,对姜宛繁好一点。"

他语气平静,态度坚决,这比明火执仗地放狠话更能震慑人,就连一向作死的林延都不敢正视他的注目。

卓裕往林家丢了一把明晃晃的火种,和平共处,那便相安无事,但越界挑事,这把火烧着谁也别怪他。

女人之间最了解彼此,卓悯敏也更了解卓裕,他不希望被打脸,因为姜宛繁就是他的脸面。

这一次,她感受到了前所未有的危机。

下午四点,流水席开始了第一轮。十里乡亲大部队,吃完一拨又一拨。迎宾门口摆了两个大竹篓,来吃席的红包都往里头放,其实数额并不大,但红彤彤得堆成两座小火山,忒能镇场子。座席好像也没有太多讲究,有空位的都能坐,唯独右边有一桌不太一样,坐在那儿的全是同龄的年轻男人,而且彼此都熟络,看见卓裕的时候,眼神也极其统一,倒也不是恶意,总之就是怪怪的。

"问你个事。"卓裕没忍住,扯着姜弋到一边,往右边努了努下巴,"那桌都是表哥表弟?"

姜弋连着忙活几天,今天更是四点多就被向简丹叫醒去王屠夫家拿猪头肉,早就精疲力尽,连敷衍作弄的心思都没了,直接撂了实话:"我有这么帅的亲戚吗?我就是家族的帅王。那些都是追过我姐的人。"

卓裕的脑子里升起无数个问号:"你、你们这儿还有这种风俗?"

"自觉来的,没发请帖。就这么跟你说吧,虽然我姐一个都没答应过,但他们个个都记得我姐的好。"姜弋热情介绍着,"从左边第一个开始,英语老师,开运输公司的,镇东征收大户,最右边的那两个比我姐小三四岁,一心想要姐弟恋来着。"

见卓裕不说话,姜弋劝道:"姐夫你别有压力,你放心,他们跟你都比不了。还有两桌没来的,也比不上你。"

两家正式见面,也算一个礼仪周到,团圆和满。返程时,祁霜拄着拐杖,笑眯眯地冲卓裕招手:"孙女婿,你来来来。"

卓裕小跑过去,扶住祁霜的胳膊:"奶奶,您真不去我们那儿看看?我亲自陪您,带您看福禄戏,游八宝园,带您去沁云山烧头炷香。"

"那我去不了。"祁霜一本正经地说,"我认床。"

卓裕佯装思索道:"好办,我明儿找货运,把您的床运过去不就得了?"

祁霜被哄得乐不可支,拍着卓裕的手背,踉踉跄跄着小碎步往旁边走远了些,说:"我想跟你说悄悄话。"

卓裕笑道:"好,您声音小点,我保证不告密。"

"就是我家姜姜,现在也是你家姜姜了。她呢,眼睛不太好,先天性的夜盲症,就这里。"祁霜怕他不明白,伸手指了指自己的眼睛,"小时候治得及时,正常生活是没有问题,但我就是担心这女娃娃。"

卓裕连忙道:"您放心,晚上我都跟着她,绝不让她开车。"

祁霜满意地点点头:"对了还有啊,她这个情况要多吃猪肝,吃猪肝对眼睛好。但她就是不听话,最讨厌吃猪肝,每回给她做的,她都偷偷倒掉了。"

卓裕笑了笑:"她不乖,回去我打她屁股。"

"好好好。"祁霜眉开眼笑,皱纹像湖心随风荡漾的水纹。

寒暄告别时,姜家亲戚围了一圈又一圈,那热情劲,像无数朵站岗的向日葵。卓裕招呼好一切,临上车前,奶奶又忽然拉住他的手,声音很小很不舍:"打轻一点哦。"

"我奶奶说什么你都做?你也太没原则了吧。"回到四季云顶,姜宛繁蹲在地上数彩礼和回礼，一边数一边在纸上画勾。

"奶奶面前要什么原则，何况她说得都对。"卓裕脱了羽绒衣，里面是一件浅灰高领羊绒衫打底，帮她一起清点，"你眼睛……"

"真没事，奶奶就是想炫一下她的厨艺。她最拿手的菜就是猪肝的各种做法，你要想哄她高兴，下回就吃猪肝。"姜宛繁满意地在纸上圈了个数，"想不到结婚这么赚。"

"那你的意思是？"

"多结几次。"

卓裕压着眼神，一动不动地盯着她。姜宛繁扬着一张笑脸，怎么好看怎么笑。卓裕别过脸，冷漠不过五秒，直接败阵。

姜宛繁其实挺好奇一件事："我想问你怎么收买我妈的？"

她太了解自个儿亲妈了，向简丹是豪爽脾气，就结婚先斩后奏这么一出，就算卓裕再好再优秀，也摆平不了向简丹的怨气。但这一次回家，向简丹对卓裕的那种好，就像奶奶祁霜一样，没藏着一丁点儿，别人一问女婿的情况，她自豪得能夸出十篇小作文来。按姜宛繁的理解，向简丹对卓裕的态度不差，但绝对到不了这种程度。

"妈没跟你说？"卓裕轻描淡写道，"除了你看到的彩礼，我还单独给了她两样东西。"

"什么？"

"只写了你名字的新婚房，以及一份我的无犯罪记录证明。"

良久，姜宛繁拜服地点了点头："你是高手，哄丈母娘可真有经验。"她站起身，两手环在胸口，带着审视与认真，"老实交代，你到底结过几次婚？"

卓裕正一脸无语，姜宛繁的手机正好响了，是群里的语音消息："姐们儿，我到机场了，一小时后见！"

卓裕只觉得这声音有点耳熟。

姜宛繁回了句"好的"，然后扬了扬手机，语气平静地说："我朋友，晚上一起吃饭吧。"

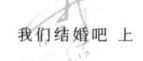

卓裕没觉得有什么，吃就吃呗。

"不用紧张，你也认识。"姜宛繁轻言淡语，神情自若道，"向衿，盛梨书。算起来，你们也是熟人了。"

卓裕差点咬到自己的舌尖，以为是听错了，但见到人的那一秒，他才真实相信，世上根本没有那么多同名同姓的人，向衿，确实是同他相过亲的向衿，盛梨书，也确实是同他闹过绯闻的大明星。

公馆内，包间里，四角点着香薰灯，海洋精油香放松情绪，也能拖慢心智。三个女孩在长沙发上热情洋溢地聊天，而他，独坐小沙发，此刻依然恍恍惚惚。

眼前这三人——曾经的相亲对象，曾经的绯闻女友，现在的正牌夫人，卓裕一口血哽在喉咙，狠狠掐了把自己的掌心。绝了，这什么孽缘！

她们仨聊着什么他也没仔细听，直到他的名字被无限放大。

"裕总，裕总？"

他蓦然回神："什么？"

向衿笑眯眯地望着他，姿态端庄，和善友爱。

盛梨书靠着沙发欣赏刚养好的指甲："叫得这么疏远干吗？又不是谈生意。"

向衿说："也不算疏远吧。"

"哦，对，"盛梨书恍然大悟，"你去他家吃过饭。"

这一唱一和的戏台子，比之前的任何难关都要折磨人。卓裕维持沉默，此刻不宜刷存在感。他小心地望向姜宛繁，递了一个求救的眼神。姜宛繁视而不见，事不关己地看热闹。

卓裕斟酌着话里的一字一句，辩解道："不是我家，是我姑姑家。"

"所以你是被逼的？"盛梨书问。

卓裕警惕这又是一个文字陷阱。

"你看，默认了。"向衿扭头就朝姜宛繁告状，"我是有多丑？"

"不丑。"卓裕连忙道，"是我不配。"

"意思是……你配得上姜姜？也就是说，姜姜丑？"盛梨书狡猾地眨眨眼。

卓裕被彻底逼疯，眼一闭，心一横，起身端着酒杯："以前多有得罪，这三杯，

第4章 另一种快乐

向各位认罪。"

杯口刚碰着他的唇,姜宛繁终于发话了:"差不多得了啊,不带这么欺负男同胞的。"

向衿和盛梨书也早已忍不住,笑得直摆手:"谁让你喝酒赔罪了,开不了车还得叫代驾。"

不是喝酒赔罪,那一定另有诉求。卓裕思索片刻,仍以一杯酒单独敬向衿,诚恳地说:"上次你是姑姑的客人,我待人的态度确实不好,我不该拿情绪当作为难人的理由,真对不住了,以后有用得到我的地方尽管吩咐,一定尽心尽力。"

说完,仰头豪爽地一口喝完。

向衿眉开眼笑,彻底舒心:"行,以后不在姜姜面前说你是拽王了。"

卓裕双手抱拳作揖,然后看向盛梨书:"绯闻这事真不是我故意的,我……"

"好啦,好啦,我知道的。"盛梨书打断他,挺不在意地说,"你们公司找了营销,借我上映的那部戏的风头正好宣传你们出的同系列产品。花最少的钱,享受流量红利。"

卓裕听得神色隐忍。

盛梨书不是不介意,是习惯了这些低廉幼稚的手段,她在圈子里这么多年,依然能保持超高人气,当然不是不谙世事的小白花。

"我经纪人找了那几个营销号的负责人,其实让他们造势的并不是你,而是你公司的另一个负责人。"盛梨书点到即止,什么都了解。

卓裕低头笑了一下。当初林延弄出这种馊主意时,还沾沾自喜,其实连小聪明都不算,不入流、无耻。品宣部不归卓裕负责,新闻上了后,他才知道自己成了男主角。林延觍着脸,死皮赖脸地认错:"大哥,你就当是帮我,Dily那脾气,知道了还不得撕了我啊?"

彼时的Dily,十八线外的女网红,是林延刚换没两周的女朋友。

卓裕收回思绪,再次把酒杯斟满,对盛梨书一颔首,仰头空杯,杯底往桌面上轻轻磕了两下,道:"贵经纪人处理事情的开支费用,我这边来出。你别拒绝,不管你是不是姜姜的朋友,都理所应当。"

盛梨书和向衿对视一眼,好像有点过于正式了,她们真的不是有意为难啊。

愧疚之心最容易转化成同情心,就这么两杯酒的工夫,风向一下子转变,真心话大冒险这种老土却永不过气的保留节目也被提上日程。划拳、剪刀石头布,十有八九卓裕赢,而盛梨书和向衿都默契地选择真心话。

好,真心话是吧。卓裕问:"你们仨是高中同学?"

盛梨书:"衿衿和姜姜是初高中,我和姜姜是高中。"

卓裕:"学校大吗?班级多吗?都是在霖雀?"

向衿:"在市里,省重点中学好吗?很难考的。"

卓裕:"读书时的帅哥应该不多?"

向衿:"那肯定多啊,尤其追姜姜的都很帅,而且是低年级的弟弟们。"

卓裕:"哦?那时候就开始姐弟恋了?"

盛梨书:"不太记得了,应该不多,最多四个,哦不,五个。"

卓裕扭头按响服务铃:"要杯柠檬水。"顿了一下,淡声说,"柠檬多放两片。"

柠檬水没喝上,他先被姜宛繁叫了出去。嫌公馆里暖气闷,两人下楼到室外透气。

新年将至,城市角落四处张灯结彩,这边的位置还算隐秘偏僻,但道路两边的梧桐树上依旧挂满了闪光的中国结。喜庆是喜庆,就是盯久了有点眼晕。不过视线放远,高楼林立间,夜色被霓虹灯光渲染出淡淡的金边,隆冬之夜,像披了一件暖色调的外衣,不觉得冷。

卓裕喝了酒,肤色好像比平时还要白,眼角透着一点点红,像住进了零星灯火。

姜宛繁看着他,要笑不笑地问:"你是狐狸变的吧?"

卓裕一脸无辜:"男狐狸精吗?谢谢夸奖。"

"挺狡猾啊。"演技这么炉火纯青,姜宛繁都不忍心揭穿,"放低身段,哄得我那两个傻闺密心软,到最后都给你提供情报了。"

卓裕微微眯着眼睛,眼廓拉长,像两弯泛着水光的海岸线,让人忍不住想奔跑进去。他说:"昨天宴席上,追过你的人怎么只来了一桌?另外两桌人是太忙吗?"

姜宛繁反应过来,扬了扬眉:"另外两桌都是弟弟,我怕你多想。"

卓裕扭过头,英俊的侧颜盖不住酸味。

"这边的夜景很美。"姜宛繁平常人似的闲聊,"你觉得呢?"

醋坛子还没扶正,卓裕心不甘情不愿地说:"很普通,哪里美?"

安静两秒,姜宛繁叫他:"卓裕。"

卓裕下意识地看向她,几乎一瞬间,姜宛繁的唇贴了上来。有身高差,所以她踮脚,先轻吻住他的下唇。温热传递,包裹住全部的冬夜寒意。卓裕打了个颤,经脉血液四处冲撞。

浅尝辄止,姜宛繁温声问:"现在呢?"

卓裕单手钩住她的腰,配合地又看了一眼远方夜色:"嗯,现在不一样了,绝美风景。"

姜宛繁低声笑道:"双标。"

卓裕将她整个儿按进怀里,低头深吻,整座城市的灯光仿佛都齐齐赶来烘衬捧场。近到不能再近的距离,皮肤的纹路清晰可见,鼻尖相抵的温度如沸水一般。

四下虽无人,却是卓裕此生最富有的时刻。

"不是双标。"吻到中途,卓裕抬起手,指腹轻轻按压她的眼尾,哑声低诉,"是已婚男人的快乐。"

第5章

真丈夫

　　汽车鸣笛穿透四季常绿的矮灌木，滑进两人的耳朵里。公馆门口有人影映在旋转门玻璃上，卓裕钩着姜宛繁的腰转了半圈，让她背对着门的方向。

　　浅尝辄止却意犹未尽，卓裕松开人，抬手将她垂落在耳边的一缕碎发轻轻别去耳后，指腹无意碰到耳垂，像在心尖燃起一尾火焰星苗。

　　"进去吧。"卓裕的声音仍是哑的，"消失太久，她俩又要给我扣罪名了。"

　　两人牵着手进去包间，盛梨书和向衿啧啧了半天，又自顾自地聊天去了。后来卓裕出去接电话，盛梨书才精神十足地召唤姜宛繁："喏，给你名片。"

　　"干吗？"姜宛繁低头一看，皱眉问，"你给我这个做什么？"

　　"不是给你的。"盛梨书语重心长道，"这个男科教授真的很厉害，我刚杀青的戏，斥重金邀请他做专业顾问，临床经验丰富，拿过好多奖。"

　　向衿："你就别替他遮掩了，你以为是爱，其实是伤害。虽然也不是特别年轻，错过了最佳治疗时期，但死马当活马医，人生说不定有奇迹。"

　　姜宛繁忽然觉得唇舌泛苦："不，不是，你们听我说。"

"别说了,知道你有苦难言。"盛梨书心疼姐妹,不想给她造成二次伤害,体贴道,"我让赵姐打点好了一切,给他开的VIP通道,从地下车库直接坐电梯上去,不会被任何人看见。"

赵姐是盛梨书的经纪人,是姜宛繁见过的社交最牛的一位,她知道的事,基本上全世界都知道了。

向衿深有感触地附和:"唉,怎么回事呢,长得好,不中用。刚才你俩出去都没十分钟吧?"

姜宛繁的思绪被扯回来一些,脸颊微热:"你们看到了?"

"这种事还用看吗?"盛梨书震惊道,"十分钟都坚持不到的男人,有什么好看的?"

身后,卓裕讲电话的声音渐近,姜宛繁迅速把那张男科教授的名片放进口袋里。散局后,司机已等在楼下,回四季云顶这一路,姜宛繁情绪不高,话也没说几句,卓裕几次捏了捏她的手示意,她也只是懒懒地笑一下。

到家后,盛梨书发来一条微信贴心提醒:"你记得时间哦,别迟到。还有,我让强哥在他同学那儿买了点牡蛎之类的,这些东西,你懂的。"

不,我不懂,也不想懂。等等,姜宛繁突然发现了不对劲:"你到底让多少人知道了这件事?"

"不多啊,就赵姐、强哥、他同学。哦,还有一个商务,他有一次请假去看男科,我顺便问了几句。"

姜宛繁做了个决定,以后卓裕和她这两个闺密不用再见面了。

盛梨书又说:"真正的姐妹,不祝福你顺风顺水发大财,只希望你基本的幸福生活能如鱼得水。"

姜宛繁提醒她:"盛梨书,你是女明星,不是女菩萨。"

盛梨书:"你好懂我!我真的很想转型当御姐!"

清纯初恋脸,御姐性格,现在观众吃的是这种反差?

"你在看什么?"卓裕的声音忽然从背后响起,又冤又怨。

姜宛繁关手机的动作已经来不及了,被他一把扣住,余光一目十行,然后许久不吭声。

不动了？气傻了？还是气死了？姜宛繁下意识地伸出食指，小心翼翼地戳了戳他绷紧到泛青的手背："你别这么用力，手机屏要被你压碎了。"

卓裕蓦地冷声问："我能不用力吗？不用力等着被安排去看男科？"

姜宛繁张了张嘴，从万千思绪中随便拣了个开场白，先替盛梨书和向衿解释两句："她们是为我好。"

"为你好，就把我当工具人？"卓裕声音拖长，满是委屈，"还是个需要修理的废物工具。"

"不是这样的……"

"我给你十五分钟。"卓裕打断她的话。

姜宛繁的脑筋一下子变成直尺："你真的只有十五分钟？"

卓裕被噎得死死的，呼吸一刹那停滞。客厅只开了吊顶的一圈灯带，微黄的灯光衬得他眸色越发浓郁，像清水点墨，存在感能湮灭一切不着边际的猜想。

"十五分钟洗澡。"卓裕淡声道，"迟一秒，我就进去。"

姜宛繁愣了愣，她不是白痴，也用不着刻意装傻，也不用抱着视死如归的心态说一句"该来的总会来"，这就是理所应当、顺理成章的事。

只不过她还是会多想，也许卓裕真的不太行呢？当年他家应该出了不小的变故，意气风发受打压，再加上卓悯敏虽然是他亲姑，但两人的关系似乎并不亲厚。她听谢宥笛说过，卓裕之前不是做生意的，他爸死了之后才去了兆林上班。

花洒细腻，水落如春雨霏霏，姜宛繁想事太入神，浴室门开了都没察觉，直到门缝的风带着凉意攀爬上后背，她才猛地回头。

卓裕虽然脱了外套，但仍穿着羊绒衫与黑色长裤，也算衣衫齐整。他的目光如目标明确的猎人，一动不动地看着姜宛繁。如烟如雾的窄小空间内，一个眼神都是请君入瓮的完美陷阱。

卓裕的目光变薄，薄到已经兜不住他的任何耐性、欲望、奢求、迷恋，甚至有一丝夹缝里幽然滋生的毁灭欲。

姜宛繁的呼吸被淅淅沥沥的水声遮盖，原本犹豫的惶恐渐渐弥散，此时此刻，她对卓裕竟然有无法形容的期待。

"十五分钟还没到呢。"她的声音发颤，主动掀起开场白，"你进来这么早干什么？"

"干什么？"卓裕重复最后这三个字，语气像被按进黑夜里，低沉且哑。

此刻，除了你，别的答案是不是不礼貌？

卓裕反手按紧浴室门，很快，身上的羊绒衫被水溅得湿了一层。他一步步走近，虔诚又执迷地低诉："等不了了，你忍着点。"

温柔的表象带着迷惑性，一滴汗顺着额头凝至男人的眉尾，摇摇欲坠。最反差的是，从头到尾，他都衣衫工整。

最后，姜宛繁一身狼狈地被他抱出去时，用尽最后一点力气怨骂："骗子。"

卓裕气息不匀，但还是一本正经地为自己正名："没骗你，我都没用力气。"

"你还委屈上了？你有什么好委屈的？"

"你怨我，那一定是对我不满意。既然不满意，那就是我做得不够好。"他说得行云流水，"我不是委屈，而是没能让你快乐的愧疚。"

风暴渐渐平息，姜宛繁刚有活过来的感觉，就听卓裕忽然开口："你准备什么时候发微信？"

姜宛繁莫名问："发什么微信？"

"你那两个闺密。"卓裕淡声道，"你不打算为我正名吗？"

姜宛繁笑得忘了身上的疼，卷着被子在半边床上翻滚："这事我怎么正名？"

卓裕认真思索一下，倒也不是很介意："你开个直播？"

"卓裕。"

"嗯？"

"你想改行就直说。"

"行。"

卓裕满口答应，目光早已在她的锁骨上流连不已，长腿一勾，翻身把人压住。他的眼神炽热露骨，不想当斯文绅士，不见自控力，只有填不满的索取和对她的渴望。

第5章 真丈夫

"就今晚。"他哑声道,"我是你的。"

卓裕躬身往下,肩、颈、头发,通通被羊绒毯掩盖。姜宛繁只觉得锁骨一凉,是他手腕上没有摘下的白金表,他故意用表盘冰她,所有毛孔舒张开来,轰然成势,在他耐心的折磨里,彼此都未有过的悦感被无限放大。

这只白金表顺着锁骨游离而下,与卓裕的呼吸同频同步。冰与火,这两座山不停撞击姜宛繁的五官六感。直至抵达目的地,手表被卓裕一把扔去地上,唇上似有熔浆翻滚,姜宛繁只觉得生死无门。

凌晨,窗帘一角被风席卷,外面的冷空气与室内的暖气交融,吹散了卧室里的暖昧余味。卓裕披着浴袍,正叠着腿坐在窗边抽烟。卧室门虚掩,姜宛繁已彻底沉睡,卓裕仍忍不住回头看了好几次。

身体累极,灵魂却清醒。这是他无法形容的一夜,从少年到青年,人生二十余载,有过壮丽心志,也有过少年心动,甚至卓钦典因酒驾导致整个卓家翻天覆地变化时,都不曾像这一夜,不是被动接受,不是被迫选择,而是完完全全只属于他的。

他的内心蓦然产生一种暌违很久的冲动——想要更好地活着。只有他好,才能给姜宛繁更好的生活。

一根烟的时间,卓裕掐熄烟蒂,漱了口之后才重新回去卧室。

姜宛繁侧躺着,右手枕着脸,她怕冷,把自己裹得像一只小菜狗。卓裕躺到自己该躺的位置,把人重新捞进怀里。

向简丹曾说过,姜宛繁从小抢被子第一名,睡觉习惯狗都嫌。卓裕心想,明天就给岳母大人报备一下,别的狗不清楚,但从今晚起,他这条狗,不嫌。

周五,谢宥笛下午来了简胭一趟。

"啥?你们老板也两天没来了?卓裕也两天没去公司!"

吕旅眼睛放光:"是不是去拍婚纱照了?现在好流行旅拍!"

谢宥笛笑眯眯道:"小姑娘,单纯。"

吕旅不服气,也笑眯眯地回答:"我这个有男朋友的小姑娘,应该没单身的

165

人单纯。"

"吕旅。"谢宥笛正色道,"你什么时候拜卓裕为师了?忒会扎我的心。"

吕旅吐了吐舌头:"你说我师傅他们不拍婚纱照,也没听她提过度蜜月计划。"

"急什么?孩子生了再度蜜月的多了去了。"谢宥笛不承认自己心里酸,卓裕这边出双入对,真是够够的了。

"这都几点了?连亲妹妹的鸽子都要放。"

卓怡晓上个月随系里去云南写生,没想到一个月之后回来已经换了天地,多了个嫂子。卓裕在电话里跟她说这件事时,她尖叫到第二天嗓子发炎,此时终于结束任务回来,从高铁站第一时间就往简胭来。

正说着,三个人就一块儿进来了。卓裕单手插袋走在前面,姜宛繁和卓怡晓手挽手在后边聊天。

这画面,谢宥笛又酸了。

"你能不能提升一下表情管理能力?什么臭脸。"卓裕睨他一眼,春风得意地坐在沙发上。

谢宥笛紧张地摸了摸自己的脸:"我看起来很垮?"

"但愿你只是单纯地熬夜熬多了,没有做别的。"

谢宥笛四处找镜子,从小学徒那儿扒拉来一块,一照,人跟着往沙发上晕倒:"太帅了吧!"

店里有那么几秒的全员暂停,谢宥笛权当他们是被美色吸引。

卓裕习以为常,从大衣口袋里拿出一张名片递过去:"这个教授很厉害,也难约,你可以找他去调理一下。"

"男科?"

"挂个名而已,你可以理解成最擅长调理男性的健康。"

谢宥笛深信不疑:"行,谢谢了。"

"客气。"卓裕微微颔首,"总不能让你觉得我有了媳妇忘了兄弟。"

谢宥笛作死地问:"我和你媳妇掉水里,你救谁?"

"我不会让她掉水里。"

第5章 真丈夫

一旁笑声阵阵,两人齐齐望过去,见卓怡晓和姜宛繁不知道聊些什么,起劲极了。

谢宥笛抬了抬下巴:"你有没有觉得我们怡晓好久没这么笑过了?她以前总压着心事一样,循规蹈矩,永不出错,看起来也没有特别高兴的时候。现在才对了味,小姑娘嘛,就是要这样没心没肺才好。"

卓裕似没听见,只注意到卓怡晓过于激动,时不时地挽着姜宛繁的手摇晃。

"怡晓。"卓裕叫住妹妹。

"啊?"卓怡晓转过头。

"别老晃她。"卓裕跷着二郎腿,气质跟店里东家似的,云淡风轻地提醒,"你嫂子这两天腰不好。"

卓怡晓不明所以,紧张地关心:"怎么啦?受伤了?"

姜宛繁沉默一瞬,卓裕好似风流小爷,事不关己地挑了挑眉。

"嗯,腰疼。"姜宛繁硬着头皮强装镇定,"被小破车撞的。"

卓怡晓真的以为只是字面意思,连忙问:"姐姐你撞哪儿啦?擦药了没有?"

"没事,那车不怎么样,速度也慢,撞了就撞了。"

"我给她擦了药。"热心"卓司机"回答。

卓悯敏让三人过去家里吃午饭,卓裕接到电话时没马上答应,而是先问姜宛繁:"你想不想去?"

姜宛繁说:"去,为什么不去?免费的午餐我要尝尝看。"

卓裕被她的表情逗笑,笑得都忘记了卓悯敏的存在,还是她再三问,才记得有这么个人。

路上,卓怡晓几次拐弯抹角地找借口:"我才回来,我晕车。"

"这会儿才晕?"卓裕揭穿道。

"我行李好多,带去姑姑家不方便。"

"放后备厢,又不用拿下来,待会儿我会把你送回宿舍。"

卓怡晓兴致低落,垂着头不说话。

到了林家,人都在。林久徐笑呵呵地打量卓怡晓:"怎么才去一个月,瘦了黑了这么多啊？"

"云南紫外线强，她们经常往山里跑，免不得日晒雨淋。"卓裕替妹妹解释。

卓悯敏挽着姜宛繁的手坐在右侧沙发，语气不满地抱怨："画个画而已，哪里会这么辛苦，一定是贪玩。"

卓怡晓撇了撇嘴，不说话。姑姑居高临下惯了，说什么就是什么，虽然她心里不舒服。

"应该不是贪玩。"姜宛繁却没有绕过这个话题，非常直接地解释，"这就是她的学业任务，就像公司做项目，都是认真对待的。别看是一幅画，但付出的心血真不少，就比如画星空，夜晚的色度变化，星星的频率闪现，远近景的比例构图，甚至起了一阵风都有可能改变她的思路。"说完，姜宛繁笑了笑，"当然了，要看跟什么比，如果是体力，那确实没有烈日下的建筑工人、农民伯伯辛苦。"

她说完，所有人安安静静的。卓怡晓眼睛放光，由衷的崇拜迸裂而出，一动不动地黏在姜宛繁身上。

林久徐出来打圆场："好了，开饭了，咱们吃饭吧。阿裕啊，今儿有新鲜河虾，特意为你做的。"

卓裕绕过茶几去牵姜宛繁的手，虽没说什么，但笑容就没下过嘴角。

吃饭时又恢复了一团和气，卓悯敏不停给姜宛繁夹菜："都是一家人了，你也要常来，最好每天都来跟我做个伴。"

姜宛繁很捧场，大快朵颐，真心夸赞："手艺真好，您放心，我一定会经常来蹭饭的！姑姑您也吃，我给您盛碗汤。"

一桌人各有话聊，卓裕和林久徐谈公事，林延在一旁心不在焉。林以璐不停跟卓怡晓说着什么，卓怡晓话少，偶尔点点头。

"我新做的指甲好看吗？"林以璐展示自己的手，青葱嫩白，确实耀眼。

卓怡晓诚恳地说："好看。"然后默默地把自己晒得黑不溜秋的手放到桌子下面藏起来。

姜宛繁不动声色地移开眼，转而对林以璐惊叹："以璐的皮肤真好，比我上一次见你还要白了些。"

林以璐沾沾自喜,这简直是她的本命话题:"我经常去美容的。"

姜宛繁表示知道:"那家店挺有名的,收费也贵,但也算物有所值。"

"也还好吧。"林以璐抬高下巴,无不炫耀,"充值多一点打九八折,也不算贵。"

姜宛繁笑盈盈地点头。

饭后,卓怡晓果然被林以璐单独拦在了洗手间门口。

林以璐个子高,环着手,不屑地将卓怡晓从头扫到脚:"你本来就黑,怎么还不注意防晒?现在更加跟个小煤球一样,穿什么颜色都不能挽救了。建议你少出门晒太阳,不然到夏天,露胳膊露腿很难看的。"

卓怡晓抿紧唇,被她打击得完全不知说什么,只能垂着头听着,受着,祈祷时间快点过去。

"确实晒黑啦,你妈妈刚才也说了,她去云南很辛苦。"

卓怡晓猛地转过头,长廊尽头,姜宛繁出现。

姜宛繁双手环搭胸口,笑得漫不经心,一步一步走到两个妹妹中间,对林以璐说:"那正好呀,我们今天,就现在,正好去你说的那家美容院做做SPA体验一下。"

林以璐面色僵了僵。

卓怡晓得到姜宛繁"无心"的眼神暗示,立刻明白过来,推波助澜道:"姐姐没事的,我不用你请客,我们AA?"

姜宛繁皱了皱眉:"AA?"她倒也什么都没明说,但语气、表情拿捏得刚刚好,容易惹多心人遐想。

饭桌上,林以璐把自己炫耀得跟什么似的,这会儿要是舍不得,那不是自己打脸,被姜宛繁看不起吗?再舍不得也要装大方啊。于是她讪讪点头:"不用AA,从我卡里划。"

说走就走,出门前,姜宛繁一手牵一个妹妹有说有笑。

林久徐欣慰道:"她们三个感情真好。"

卓裕不置可否,微微挑眉,只不放心地嘱咐了姜宛繁两遍"慢点开车"。

上车前,卓怡晓收到姜宛繁发来的短信,看完后她会心一笑,短信就三个字:

"点贵的。"

傍晚，林以璐到家就绷不住了，趴在床上哭哭啼啼地发脾气："她们真是够了！知道是我买单，还专门挑贵的服务，做完SPA不够，采耳拔罐大保健全来一套好了。知道那家店有多贵吗？呜呜呜，我卡里的钱本来就没多少了！我看她们就是故意的！"

路过的林久徐一听，不乐意了，严厉批评："以璐，你怎么能这样想别人？不礼貌。"

安慰了女儿许久的卓悯敏冷不丁地笑了一下："没准就是这样的。"

"你怎么也这样想？"林久徐不可置信，随即震怒，"你是差这点钱的人吗？有点格局行不行？"

"这是钱的事吗？"

"我懂了，不是钱的事，所以你是对卓裕娶的人有意见？"林久徐冷下脸，语气更加不悦，"这个家，现在还少不得卓裕，你自己看着办！"

然而另一边，气氛截然不同。卓怡晓容光焕发，和姜宛繁聊着去云南写生的趣事，两人时不时地大笑，笑声之大，卓裕都觉得脑瓜子嗡嗡响。

他有点蒙："下午发生什么了？"

姜宛繁和卓怡晓默契地对视一眼，齐声说："女人的事，少问。"

卓裕气笑了："一个我老婆，一个我妹妹，我问问怎么了？"

卓怡晓："问了你也不懂。"

所以这是迟来的叛逆期吗？

把怡晓送回学校后，姜宛繁才点醒他："这就是你以前对怡晓的态度，不舒坦了吧？"

卓裕直呼冤枉："我没有啊。"

"算了。"姜宛繁不跟他细说，也理解他的为难，"总之呢，什么事都要注意方式。眼前的相安无事，不代表以后也是。一旦被反噬，更棘手。"

卓裕似懂非懂地说："懂了。"

第5章 真丈夫

第二天去店里，姜宛繁手里摸着针要赶工，脑子依然恍恍惚惚没清醒。

"师傅，师傅？"吕旅伸手在她面前狂摆。

姜宛繁如梦初醒："啊？怎么啦？"

吕旅指了指外面："有人要见你。"

来人是一名四十岁左右的男性，穿得小资时髦，九分西裤露脚踝，肩上还搭了一条流苏羊绒披肩。他自报家门："姜小姐您好，我是齐雅工作室的经纪人。我们留意了很久，您为圈内女星定制的礼服，件件都是口碑。这一次呢，我们也想麻烦您，不知是否有机会合作呢？"

一旁的两个小学徒听到了，难掩激动："哇哦！"

齐雅这个名字耳熟能详，姜宛繁之所以有印象，是听盛梨书提过。倒也不是竞争对手，两人走的路线风格不一致，齐雅是妥妥的性感冷艳御姐风，有几部叫好又卖座的大IP电影在手，被媒体当之无愧地评为新一代大花。

姜宛繁一贯冷静，详细询问了对方的要求、风格及期待值。经纪人也很诚意，没有隐瞒："我们的要求确实比较高，但国际电影节的红毯不敢马虎。团队找了国内外很多品牌、设计工作室，但都不太满意。您这边，还是齐雅自己提出的。"

姜宛繁错愕。

经纪人笑着说："齐雅很nice，并不非要大牌奢品不可，适合的就是最好的。她留意过你设计的几套礼服，出彩出圈。况且，能在国际平台上展示中国传统文化，也是齐雅一直的心愿。"

话术与诚意都相当漂亮，但姜宛繁还是没有马上答应："我这边的工期暂时排不开，秉承负责的态度，我也不愿意仓促。之前也有过约定时间，但是临时改期的情况，您这边如果着急，我可能也有心无力。"

她没摆谱，事实就是这样。姜宛繁对赚钱有瘾，但最近被结婚分散注意力，她不想成为工作狂魔，至少现阶段，和卓裕在一起比工作更吸引她。

不料，经纪人当场就给齐雅打电话说明情况。

两分钟后，他说："可以的，齐雅说，一切进度以您这边的时间为准。"

再听完报价，姜宛繁痛快答应："好，明天我们详细沟通，起草合同，双方

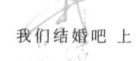

确认无误后再签字。"

稍晚些时，她又给盛梨书发了微信。盛梨书在录制综艺节目，回复时已经到了傍晚。

"齐雅真的来找你了？我之前是听到一点风声。她能受邀去国际电影节的红毯还是很厉害的。机会这么好，你也别有压力，按你自己的想法来，反正我姐妹天下第一牛。"

"对了，"姜宛繁灵光一动，顺口问道，"齐雅团队之前还找过哪些设计工作室？国内的。"

这时，店门口传来谢宥笛骂骂咧咧的声音："我真是欠了你的命，今生今世都还不清。你知道我下午有多尴尬吗？以为是养生，结果那个男科教授以为我不能生！"

谢宥笛和卓裕一起走进来，卓裕躲避他的攻击："差不多得了啊，你再打我，我就告诉我老婆。"

"你有老婆了不起啊！"谢宥笛含泪诉苦，"真服了，诓我看男科，小护士见到我就问你是不是那个功能障碍患者。"

这边话音刚落，那边姜宛繁的手机响起，是盛梨书发来的语音："姜姜，他们是不是有个群啊？就是同病相怜的都在群里交流经验。今天强哥告诉我，你老公他朋友也去看病啦！"

谢宥笛一愣，这人是谁？强哥是谁？不是，怎么会有这么多人知道他今天去看男科？

盛梨书感叹道："不是一家人，不进一家门，啧啧啧！"

谢宥笛崩溃了："你以为我想进男科那扇门？我没有！我真的只是想去做个体检。"

"看男科怎么就不是体检了？"卓裕一脸无辜，"这种体检你也是要做的啊。"

"滚蛋，老子健康得很。"谢宥笛突然想起什么，不嫌事大地跑到姜宛繁面前告状，"对了，他也看过男科，号还是我帮他挂的呢。"

姜宛繁目光狐疑地看向卓裕，卓裕一点也不慌，坦然承认："对，我看过。"

谢宥笛重重点头:"我没说错吧?"

"医生建议我不必过于守身如玉,久了对肾不好。"卓裕的语气又懒又欠揍。

姜宛繁低咳两声,轻轻别开脸。

谢宥笛属实被这种不要脸的男人震惊到了。

姜宛繁手机一振,是盛梨书的微信消息。

盛梨书:"问到了,最想跟齐雅合作的是'典风',但被齐雅的团队拒绝了。"

盛梨书:"'典风'的老板是晏修诚。"

紧接着盛梨书直接弹来视频,话还没说一句,一旁的谢宥笛怒火中烧地凑过来说:"还挺关心我是吧?同病相怜的一个群,懂的还挺多。我倒要看看你是哪位热心人士!"

盛梨书的脸在分辨率模糊的视频画面里依然精致,谢宥笛看到人,蒙了一下,随后恶狠狠道:"我知道你,参加过明星模仿秀是吧?"

盛梨书心想,这是什么傻小子,然后她疯狂截图:"哦,原来你长这样,截图群发,让我姐妹们避雷。"

"你给我住手!我告你侵犯肖像权!"

"你告啊,不告不是真男人。"

眼看着就要火星撞地球,姜宛繁连忙拿回手机:"行了行了,你五岁她三岁,半斤八两。"

谢宥笛气得要脱外套:"你把她电话给我!"

"好好好,给。"姜宛繁朝卓裕使了个眼色,让他赶紧把人弄走。

盛梨书的消息刷了一整屏。

"哈哈哈!这是什么哈士奇?"

"把他地址给我!"

姜宛繁警惕地问:"你要干吗?"

"我要给他寄一条狗链,24K纯钛金打造!"

姜宛繁心想,你也成熟不到哪里去。

盛梨书又说:"对了,说正事,齐雅那边的单你还接吗?我让强哥打听了一圈,晏修诚当初极力争取过,他想借着齐雅这次的国际红毯秀打开知名度。"

姜宛繁笃定道:"不是只想赚钱。"

"那肯定。"盛梨书发了一张聊天截图过来,截图里是强哥的信息内容,他说:"典风是去年注册的公司,晏修诚是法人代表,背后接洽的商务已经很多了,还找了几家营销公司包装,下半年的两档综艺已经敲定参加。他之所以这么重视与齐雅的合作,也是给自己镀镀金,抬抬身价。你知道的,在咱们这圈子想要占分量,那必然要有关联代表作。遇到这么一个人气与实力并存,展示平台又如此高的机会,确实难得。"

盛梨书问:"你们合同还没签吧?你还接吗?做吗?"

姜宛繁盖住手机屏幕,凝神两秒,没有任何犹豫地回:"接,做。"

齐雅那边照合同办事,提前两天打来定金。同时盛梨书告诉姜宛繁:"她这次定制礼服的消息,圈内基本都知道了。"

姜宛繁左眼皮一跳,心里隐隐有了预感。

下午,店里工作收尾,姜宛繁给所有人发了新年红包。小学徒收到时不敢置信地问:"我也有啊?"

业内不成文的规矩,学徒一般没有这种待遇,每个月只发基本工资作为生活开支,但钱不钱的不重要,能跟着一个好师傅学手艺已经是幸运了。

"都有的,辛苦一年,学无止境,明年继续努力。"姜宛繁笑着说。

简胭一年放两次假,春节能休半个月,店里几个老家在黔东南的师傅,回去一趟不容易,他们还能多休一周。

整理完手头的事,大伙儿高高兴兴地放假了,姜宛繁每年都是最后一个走,卓裕给她发了信息,说公司有个会,晚十分钟来接她。

这时,"吱"的一声划破安静,店门被推开,姜宛繁抬起头。

晏修诚站在门口,慢条斯理地摘下皮手套,这才幽幽搭上她的视线。

"春节假期有多久?要走了吗?"他的语气如闲聊一般,似是关系很好的熟人朋友。

姜宛繁"嗯"了一声:"想必你也不是来我这儿做生意的。"

第5章 真丈夫

晏修诚笑了一下，随手一指右边的一块松鼠葡萄枕顶，敷衍她的说辞："这个怎么卖？"

"不卖给你。"姜宛繁声色平平。

晏修诚脸上没有喜怒变化，伸在半空的手慢慢垂落于腿侧，他说："既然店门开着迎客，客人不是来吃闭门羹的。"

"行，付款码在那儿，你先转我十万以表诚意。"姜宛繁道，"钱到账，我陪你聊什么都行，你敢跟我聊吗？"

"你跟我发什么脾气？"晏修诚说，"还是你没把我当外人？"

"你确实不是外人。"姜宛繁微抬眼眸，目光冷而直接，"是敌人。"

晏修诚双唇绷紧，终于按捺不住道："所以你一直是这么想的，才跟我作对是吗？"

姜宛繁轻蔑一笑："这么多年，你还是没有变。做任何事情，都习惯拐弯抹角，自以为是的聪明，把别人都当傻子。"

从知道了晏修诚争取过齐雅的红毯礼服合作开始，姜宛繁就断定他会来这一趟。

"你现在跟我又有什么区别？"晏修诚冷不丁地一笑，"看似不甚在意，背地里依旧不服输，跟我竞争。我阴险也好，自大也罢，你又高大到哪里去？"

姜宛繁敛起笑容："别妄自菲薄，自我想象。是齐雅的经纪人主动找的我。至于她为什么拒绝了某些人，你应该去问当事人。"

晏修诚微眯着眼，显然不信。

姜宛繁最看不惯他如今这种似是而非、自以为掌控全局的姿态，笑着歪了歪头，说："如果我知道你也在争取，我一定主动出击，不给你任何机会。"

她的神色，从眼角眉梢到漫不经心扬起的嘴角，连头发丝都传递出自信，与大学晏修诚第一次在画室见到她时一样，顶着一张清纯温柔的脸，却一副傲视群雄的架势，与意见相悖的学长据理力争，当仁不让。

晏修诚以为那是反差感带来的震撼，时隔多年，他才明白，那不是反差，而是骨子里的自信晕染出的光环，尖锐、深刻，让人过目不忘。

175

他不愿意承认，姜宛繁一点都没有变。

"你心底还是把我当成有威胁力的对手，做任何事情，只要跟我有关，不管你愿不愿意，你都会去做。只要能打击我，你甚至可以选择你不喜欢的人或事。"晏修诚针锋相对，威风凛凛。两人之间摩擦出迸溅的火星，沉默之中暗自燃烧。

姜宛繁忽地一弯唇角，扬高下巴，目光像出鞘的剑，径直戳破对方卑劣的幽暗："兜了这么多圈子，其实你是介怀我真的会和卓裕结婚这件事。"

晏修诚的身体蓦地一抖，眼神再也绷不住，愤怒，不甘，憋屈，最后统统化成苍白的失言。

姜宛繁向他走近一步，道："这么多年，你还认知不清吗？从大学起，你的成绩，你的水平，你的内涵，你的实力，甚至你的人格品质，哪一样都比不上我。你现在的成功，光鲜，名气，你在聚光灯下收获的每一次掌声，不心虚吗？"

晏修诚腮帮咬得紧紧的："这些都是我自己的努力。"

"在我面前，你没有资格说这句话。手下败将而已。"姜宛繁轻蔑一笑，"我知道你今天来的目的，那我就明明白白告诉你，齐雅礼服这个单，我接定了。我要让你输得心服口服，晏修诚，你永远不如我。"

任何人，只要拿出遇强则强的气势，都光芒万丈，让卑劣心虚者不敢直视。

姜宛繁轻呼一口气，温声提醒："我丈夫就快到了，佳节将近，我还是希望你能健康平安过大年。"

真要在这儿血溅当场，晦气。

晏修诚沉默不语，目似放空，无形无物。他转身，手搭在门把上，金属握柄被人贴心缝上软糯的棉布套，不让客人感到手冷。

门开到一半，冬日的风如粗粝的砂石劈头盖面，晏修诚额前的碎发被吹散，露出秀而饱满的额头，平添少年模样。

他顿住，侧头回望，问道："姜宛繁，你当初还不是喜欢过我？你对我越厌恶，越是打自己的脸。逞口舌之快很舒坦是吗？那你的脸呢，疼吗？"

姜宛繁肩膀僵硬，五官如静止的画面，一动不动。

就在这时，清亮的声音自晏修诚身后传来——

第5章 真丈夫

"晏老师这就有点不明真相了。"

卓裕斜靠着门，左手拢着打火机，幽淡火焰蓝描绘出指尖形状，他低头点烟，烟雾与人一样不疾不徐地升腾、扩散，像是一张薄薄的面具，遮住他本真的情绪。但即便这样，依然会被他看似松弛的调侃镇住——卓裕指间夹烟，笑着说："我夫人容易用眼疲劳，没个定性，总有那么几次不舒服、看不清楚东西的时候。有时候，明明不是个东西，也会被她误认为是个东西。"

他边说边朝姜宛繁走去，与晏修诚擦肩而过时，"不经意"地狠狠撞了一下，晏修诚被撞得连退两步。

卓裕站在姜宛繁身前，完完全全把她遮挡住。两个男人，针尖对麦芒，一个阴沉顽抗，一个狂傲飞溅。对视即对峙，三四米的留白区，塞满了刀光剑影。

卓裕不怒反笑，心平气和地说："晏老师好好回家过个年，就不祝你发财了。"

晏修诚笑了笑："裕总的祝福我收下了，改天再拜访。"

卓裕颔首："随时欢迎。"

人刚走，姜宛繁故作轻松地揉了揉肩膀："这话听着怎么像威胁呢？"

"不是像。"卓裕说，"就是。"

姜宛繁拿起杯子去倒水，嘿嘿憨笑。卓裕瞥了一眼她在发抖的手，走过去一把拿过水杯："别倒了，壶里没热水。"

"没事，我喝冷的。"她的声音很哑。

卓裕把水杯"砰"的一声搁去旁边，紧紧握住她冰凉的手。软弱无骨，一用力就能掐断似的。卓裕感觉到她的拘谨，于是耐心地一根根地将她的手指舒张开，最后十指相扣，踏踏实实的存在感。

姜宛繁一直觉得，对晏修诚这个人，她能完完全全忽视。每次吕旅义愤填膺时，她反倒还当起了宽慰人的说客，云淡风轻地开解，好像自己不是故事主人公。但这一分这一秒这一刻，被卓裕全心守护、循循善诱时，姜宛繁发现自己并没有想象中的那样坚强。她就是一段悲剧故事的受害者，理当发疯撒泼地倾泻情绪。

卓裕牵紧她的手："走吧。"

车横在路边，待她系好安全带，卓裕单手倒车，一把调转方向。

春节将近，隆冬寒冷，又是晚饭点，主干道上人车瘠瘠。姜宛繁降下车窗，冷风一阵阵地往车内浇灌，她仰头迎风，眼睛被刮得干涩生疼。卓裕什么都不说，只在每次红灯时，越过中控台，轻轻盖住她的手背。

黑色卡宴一路向东，出城，沿着盘山路蜿蜒往上。到了地方，风呼啸，夜漆黑，耳畔之静，像身处另一端时空。

卓裕先下车，绕到副驾那边开门，再牵着姜宛繁下车。

乍一变换空间，她被突然涌进的光亮刺得微眯双眼。视线往前，一片敞亮空旷，城市缩小，尽收眼底，在最高处，成为一个发光的微缩造景盒。标志性景点Have大厦，流光溢彩的高架桥灯带与天上群星遥遥相映，与人间烟火情投意合。

"好看吗？"卓裕问。

姜宛繁没说话。

他侧过头，看见她垂着头，长发一缕遮面，借着一寸光，脸颊上的那一滴泪亮如明珠。

察觉到他的目光，姜宛繁再也绷不住，眼泪吧嗒往下掉。她哽咽道："其实我不是无所谓，我也不是真大度。我承认，我嫉妒晏修诚。我嫉妒他如今成绩斐然，我嫉妒他顺风顺水，我嫉妒他能潇洒地将过去抛之脑后。我嫉妒他的成功，他凭什么能成功？"

卓裕面对她，静静地张开手臂。这个动作彻底击溃姜宛繁的防线，她扑过去狠狠抱住，眼泪如温泉水，烫着卓裕的侧颈。

"我才是表里不一的那个伪淑女。"姜宛繁剖心挖肺，将内心的阴暗面全盘托出。

卓裕的掌心有规律地按压她的背，舒缓她的情绪，笑得吊儿郎当："多酷，百变女侠。"

姜宛繁破涕而笑："什么鬼外号。"

"你做鬼，我就做你手里的收魂刀，你说收谁，我就让他魂飞魄散。"卓裕不嫌肉麻，认真地调侃，"咱们对外人是要矜持一点，毕竟开店迎客，赚钱紧要。姜老板的人设是要好好立住。"

姜宛繁被他一本正经的解释彻底逗笑舒怀,仰着脸,泪眼带笑看着他。

卓裕的笑意一点点收敛,眼神变温,毫不隐藏自己的心疼,他低声说:"没关系,真实一点。以前是我来不及,但从今往后,你可以永远做自己。看不惯的人,你去放火,我来善后。人就别杀了,法治社会,我也没那通天本领,咱俩好好过日子。"

姜宛繁愣了愣,情绪宣泄后,灵魂减重,心上的蒙尘被拂净。此时此刻,她的脑子里没有任何别的人,眼里心里,全是面前的卓裕。

姜宛繁发自肺腑地哑声问:"你怎么这么好?"

卓裕笑了笑:"千万别有这种不对等的想法。"他声音放低、放软,"你该这样想——姜宛繁,才华横溢,貌美如花,敢爱敢恨。这么优秀、这么顶的女人,能被我拥有,是我上辈子烧了高香,这辈子才能捡到的福报。"

姜宛繁醍醐灌顶,斑驳的眼泪如天上的星星,忧愁不见,快乐重现。

"对哦,我这一生没做过坏事,小学三年级就扶老奶奶过马路,你就是我应该得到的男人!"

老婆是真开心了,嗯,卓裕彻底放心了。

关于前尘往事,其实晏修诚说的不假。

姜宛繁是在大二注意到他的,之前只是听说大一来的新生里有个特困生,还没入校就申请了困难补助。姜宛繁是在食堂第一次见到他的,高高瘦瘦,斯文清秀,拎着抹布和红色小桶,弓着背,沉默寡言地收拾餐桌残羹。

半学期后,专业课的老师把她叫去办公室和学姐学弟们一起做课题。办公室里五六个人有说有笑,晏修诚站在人群外,存在感极低。姜宛繁不否认,她那时对他的关注,是建立于自小的审美。她喜欢一些带着破碎感的事物,那种小心翼翼地藏起自己的短处,隐匿在热闹之外,甘愿做被忽略的一角。

有一说一,晏修诚是有才情的。寒门出贵子越来越稀有,环境注定了起跑线的位置,他能从小山窝里考出来,能力与毅力自然无法诟病。

在冗长与单调的那几年大学时光里,姜宛繁扪心自问,无论是同学还是挚友,她对晏修诚都算仁至义尽。至于晏修诚所说的喜欢，姜宛繁承认，她确实有过好感和心动时刻。朝夕相处，志趣相投，这两点足以滋生出不一样的情愫。

不过，那层暧昧如隔纱，最终并没有定性。

三年一次的校企联合项目是学院的特色招牌，那一届的合作方是国家级博物馆。在筛查审核之后，姜宛繁和晏修诚都拿到了参选资格。当时的博物馆有人才储备各计划，借着校企联合的机遇选拔苗子。

顶峰相见的过程结局往往是一山容不下二虎——出发去博物馆的时间是下午，但上午九点，晏修诚找到她，说学校刚刚发了通知，让他俩去南航楼填一份登记资料。姜宛繁诧异了一下，南航楼？在八竿子打不着的另一个区啊。

"我把通知短信打印出来了，你看看。"他拿来一张白纸黑字的通知单，时间地址内容写得很规范，末尾还加盖了公章。

姜宛繁说："那我们一块儿去吧？"

晏修诚说："我得晚点，食堂还要搞一次大扫除，我搞完了就来找你。"

她笑着应好，又问："要不要我帮你一起？"

晏修诚温柔抬手，轻轻捏起落在她肩头的一根碎发，温声回答："不用，去的路上你要注意安全。"

姜宛繁照着地址换公交地铁，一个半小时才到，抵达之后才发现，根本找不着这个南航楼。她一路问人，对方都摆手摇头，姜宛繁索性就自己找，这里是一片拆迁区，废石碎土，挖机工棚满布，穿过这片区域的马路对面倒是有不少高楼，姜宛繁以为那边就是，可走着走着她就发现不对劲了，越往里越荒凉。她永远记得，从半栋残楼里忽然跑出来一个流浪汉，猝不及防地将她撞在地上。

姜宛繁被撞得头晕眼花，浑身都疼。等她反应过来，就看到那个流浪汉痴笑着将手伸进他脏兮兮的裤兜里。

姜宛繁吓傻了，尖叫一声扭头狂跑。那流浪汉一路追，还拣着石头朝她扔。姜宛繁躲在两块大石头架出的窄小空间内不敢动，她捂着嘴，手机也不知掉到哪儿去了，而外面那个疯子还在撕心裂肺地狂叫。

最终，晏修诚拿到了人才储备选拔的入场券，而姜宛繁因为迟到缺席堪堪错过。因为被流浪汉吓得不轻，姜宛繁看了很长一段时间的心理咨询师，并且不自觉地抗拒任何异性，哪怕是再正常不过的交际与靠近，她都下意识地抗拒。毕业后的那一年，姜宛繁的状态特别差，奶奶带着她四处求医，无奈之下甚至去看神婆，在一直不间断的努力下，姜宛繁才终于回归正常。

以前她的性格活泼开朗，经历这事之后，就变得不怎么喜欢主动与人打交道了，所以她开了简胭。这是她自己围起来的一个小世界，在这个小天地里，她才能稍感自在。

时隔这么多年，偶尔噩梦入夜，仍能回忆起之后种种的分崩离析。晏修诚不承认给过她虚假消息的事，姜宛繁拿出那张伪造的通知单，他反倒说是她故意诬陷。

他的精湛演技嘲讽着她的天真，而这么多年过去，午夜梦回，她总能惊醒好多次。

这一晚又是飙车又是上山顶又是吹风，爽是挺爽，但第二天姜宛繁的嗓子就疼得冒烟。卓怡晓像个小监工，定时定点监督她吃药。

"姐姐，你怎么能现在感冒呢？明天就是除夕了，过年还要到处走亲戚。"

"你家亲戚多？"

"多，我爸妈这边的亲戚没几个，主要是我姑父那边的多。"

"隔了这么多层的亲戚也要走动？"姜宛繁肩上搭着一件软糯的羊绒披肩，捧着热水杯，嗓子哑得像鸭子。

"我姑姑老让我们去拜年，平时哪家办个事嫁个人搬个家什么的，我哥都要去随份子。"卓怡晓嘟囔着抱怨。

这不情不愿的表情，姜宛繁算是看出来了："你是不是不喜欢？"

卓怡晓"嗯"了一声，重重点头："好烦人，一待一整天。"

"每年都这样？"

"每年都在姑姑家过年。"

姜宛繁喝了口热水，眼珠一转问："那你今年还想去吗？"

"不想！"卓怡晓的声音又小下来，"但我们也没地方去呀。"

姜宛繁笑了笑:"要不……去我老家?"

卓裕下班晚,处理好公司的事到家已快九点。卓怡晓等在门口,委婉地表达了一下不想去卓悯敏那儿过年的意愿。

卓裕脱了外套再换拖鞋,问:"你嫂子怎么说?"

"这就是姐姐说的。"

卓裕没有任何犹豫:"那就按你嫂子指示的做。"

卓怡晓拽着他的手一蹦三尺高:"耶!"

但除夕的团圆饭还是要吃的。年年如此,一桌子精致菜肴,说的也都是场面话,索然无味。吃到尾声,卓裕惯例给几个小辈发了红包。

"什么?不在家里过年了?"卓悯敏皱眉问。

"对,待会儿我们就开车回霖雀了。"卓裕声音平平。

气氛顿时冷下来,许久,林久徐才笑着说:"赵总和徐董那边的关系,年年都是走动的。要不你们晚两天再回?"

这几个重要客户和卓裕关系匪浅,说句不好听的,今年换成林延登门拜年,人家可能连大门都不会开。

卓悯敏适时附和:"大年初四吧?初三也行。"她的目光有意落向姜宛繁,定住不动,以沉默施压。

姜宛繁当没看见,专心喝汤。

卓裕偏头小声道:"慢点喝,烫。"然后笑着对卓悯敏说:"不了,今天走。宛繁那边的习俗,婚后第一个春节,女婿得在那边过。岳父岳母打了几通电话特意嘱咐我这件事,让我们早点回去。"

卓悯敏问:"那你们几号回来?"

卓裕看向林延:"公司十号复工?那我就九号回。"

姜宛繁端起碗,把半边脸遮得严严实实,嘴角偷着乐,不用看她都能想象这一桌人的表情。

卓怡晓最高兴,仿佛真正的春节假期从上高速起才正式开启。她对霖雀充满好奇,一路叽叽喳喳问个不停。

卓裕说:"你消停点,你嫂子嗓子还疼着呢。霖雀很好,你嫂子的娘家也很好,看看你嫂子就明白了,他们不好,你能有这么好的嫂子吗?"

姜宛繁的脸贴着热水瓶,要笑不笑地盯着他:"裕总,有点油了啊。"

除夕这天道路通畅,提前半小时抵达霖雀。高速口,姜弋早早等在那儿,贼酷地一挥手:"姐夫新年好!"

姜宛繁不乐意了:"我呢?"

"那哪能一样。"姜弋懒懒道,"姐夫会给我发红包,你会吗?"

卓裕笑得跟什么似的:"好,就冲你这自觉性,红包给大的。"

身后的卓怡晓腼腆地打招呼:"小姜哥,你好。"

这称呼稀奇,姜弋喜欢,酷酷地吹了声口哨:"好,小姜哥也给你发红包。"

到了家,厨房里热火朝天地炒着菜,时不时传来向简丹气吞山河般的声音:"放花椒!十五颗就够了!你放那么多干吗?"

姜荣耀委屈地说:"我哪还有空数啊,你出去出去,我是大厨!"

"那咱妈也能上米其林餐厅。"

大圆桌上十几双红色碗筷摆得整整齐齐,卓裕粗粗一看,已经有二十多道菜。弟弟妹妹们都在,个个社交牛人,根本不给卓怡晓认生的机会,架着她就去院子里放爆竹了。

姜宛繁嗅着满桌菜香,她爱吃的都有。从左往右看到某一道菜时,她皱眉抬起头,嫌弃掠过。

"你看你看。"堂屋沙发上的祁霜像个暗中观察的侦察兵,拽了拽卓裕的衣袖说,"她就是不吃猪肝,一点也不听话。"

卓裕忍俊不禁:"好,奶奶,那碗猪肝我一定监督她吃完。"

祁霜显然不相信,眼角皱纹丛生,但眼神依旧犀利明亮:"你啊,这个家里,最宠她的就是你。她不吃,最后你吃,吃完了就来向我交差。"

卓裕"啧"了一声:"这么不相信您孙女婿?"

"信的信的。"祁霜小声说,"待会儿你让她吃一半,我给你发红包。我会用微信的,我微信里有好多钱。"

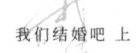

为了这好多钱，刀山火海卓裕也得去啊。

六点零八分，姜荣耀掐着良辰吉日，正式宣布年夜饭开吃。堂屋里摆了两桌，三十多号人，那热闹劲，都不用生火取暖，场子热得不行。

姜宛繁留意到卓怡晓陡然的安静，悄声关心："怎么啦？不合口味吗？"

"不是的。"卓怡晓夹着一只鸡腿咬了一大口，"在姑姑家好多规矩，碗筷不能碰出声音，菜要吃完了才能夹，还不能老夹自己喜欢的。"

姜宛繁道："那叫什么年夜饭啊？在姐姐家你尽管吃，想怎么吃就怎么吃。"

她转回头，蓦地盯住碗里的菜，然后幽怨地看向卓裕："我不吃猪肝，你别给我夹。"

卓裕瞄了一眼奶奶，一本正经道："我跟你打个商量，有钱赚，你赚不赚？奶奶说转我8888，我俩对半分，行吗？"

这么多？那能多吃两碗吗？

姜宛繁为钱折腰，硬着头皮吃了两块后，小声求救："你帮我吃，行吗？"

"是谁说三年级就扶老奶奶过马路，一生积德行善才拥有了我这样的男人？"

姜宛繁张嘴几次都想不出反驳的话，毕竟他说的一点毛病都没有。想着那8888元的诱惑，她最终艰难地吃了四五块猪肝。

卓裕手机一振，拿起一看，是奶奶发的，转账8.88元。

七七："谢谢孙女婿。"

这笔账一算，嗯，他还得倒贴八千大洋。这吃的不是猪肝，是他的血。

姜家这顿年夜饭堪比晚会，吃到后面才恍然，原来前半场是文艺戏，现在上演的才是真实的"一群土匪的一生"。卓怡晓属实被震惊到了："原来叔叔还会唱京剧啊？"

"姜老爷的舞跳得特别好。"姜宛繁告诉她，"我爸现在是广场舞队的男C位，年轻的时候去过很多舞厅当陪练。"

"陪练？"

"男舞伴，花二十块钱可以点他，陪跳一个半小时。后来被我奶奶抓回来继承家业，就变成现在这样了。"

姜荣耀唱完《智取威虎山》，姜二伯开始表演拉二胡，大舅不甘示弱，左右大喊："我的唢呐呢？"

祁奶奶怒斥："大过年的吹什么唢呐！你三岁不懂事啊！"

于是大舅改演了一段斗牛舞，跳完后醉醺醺地指着姜弋："少爷来一个。"

姜弋笑得吊儿郎当："那我模仿一个不孝子吧。"

向简丹："不用模仿，你就是本色出演。"

一家人，热闹，鲜活，向上生长的奔劲，家族之间的团结和谐太能感染人了。卓裕看向姜宛繁。成年的小辈们晚上都喝了点酒，姜宛繁是新婚，少不得被他们闹腾。卓裕要挡酒，弟弟妹妹们不让，说："姐夫你别着急，夜晚刚开始，你往后排。"

姜宛繁酒量还行，几圈下来要醉不醉，这会儿脸颊绯红，眸色点墨一般，配着红唇白肤，腮边一缕落下的碎发，简直就是姜贵妃。

她有点坐不直，单手撑着下巴，背微微下弓出一道漂亮的弧，像夜海起伏的波浪，就这么看着卓裕。

卓裕把椅子拉开了些，右手绕到她后背轻轻按压："醉了？"

"米酒上头，有点晕。"

一个妹妹叫唤："姐夫，姐姐，到院子里来烧火。"

烧火是霖雀这边的土话，其实就是烧柴取暖。柴火堆已经燃得又高又旺，木头响得噼里啪啦，和天边时不时的爆竹声遥相呼应。

姜宛繁靠着卓裕而坐，坐着坐着就忍不住往他身上靠，跟猫似的。

八点左右，街坊邻居都来串门拜年。

"我们这边时兴晚上拜年。"姜宛繁告诉他。

姜家人缘好，客人一拨一拨结伴而来，晚上基本是年轻的小辈，有几个卓裕还挺眼熟。

个子高的那个……卓裕眯了眯眼，怎么像那天"前男友"那一桌的宾客？等等，穿白羽绒服的，好像是姜弋说的追着姜宛繁搞姐弟恋的弟弟？关键是来的每一个人都不忘跟姜宛繁打招呼。姜宛繁跟他们唠家常，用家乡话说着卓裕听不懂的有的没的，彼此之间完全没有半点不自在。

姜弋像是知道卓裕在想什么，推了推他的手肘，笑眯眯地问："我姐牛不？"

卓裕冷不丁地一笑。

姜弋看热闹不嫌事大："喏，就现在这个跟她说话的穿绿棉袄的，是当年追我姐的人里最执着的一个。在知道她结婚后，说是在家哭了三天三夜，哭到发烧，送去医院又检查出阑尾炎，就顺便切了个阑尾。"

正说着，"绿棉袄"也回头看向卓裕，两个人视线搭上，谁也不挪开，有点情敌相见的味道。

卓裕客观评价，"绿棉袄"长得五官标致，但比起他可差远了。

看着看着，"绿棉袄"捡起地上的三块石子，有一下没一下地往上抛。这动作，看似漫不经心，但抛得还挺准，三块石头在空中挨个儿接力，画出一个圆形。

不就三块石头吗？谁还不会了？卓裕也捡起三块，有样学样。

"绿棉袄"觉得被挑衅了，又捡起一块，四块石头往天上抛。卓裕不甘示弱，低头到处找石头。

围观的人丈二和尚摸不着头脑，这难道是城里流行的新年祝福方式？

"姐夫，"姜弋看不下去了，劝道，"你干吗跟他较劲这个？你知道他是干什么的吗？"

卓裕莫名火大。

"他是杂技演员，别惹他，待会儿他找你比赛吞剑，吃火球，胸口碎大石。"姜弋小声说，"哦对了，他还会驯猴驯老虎走钢丝。你怎么跟他比？必输无疑啊我的好姐夫。"

一旁的姜宛繁终于按捺不住，捧着肚子笑得前俯后仰。

卓裕丢了那三块石头，说是去洗手。

他走没多久，姜宛繁收到信息："过来。"

刚拐过廊道口，手腕一紧，就被卓裕拉了进去。姜宛繁被定在门板上，被他全方位虚压着，过道灯不算亮，暖色调平铺于他的脸上，眉骨的形状依稀起伏。

姜宛繁挑眉道："裕总抛石头技术不错。"

卓裕"嗯"了一声："只有这个技术不错？"

这个话题有点擦边了，姜宛繁推了推他："外面好多人呢。"

"那不是更刺激？"卓裕单手绕到她的后腰，将人往自己身上按，直至严丝合缝。吻落下来时，姜宛繁战栗，下意识地搂住他的脖颈。

"臭弟弟有什么好？"卓裕分开了些，"哥哥这样的才厉害。"

姜宛繁气息不匀，在他耳畔轻声问："弟弟会胸口碎大石，你会吗？"

姜弋愣头青似的跑过来，刚看半眼就猛地转身捂住眼睛："打扰打扰！你们继续！"

两人这点分寸还是有的，只是贴得近了些，吻得浅尝辄止。姜宛繁清了清嗓子，问："怎么了？"

"小禹要表演平衡木了，姐夫你要不要去看一看？"

卓裕说："行啊，表演得好，我给他刷大游艇。"

姜宛繁悄然拧了一把他的胳膊："几岁啊你？"

本来以为是玩笑话，但出去一看，那哥们儿真的在表演。他好像特别有表演欲，到哪儿都是大舞台。祁霜也出来看热闹，笑得合不拢嘴，小禹可起劲了："吼嘿！祁奶奶，我再给您表演一个后空翻。"

手机响起，祁霜熟练地点开，看清上边的字后，惊呼："这么多钱！"

卓裕："奶奶，给您的新年红包。"

后空翻顿时不香了，祁霜颤颤巍巍地进屋，一路炫耀："看我孙女婿发的红包，孙女婿就是好。"

姜宛繁瞥向卓裕，这位爷，最多三岁半。

第二天，姜宛繁起床后身边空空，出去一看，屋里安安静静的，向简丹在厨房榨橙汁，问她："洗漱了没？正好趁热喝。"

"他们呢？"

"五点多就起了。"

姜宛繁皱眉问："看日出？"

"上山摘蒿子去了。"向简丹说，"昨晚你奶奶提了一句你爱吃蒿子糕，卓裕问得仔细，一大早就喊上姜弋和晓晓去给你摘了。"

蒿子糕是霖雀的一种特色小吃,家家户户都会做。但蒿子叶在冬天极少见,得天气热一点才长得多。

姜荣耀在院子里练太极,看见人进门,问:"回来了啊?哟!还真采着了。"

卓裕穿一双黑色胶底套鞋,鹅绒外套上全是土,头上还戴着一顶草帽。卓怡晓和姜弋拿着锄头和塑料桶,像是刚从田里劳作归来。

姜宛繁看着这一小袋战利品,既感动又想笑:"爬山的时候没受伤吧?"

"没事姐姐。"卓怡晓脑袋上还戴了个绿叶草环,姜弋给她编的。

祁霜乐呵呵地进厨房,准备做蒿子糕,一边念叨孙女婿的好,一边嘀咕:"有点少,做不了几个呢。"

卓裕在旁边洗手:"放点猪肝吧奶奶。"

姜宛繁一愣,蒿子叶,猪肝,面粉,这什么黑暗食物?

卓裕笑道:"吃了对你眼睛好。"

"我谢谢你啊好心人。"姜宛繁退避三舍,一溜烟逃了。

祁霜唉声叹气道:"真愁人。"

"奶奶,我不愁,我心甘情愿。"卓裕卖乖道。

蒿子糕做好后,卓裕尝了一口,蒿子叶有一种特殊的植物香气,卓裕吃得那叫一个表情痛苦,忍着剧烈的不适艰难吞咽。

"别勉强了。"姜宛繁从他手里拿过剩下的,自然而然地把他吃过的半块糕点塞进嘴里。

一旁玩手机的姜弋抬了抬眼,紧接着卓裕的手机振了振,拿起一看,是姜弋。

姜弋:"我姐有洁癖,从来不碰别人吃过的东西。"

姜弋:"她是真的喜欢你。"

吃完后,卓裕自觉去洗盘子,向简丹进去厨房惊得直跺脚:"怎么让你洗?"

"没事,妈,我洗得快。"

"既然说到快……"向简丹挂好抹布,笑眯眯地问卓裕,"所以你们快生孩子了吧?"

在霖雀待完整个春节假期,最后一天返程,回去的路上,卓裕这才跟姜宛繁复述了一遍向简丹的问题。

姜宛繁正在喝水,听完差点噎死,咳了半天,决定道:"是时候给他们找点事干了,纯属闲得慌。"

"生个孩子给他们带?"

"你可以闭嘴,真的。"

后座的卓怡晓抿着唇,跟他们一起傻乐。

后来进服务区,姜宛繁去洗手间,卓裕悠悠问:"你刚才笑什么?你应该帮哥才对。"

"我没笑你。"卓怡晓真心道,"我就是觉得开心。"

卓裕侧头看着妹妹。

"这是我过的最最最快乐的一个春节,以前总觉得时间慢,甚至厌恶放假。但今年,我恨不得天天过节。"卓怡晓打开手机日历,"距元宵节还有四天,国际妇女节四十九天,五一劳动节一百零八天。"

卓裕被她逗笑了,笑着笑着,心里泛起淡淡的酸。

卓怡晓忽然说:"哥,你也有点像以前的你了。"

春节收假,姜宛繁比卓裕还忙,一头扎进店里,和齐雅的团队沟通定制细节。她打印了两百多张齐雅的照片,分门别类做好标记,走红毯的,古代现代的剧照,私服街拍,路人抓拍……姜宛繁观察着艺人各种状态下的五官特点,对她的整体气质和优缺点有了一个大概了解。再查询此次国际电影节的资料,把每一届的视频找出来,一点一点抠细节,了解风向的转变。

就这两个过程,花了姜宛繁近一个月时间。再画设计手稿,与吕旅他们内部讨论了无数次,反复修改,最后敲定留用三版,发给齐雅的团队。团队那边回复得很快,圈出两版方案,约好时间当面沟通。

这不是姜宛繁第一次见明星,但还是被齐雅本人惊艳了。风情万种、明艳逼人,这些词在她身上一点都不违和。

整个沟通过程顺畅、愉快、友好,齐雅没有半点架子,客观表达诉求,合

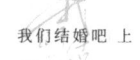

理提出要求，耐心倾听意见，最后暂定在那版旗袍式样礼服的基础上做改进。

量体时，齐雅忽然问："姜老师是Q省人？"

姜宛繁抬起头："对，我老家在霖雀。您怎么知道的？"

"我发现你说话的时候，有个习惯性的语气词，发音和那边很像。"齐雅笑盈盈地说，"我也是Q省人，莲荷镇，离霖雀非常近。"

姜宛繁笑道："莲荷的发展比我们那儿好，听说在规划高铁站。您手臂抬高一点，可以了——"

完成之后，齐雅特意要司机送姜宛繁。姜宛繁再三道谢，说："我是开车来的。"

走之前，齐雅忽然问了句："你知道晏修诚吗？"

姜宛繁脚步一顿："我知道。"

齐雅笑了笑："没事，路上慢点开。"

工作暂告一段落，这一阵子的头脑风暴把姜宛繁折腾得够惨，回去的时候她让吕旅开车，吕旅才拿驾照，胆子小，姜宛繁揉着颈椎闭眼道："怕什么？有保险的。"

吕旅高度紧张，车速三十迈。姜宛繁指着右边说："晚上请你吃饭，商场走起。"

"别别别，那边车流量巨大，还没停车位，我宁愿不吃。"吕旅告饶。

正说着，手机响起，是卓悯敏打来的，说买了不错的海货，她亲自下厨，让姜宛繁来家里吃饭。

卓裕昨晚去邻市出差，明天才回来。

姜宛繁顺路把吕旅送回家，再开车过去林家。车刚停好，两声短促鸣笛，白色欧陆缓缓停稳在她跟前。林延下车，抬手打招呼："嫂子好啊。"

姜宛繁锁了车，应道："巧，今天下班挺早的呀。"

"本来有应酬的，这不是听我妈说你回来吃晚饭，再重要的事我也得推掉。"林延神色夸张谄媚，一听就不是真心话。

姜宛繁笑着点点头："巧了，我是听姑姑说你也在家吃饭，我这才绕了半座城市赶来的。咱俩待会儿都吃三碗饭哈。"

圆场子的话，她借力打力，半点不带扭捏。

第 5 章 真丈夫

林延讪讪而笑，跟她并肩往大门走。他斜睨姜宛繁一眼，这么近的距离，无论哪个角度都无刺可挑，比他见过的那些网红耐看多了，难怪卓裕铁了心地要娶她。

"嫂子，你真的可以考虑一下来我们公司。"林延调侃道，"你和大哥一起，夫妻同心。"

姜宛繁笑意灿烂，朝林延眨了眨眼："都为你公司打工啊？"

"自家人，哪叫打工，那肯定进管理层的。"林延插着兜，极力游说，"你看我哥，这几年不也顺风顺水吗？"

"那你让我坐哪间办公室？"姜宛繁笑眯眯地问。

"设计部。"

"这样啊……"姜宛繁说，"其实也用不着这么麻烦，不就是设计产品嘛，我开了家店，你要有需要，来我店里转转，咱们一家人，我肯定给你打折。"

见林延神色尴尬，姜宛繁笑眯眯地说："照顾嫂子生意喽。"

就这么几步路的距离，林延相当不痛快，快步绕到她前面先进了屋。

姜宛繁盯着他的背影，神情瞬冷，漫不经心地将目光送远，看了看花花草草才舒心。

晚饭丰盛，卓悯敏做海鲜的手艺确实很好，小青龙冰镇，海蟹盐焗，还有芝士大虾，姜宛繁吃了不少。从洗手间出来时，她听见卓悯敏在打电话："我就想让她来吃顿饭，好久没见她了，你还不放心姑姑啊？好了，人来了，你跟她说。"

姜宛繁诧异地接过一看，竟是卓裕。

"怎么没接电话？"

"我刚洗手，手机放包里呢。"

那头松了松气："行，你到家告诉我。还有，回去的时候别开车，我让司机来接你，还有十分钟就到。"

他一直记着她的眼睛，不让她在晚上开车。姜宛繁心里一阵暖，像小太阳一样烘着她全身。

回到四季云顶，她十分听话地报备："裕总，您夫人已平安到家啦。"

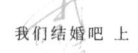

卓裕乐了，问："姑姑跟你说什么了？"

"没事。"姜宛繁躺在床上，掐着眉心放松，"就是有几个亲戚想买衣服，说来店里的时候让我照顾一下。"

卓裕"嗯"了一声："不用顾虑，不用打折，该赚的钱要赚。"

"想什么呢。"姜宛繁道，"怎么可能打折？我是要提价的。"

卓裕笑出了声："好。林延晚上也在，他有没有为难你？"

"我很高冷，他不敢。"姜宛繁用无所谓的语气带过这一话题，"你呢，出差顺利吗？什么时候回？"

"你想我什么时候回？"

姜宛繁翻了个身，幽幽地盯着天花板，盯久了眼睛酸，她闭眼摇了摇头缓解不适，脱口道："想你现在就回。"

那边有一会儿没声音，姜宛繁把手机拿离耳边看了看，以为信号不好。

客厅外"滴"的一声，是电子锁开锁的声音。姜宛繁汗毛直立，心脏狂跳，下意识地去找防身的物品。下一秒，卓裕出现在卧室门口，一身黑色中长呢子衣笔挺精神，手心抛着手机把玩，斜靠着门要笑不笑地看着她。

姜宛繁张了张嘴，又揉了揉眼睛："你、你怎么回来了？"

卓裕挑眉道："你的愿望，我总要实现。"

姜宛繁爬床而起，光着脚就往他身上蹦，卓裕被她撞得连连后退，"砰"的一声闷响，背撞得生疼。他龇牙吸气，抱着姜宛繁往上掂了掂："我的腰伤了，你晚上就用不了了啊。"

姜宛繁反应过来，搂紧他的脖子，埋头在他肩窝笑道："谁要用你的腰。"

姜宛繁第二天是被吕旅的微信振醒的，浴室里传出淅淅沥沥的水声，门缝里溜达出薄薄的热气。时间是七点十分，结婚后她才发现，卓裕这人习惯每天早上洗个澡。

昨晚没睡好，跟开了一夜挖土机似的，工钱没挣着一毛，还被包工头薅了一夜羊毛。姜宛繁揉了揉太阳穴，迟钝地打开手机。

第5章 真丈夫

吕旅："师傅，齐雅工作室发微博了。"

截图里面是齐雅工作室发的微博："征程在即，只争朝夕。顺便剧透一下小彩蛋。"

微博下配了一张照片，拍得很有美感，一角设计手稿，正好是裙摆。

评论都懂——

"是国际电影节的红毯战袍吗？好用心！冲冲冲！"

吕旅也很激动："提前预热呢，咱们店也能提高知名度啦。"

姜宛繁很平静，说不上高兴。手稿就一角，设计部分也做了模糊处理，只能瞧出大致轮廓式样，稍微清晰点的是她的名字简签。仔细来说，这并不涉及合同违约，乍一看确实是她得惠更多，但姜宛繁说不出哪儿不对劲，直觉使然，总觉得怪怪的。

事实证明，她的直觉不是空穴来风。

中午饭点，外卖盒饭刚送到，吕旅一声怒吼："什么情况！他们乱说什么！"

"怎么了？"姜宛繁皱眉问。

吕旅气得眼角直抖："网上说宛繁姐你的手绘稿和别人的作品高度相似。"

爆料的是几个娱乐号，给出的证据是九宫图的完整对比，图片做过处理，较齐雅工作室发的那张更加清晰。而对比的作品图，年份、来源写得有模有样。

"张某某？前年大学毕业作品？这是哪个旮旯里冒出来的牛鬼蛇神？"吕旅气愤不已，直言要找人删帖。

姜宛繁沉默冷静，反反复复地翻看这些对比图。不可否认，这些对比图，每一张都做得缜密详尽，从衣服领口、花纹、盘扣、开衩的高度，事无巨细，是一份完美证据。

虽然是不同圈子的事，但因为跟齐雅相关，所以热度不减。又值流量高峰的午后，几个营销号似是商量好统一传播，词条迅速冲上了热搜榜。

店里的员工、学徒都慌了："宛繁姐，这、这怎么办哪？"

姜宛繁关闭手机，镇定如常，笑着宽慰："没事，你们先吃饭，我会处理。"

她走进内厅，拿着手机不停刷微博，热度不减反增，甚至有无名网友从那张手稿的简签上扒出了简胭——

"就是这家店的老板,我小姨还去她家定制过衣服,真是晦气!"

"名字签的啥?鬼画符?"

"姜宛繁,拿走不谢。"

内厅安静,只有挂钟走针的滴答声撞击神经。姜宛繁双手撑着额头,闭眼毫无头绪。就在此时,在门口徘徊了好几次的吕旅忍不住出声:"师傅。"

"嗯?"姜宛繁侧过头,才发现她竟眼睛通红。

吕旅的声音带着哭腔:"有两个客户打来电话,说要退单。"

姜宛繁喉头一哽,半晌道:"知道了。"

待人走后,她十指捋进长发,狠狠按压头皮,指腹甚至能感受到血管的跳动。手机突兀振动,在桌面上平缓转圈,姜宛繁麻木地抬头一看,是卓裕来电。

她嗓子哑得说不出话,迟疑地按下接听。卓裕言简意赅:"你别慌,我信你。"

顷刻间,姜宛繁眼眶彻底湿透。卓裕又说:"图是假的,我找设计系的学姐看了,百分百确认。你现在要做两件事,第一,打开邮箱,下载附件。第二,修改一下里面的澄清文案。"

卓裕从知道这件事起便着手解决,连安慰她的程序都省略了。姜宛繁拭干眼泪,重新梳理思路,条理清晰地照做。卓裕给的东西是拆穿对比图PS痕迹的证据,姜宛繁有点看不懂。但卓裕发来的文件,排版统一、行文专业、清晰,是反转的标准模板。

后面的事情更好办了,姜宛繁打给盛梨书,传媒这一块的资源她自然不在话下。事发不过两小时,关于那条澄清她高度模仿作品的反转解释便全网传播。

其实,事后复盘,那些所谓的对比图,PS痕迹实在过于明显和拙劣,但凡相关专业的都不难分析得出。半小时后,姜宛繁再次翻看评论,大部分都是围观群众,但仍夹杂着一些声音:

网友A:"什么野鸡设计师,很难不怀疑是自我炒作。"

网友B:"自我炒作必倒闭。"

网友C:"齐雅竟然找这种戏多的人做礼服?女神你醒醒!"

到傍晚，事态平息，她本就不是什么红人，很快就没了水花。吕旅拍着胸脯松了口气，只当是小插曲。

但姜宛繁的电话再次响起，这次是齐雅的法务："这舆论确实无中生有，天方夜谭，但也给本次合作带来了不良影响。国际电影节活动这么高的规格，也代表我国电影人的形象。综合考量，姜小姐，我们很遗憾地做出决定，将终止此次合作。"

姜宛繁心尖凝血，无关失望，莫名想到一个词：巧合。

几乎同时，吕旅仓皇无措地跑到她面前："齐雅工作室一分钟前发了微博。"

姜宛繁回过头，目光冷静："发了什么？"

"官宣了新的合作方。"吕旅撇了一下嘴角，万般不情愿地从唇齿间碾出名字，"典风。"

手机铃声回荡，似是掐准时间，阎罗敲钟。姜宛繁的目光落向屏幕，眼神炙成灰烬，按下接听。

电话那头，晏修诚的声音徐徐温柔："姜宛繁，你服输吗？"

卓裕过来的时候，大家情绪低落，店里气氛不同往日，憋着一场暴雨似的闷。

"你师傅呢？"

"在里边一直没出来。"吕旅担心道，"她不让我进去，说自己静一静。"

卓裕抬了一下手表示知道，掀开珠帘，反手将门合紧。

姜宛繁趴伏在工作台上，头埋于双臂间，长发如缎随意挽成髻，连固定的钗夹都如静止。卓裕走过去，掌心轻轻盖在她的后颈，温热传递，姜宛繁动了动，然后把脸转过来，目露疲惫地看向他，看了一会儿，又把头埋于臂弯。

"你帮我揉揉吧，颈椎疼。"

卓裕照做，手上的力气轻重交替，舒适度极高。姜宛繁的心情跟随着这节奏总算没那么紧绷。她按停他的手腕，抬头换上笑脸："舒服多了，晚上想吃什么？"

卓裕挨着她坐下，目光笔直："真舒坦了？"

姜宛繁默了默，诚实地摇了摇头。

卓裕问："我知道你现在思绪乱，你想听我的意见吗？"

姜宛繁点了一下头。卓裕从椅子上起身，蹲在地上，从下至上仰视她，并且握住她的双手。

"这件事的始末，核心参与者是谁？"他问。

"齐雅、我。"

"最终受惠者是谁？"

"晏修诚。"提起这个名字，姜宛繁本能地蹙眉。

"这三角关系里，你的位置是什么？"

姜宛繁停顿三秒，回答："受害者。"

唯一受害者。

卓裕适时紧了紧手劲，似是标上满意的句号。

四目相对里，他以绝对的信任为前提，平静且理智地拨开了她的万千思绪。姜宛繁卡壳的脑袋犹如拆路障，一点一点光明清晰起来。

从事发到结束，不过四个小时，再追溯得远一点，从齐雅团队抛出条件优渥的橄榄枝到此刻更替设计团队，也不到两个月。从合同条件到配合力度，过程之顺利，超乎寻常。再看证据链，她是当局者迷，而事实上，那些所谓高度相似的对比图，作假痕迹并不难发现。姜宛繁不是娱乐圈的人，不至于得罪谁。不过还有一种可能，那就是齐雅红气长存，风头渐盛，被对家无孔不入地搞事情——但如果是这样，就不至于拿那么低劣的伪造图来作为证据。

姜宛繁的茫然拂去大半，再一次对上卓裕的眼睛时，终于醍醐灌顶。

"不好意思来晚了三十秒！"盛梨书推开包间门，头上还顶着古装戏的妆发，外套就是一件从脖子罩到脚踝的宽松黑棉袄，逆着光，浑身黑黢黢的，像是只有一张惨白的脸悬浮在半空。

姜宛繁下意识地往卓裕身后一躲，卓裕也本能反应地伸手将她一拦。

盛梨书："你们夫妻没有心。"

"不是，你怎么穿成这样就来了？"姜宛繁迎接向前，帮她把门关上。

"我今晚拍夜场戏，不然回去来不及。"室内暖气热，盛梨书边说边脱棉袄。

姜宛繁指了指盛梨书，既欣慰又得意地对卓裕道："我姐妹，天下第一靠谱。"

卓裕目光冷冷的，还记着上回被盛梨书和向衿冤枉不行的事，反讽道："是，还特别热心，幼儿园就扶老爷爷过马路的好人好事一定少不了她俩。"

他阴阳怪气得很明显，但盛梨书的关注点不一样："爷爷就爷爷，你为什么还要叫他老爷爷，这不是雪上加霜吗？"

卓裕无语，忽然想起谢宥笛，缓了缓神，把路让出来："坐着聊，喝点什么？"

"一瓶娃哈哈，谢谢。"

盛梨书正了正神色，情绪瞬间转变："查到了。齐雅工作室年前离职了一个商务，好巧不巧，上周去强哥那儿应聘，他做这行经验太少，强哥没要。你跟我说了之后，强哥又找到了他——那个裕总，娃哈哈买了吗？"

卓裕有求必应："放心，让服务生去了。"

"谢谢哦。"盛梨书继续道，"强哥的手段你知道的，威逼利诱样样在行，很快就套出了话。"

姜宛繁抬起头，直截了当道："齐雅工作室和典风事先就已达成协议，联合炒作。"

盛梨书点点头："就是这样的。"

其实齐雅那边早就选定了晏修诚作为此次红毯秀的礼服定制方，这么一顿操作下来，两方都是受益者。齐雅凭借舆论，提前预热她即将参加国际电影节的事，晏修诚更不必说，渔翁得利，提升知名度。

姜宛繁别过脸，心跳起伏，倒也不是多生气，而是觉得可笑至极。她自顾自地嘲讽，低声喃喃："我当初看人的眼光烂成屎。"

盛梨书张手给她一个拥抱，繁杂的古装发饰磕到姜宛繁的嘴角，疼得她龇牙咧嘴。

"气死了，我给你找营销号，扒姓晏的黑料！"

忽然，塑料瓶伸过来，挨着盛梨书的肩膀把姜宛繁往后拨。卓裕手里拿着娃哈哈，皱眉提醒："发饰刮到她了。"

姜宛繁揉着嘴角，泪眼汾汾。

卓裕把她俩隔开了些，这才说："不用了。"

"不用什么？"

"你能想到的，我已经做了。"

姜宛繁错愕。

卓裕当然不是按盛梨书说的那样做的，他把手机递过去，示意她自己看。

微博页面上是一条转发破一千的内容，是一名普通网友发的。

糖包不吃糖："一直在小姐姐家做衣服，小姐姐人美低调，真服了这些网络喷子。"

配的照片都是作品实拍，很朴素，也没有过多美化痕迹，但细节角度非常高级自然。评论里都是路人，纷纷发出了各自在简胭或购买或定制的种种物料。

一位美丽网友："得了吧，我妈是那家店的常客，体验感太好，就是愿意花钱买开心。"

下面还有一条转发量更高的——

夏天还不来："实在看不下去了，必须为小姐姐宣传一波。小姐姐自己做了个APP，把一些刺绣作品免费放在上面寄卖。这些作品的主人都是大山里没有别的收入来源，只能靠手工换一点点钱的妇女、残疾人。这个圈子本来就很小众，人家自掏腰包从不收取手续费啥的，真正做好事不留名。"

知名杂技演员："欢迎大家来霖雀玩，来看一看我们这里的形象大使！比齐鸭美！"

可达鸭："哥们儿，是齐雅。"

卓裕客观分析道："你扒对方的黑料，太刻意了反而没有信服力。从你自己这边着手，事实与口碑比无端猜忌更能让人感同身受。"

被摆了一道吃了暗亏，简胭名誉受损，那么应对之策也要回到这一点，并且从现在的风向来看，卓裕的判断确实是对的。

盛梨书问："这么高的转发量，你买的？"

"只是联系了几个营销号，他们会的我都会，但这些数据不是作假，都是真实的。"卓裕倒了杯温水递给姜宛繁，笃定道，"店里不会受影响的，生意反而会

第5章 真丈夫

更好。"

"借力打力呀!"盛梨书忍不住想为他鼓掌,心说上帝总是公平的,身体残缺,脑子挺好使。

卓裕不抢功劳,懒散地靠着吧台说:"谢宥笛弄的。他去找了他妈,她们有个群,都是酷爱服装定制的,里面大部分都是你的'阿姨粉',拿到这些实拍照片不难。"

谢宥笛家大业大,他妈萌萌女士在B市的交际圈地位非常高,乍一听这事就义愤填膺地说要办一场时装秀。

谢宥笛当场蒙了:"办时装秀干吗?"

"展示一下姜姜的作品。"

"我看您是想展示一下自己吧。"

"逆子!"

盛梨书呵呵道:"亏我还觉得齐雅不错呢,简直瞎了眼。姜姜,你也别放在心上,以后别接这种单了。"

姜宛繁的脸隐在明暗交替的光线里,看不实眼中情绪,全程安静地听完,她忽然说:"小书。"

"啊?我在。"

"以后有这方面的资源,你告诉我。"服务生正好进来送小食,木门推开的一刹那,外面的光像打开的折扇,角度正好打在她的眉眼,里头有真实的怒容以及不容商榷的决心,"他也别想好过。"

连日来的低压情绪得以释放,姜宛繁在回去的路上就睡着了。卓裕将车开到地下车库,没熄火,干脆坐在车里等她自然醒。

姜宛繁被一声尖锐的鸣笛惊醒,浑浑噩噩地看了一圈:"我睡多久了?"

"凌晨一点半。"卓裕看了一眼手表。

姜宛繁轻呼一口气:"你叫醒我呀,还陪我坐这么久。"

"眼都熬红了,想让你多睡会儿。"卓裕挑眉问,"饿不饿?"

姜宛繁摸了摸肚子:"有点。"

"出去吃还是叫外卖？"

姜宛繁撇了撇嘴："算了吧，不吃了。"

卓裕没勉强。

到家后，等他洗完澡，姜宛繁已经躺在床上了，连睡衣都没换，挨着床边一点点，整个人蜷成虾米状，把头埋进枕头里，只留鼻子出气用。

卓裕把她轻轻往里挪了挪，怕她一个翻身摔下床。这么大的动静，姜宛繁依旧闭眼睡得沉。卓裕明白，她心里的委屈还在。

好在姜宛繁是个复原能力相当强的人，第二天就回血成功，早上对着镜子描口红时，跟卓裕商量："晚上请谢宥笛和小书吃个饭吧，这事他们帮了不少忙。"

卓裕换好衣服从试衣间走出来，边系领带边问："你确定让他俩见面？"

姜宛繁笑了笑："放心，笛哥我信得过，不会乱拍女明星的。"

卓裕眉头拢了拢，他不是这个意思。

谢宥笛最近睡眠质量不好，没事总是惊醒，心脏一跳一跳的，说自己预约了寺庙烧香驱邪，去吃饭可以，但得卓裕开车来接，简直一身臭毛病。

路上，谢宥笛问定在哪里吃，卓裕说："喃呜山苑。"

"好地方啊，这里的位置可不好订。"谢少爷很满意，"我感觉到了你对我的重视。"

卓裕点到即止："不是我订的，到了你就知道了。"

喃呜山苑的安保做得非常出彩，是盛梨书的聚会根据地。侍者引路到贵宾包间，推开门，里面早到的姜宛繁和盛梨书有说有笑地转过头。

谢宥笛猛地大声喊："就是你造我的谣！以为有张明星脸了不起是吧？你向盛梨书交版权费了没！"

盛梨书不屑道："二哈来了。"

"谁二哈？你才二哈呢！"谢宥笛神色愤愤，气得直挽衣袖，上回的仇他还记着，"你一个小姑娘能不能矜持点？瞎热心个什么劲？给不认识的男人挂男科，你咋不扶老奶奶过马路呢！"

盛梨书当仁不让："我就爱普度众生，助人为乐，积德行善。我这是为你好。"

第5章 真丈夫

"我谢谢你啊,女菩萨。"

"不用谢,本菩萨会保佑你下次复查不用排队的。挂号费转给我!"

"缺钱就少做好事。"

"对,就缺钱,缺你这五块八买别墅。"盛梨书朝他扮鬼脸,"小气!"

"我就小气,一毛不拔!"谢宥笛板着一张俊脸,越挫越勇。

盛梨书蓦地一顿:"原来你是穷。怎么会穷呢?所以你又跟李阿姨分手了?怎么这么想不开?"

谢宥笛气到头发丝都在抖。

盛梨书眼睛一亮,突然兴奋起来:"别动,对,就是这个表情!对不起啊,我说错了。"

谢宥笛刚准备伸出友谊之手,问她:"知道错了吧?"

"嗯,错了。"盛梨书端详他许久,真诚道,"你不像二哈,而是短腿柯基。"

"你个赝品!"

这一顿饭吃得鸡飞狗跳,姜宛繁和卓裕免费看了一场脱口秀,唇枪舌剑,极其精彩。卓裕看着姜宛繁喝完一碗鸡汤,这才捏了捏她的手。

姜宛繁的笑容挂在嘴角,被那两个活宝逗得合不拢嘴:"怎么了?"

卓裕侧着头,在她耳边轻声道:"公司还有一点事,待会儿让谢宥笛先送你回家。"

姜宛繁不疑有他,答应道:"好,那你慢点开车。"

一顿饭吃到九点,进入市区,谢宥笛还在碎碎念:"你怎么会跟这种人做朋友呢?哎,你俩怎么认识的?她长得这么像盛梨书,怎么不进娱乐圈呢?"

"你不是讨厌她吗,还问这么仔细?"三月春寒,但风不似隆冬冷彻,姜宛繁降下半边车窗过风,下意识地划亮手机屏幕。

似是心灵感应,卓裕发来新消息:"到家报个平安,我十二点前回。"

姜宛繁心中落定,集中精神回答谢宥笛的问题:"哦,我和小书是高中同学。"

城市另一边,月当空悬,明如锆石。

这几日气温陡升,泥土缝隙里都能看到冒尖的嫩草芽。某小区,这两日主

201

干道施工，车辆分流，从三条小道驶进驶出。

黑色卡宴停在粗壮的梧桐树干后，因为修路，这一块路灯暂灭，只留依稀的太阳能灯勉强照路。卓裕降下半边车窗，手指搭在窗沿，贪凉这初春的夜风。车里，烟熏如密织的布，薄如裟，味道却格外呛人。储物格里的银色雪茄盒像天上月亮的缩影，冷冽安静。

抽到第五根时，卓裕的视线定在某一处，然后垂下眼睑，两指夹住烟尾垂直按熄于车载烟灰桶内。他下车，顺手将黑色风衣外套拉链拉至顶端，除了五官，浑身遮蔽得严丝合缝。

晏修诚路过黑色卡宴时，目不斜视。卓裕正在后备厢拿东西，头不曾抬，动作不疾不徐，从里边拿出一只黑色手电筒，再抬手按下关合键。

晏修诚步履不停，从这边到入户梯有相当长的一段绿化小道，绿荫成林，四季繁茂。走着走着，他的脚步慢了三分，下意识地往后看，身体还没完全转向，肩窝一阵剧烈疼痛，一道黑影倾盖而来。

"卓裕！"晏修诚惊慌大叫。

卓裕抬脚对着他的膝盖就是狠狠一踹，晏修诚猝然跪倒在地。卓裕眼疾手快，毫不含糊地拿纸团塞进他的嘴里，然后单手拽住他的衣领，像拖麻袋一样走入绿化林。

幽暗之中，枝叶尖锐地剐蹭五官，晏修诚被他按倒在地，反手钳制，根本没有反抗的余地，只能发出惊恐的呜呼声。整个休闲区，只有这一截路是监控死角，绿林作掩，卓裕有恃无恐，冷眼如刃，面无表情地狠狠踩着晏修诚的胳膊。

晏修诚痛苦哼叫，头上汗液如豆。

"你就这点胆？"卓裕嗤笑，然后蹲下用手电筒敲着晏修诚的脸，语调如一捧寒山雪。

"晏老师记性不太好，忘记春节前我对你的祝福是身体健康了。我今天再给你长长记性。"下一秒，卓裕扯着晏修诚的衣襟往上一拽，目光如刃，"把你这不服气的眼神给我憋回去，老子就是来清你的场。你给我记住了，别再去惹姜宛繁，她现在是我老婆，不是你能随便碰的人！"

第5章 真丈夫

夜色深沉，晏修诚拖着一身狼狈回到住处，靠着门喘粗气，脑子里全是方才的那一幕，卓裕无所畏惧地来，腰板笔直地走，还用他的衣角把沾了泥土的手电筒擦拭干净。这种无声的鄙夷与嫌弃，给予他当头一棒。

晏修诚沉着脸，一通电话打给林延。

林延正在销金窟里蹉跎，音乐剧烈撞击耳膜，鼓点再次助燃怒火，晏修诚一改往日温和的形象，震吼道："给我等着收律师函吧！"

零点三分，卓裕坐在车里，掐灭最后半截烟，嚼了两粒口香糖掩盖浓厚烟味，这才下车。借着光，他发现风衣下摆沾着一块泥渍，半圆形状似镰刀。卓裕抬头望向天空，悬月高挂，淡白清透，与他风衣上的泥污遥遥呼应。

卓裕垂眸脱下外套，径直丢进路边的垃圾桶。

到家后，姜宛繁还没睡，说："正要给你打电话呢。"

卓裕换着鞋回答："接了个电话耽误了。"

"你外套呢？不冷啊？"姜宛繁一边问，一边将室内温度调高，"公司的事处理好了吧？"

没听见回答，她刚要转身，腰间一紧，卓裕已从身后将人抱住。他的羊绒衫还带着湿寒，隔着两层衣料，依然凉得姜宛繁一激灵。卓裕歪头靠在她的肩窝，鼻尖蹭了蹭，又游离到后颈处，唇挨上去，是密集又细腻的亲吻。

姜宛繁不再问，卓裕也什么都没说。两人交织的身影映在客厅玻璃上，剪影朦胧，似合二为一，不可分割。

次日，卓裕起得晚，九点多才去公司。一进办公室，周正紧跟而来，汇报道："林总那边好像出了点事。"

卓裕脱了西装，甩手扔去沙发。秘书敲门道："裕总，您的黑咖啡。"

门开的时候，能听见林延办公室的声音。卓裕抵着长木桌边沿，抿了一口咖啡，问："什么事？"

"下周日的品鉴会，晏修诚临时说不来了。"周正也只是听了个大概，"苏芝"项目不由卓裕负责，林延一股热情，大刀阔斧，势要做出斐然成绩，功成名就地好事从来不会分一杯羹给旁人。

卓裕面无波澜，吹了吹杯口的热气，说："咖啡不错，你也来一杯。"

内线电话进来，秘书说："裕总，林总让您去他办公室。"

卓裕慢条斯理地喝完咖啡，才不疾不徐地过去。

林延大吐苦水："真是莫名其妙，品鉴会他突然不参加，只说要去南通看桑蚕基地，一听就是借口，他怎么能反悔呢？"

卓裕坐在沙发上，叠着腿抽着烟："你这约定写进合同没有？"

"没有，但是他答应的。"

卓裕嗤声一笑，浓烟入肺，虽呛但莫名舒坦。

"对了还有，他昨晚给我打了个电话，跟疯了一样。"林延焦头烂额，心情本就不爽，一想起这事简直怨气冲天。

卓裕抬起眼："他说什么？"

"说要给公司发律师函。"林延一头雾水，"哪里得罪他了？花这么多钱请他是来做设计的，不是来当大爷的。"

林延深谙这品鉴会造势已久，宣传经费也砸了进去，多少沾点晏修诚的光，他要不来，林延想想都脸疼。

"哥。"他换上笑脸，殷勤地递烟点火，"你去沟通一下行吗？晏修诚和嫂子好像是一个大学的，多少有点同窗情分。"

"你是想让你嫂子去？"

"我做东！"

"那不行。"卓裕说，"你嫂子太漂亮，我得藏好她。难道你是让我去？"卓裕目露认真，下一秒，嘴角不屑上扬，"我去不了。"

在林延问出那句"为什么"之前，他说："我病了。"

"什、什么病？"

"胃癌。"

卓裕似笑非笑，起身抹平裤管的褶皱，留下一脸呆怔的林延离开。

简胭。

第5章 真丈夫

吕旅忙得快吐了，一上午接了不下三十个电话，直言要拔掉电话线。就像卓裕分析的那样，齐雅那事之后，店里生意反倒更好了。姜宛繁没有随波逐流，交代吕旅，来咨询的要耐心解答，但订单一概不接，不管多优渥的价钱。

她自然有不甘示弱想要证明自己的冲动，但理智回归后，姜宛繁并不想自己的热爱和赖以生存的衣钵，被某个人某件事左右。这是她的初心，不值得为任何人更改。

下午，姜宛繁出去了一趟。

江心区这边城建改造，路障拦截标志把路切割得四分五裂。姜宛繁抵达目的地，江边咖啡馆装潢得腔调十足，萨克斯音乐环绕，光线做旧，但她还是一眼看到了二楼的晏修诚。

姜宛繁在他面前坐下，晏修诚看她一眼，谁都没说话，只是在被她注目良久时，忍不住侧开了脸。

他的右脸靠近下颚骨的地方有一小块红肿，仔细看，脖子上的一圈青紫勒痕更加触目。晏修诚冷不丁道："拜你丈夫所赐，你现在跟我道歉，我还能考虑不追究他的法律责任。"

姜宛繁不恼不急，抬手示意侍者上一杯柠檬水，说："你半夜被人揍了，关我老公什么事？是有人看见，还是有摄像头录下来了？既然什么都没有，那我是否也能合理怀疑，是你故意栽赃诬陷？"

晏修诚问："你什么时候变成这样的？"

"我只是讲事实。"姜宛繁目如秋露，剌冷且晶莹，不怯于他的任何说辞，"不然你主动把我叫过来干什么？让我向你服软？或者答应你的什么条件？晏修诚，我要是把今天的事抖出去，你所谓的君子人设还立得住吗？"

"你不用吓唬我。"

"这种仁者见仁智者见智的事，我也左右不了你的想法。"姜宛繁喝了口柠檬水，酸得她直皱眉，"原来你这么不经吓啊。"

柠檬水不好喝，酸掉了她的所有耐性。姜宛繁站起身，下楼梯时又顿住道："哦对了，做个小调查。一个一直标榜自己是手艺传承新青年的新星，在某晚被无名人士打了,你说大家会怎么想?都不用添油加醋,就能给你编一百个睡前故事。如果你不希望自己下一档综艺节目播出时,讨论的都是这些边角八卦,就别再给我家属泼脏水——好好走你的青云路,我也不介意拖你入泥潭。"

姜宛繁从咖啡馆出来后,开车绕了个弯,去江边的长椅上坐了一会儿。初春的风带着含蓄的暖,跃跃欲试地和冬季尾巴交接班。货轮缓缓漂浮于远处江面,船鸣如撞钟,惊飞了捕食的白鹭。

其实昨晚姜宛繁就猜到卓裕干了什么事,他小心翼翼抹去所有蛛丝马迹,却仍被她在换下的皮鞋底发现了残草污泥。

手机响起,卓裕问她在哪儿。

临近下班时间,姜宛繁报了地方,说:"离公司近,慢点开。"

卓裕十分钟就到了,姜宛繁站在路边,隔老远就冲他晃手,一脸明媚地坐进副驾:"卓司机好好开啊,待会儿给你五星好评。"

卓裕笑着问:"怎么来这儿了?"

"买点东西。"姜宛繁平静带过。

卓裕的目光落至她的衣服,她自己没察觉,上车时她的身上带着浓郁的咖啡香。卓裕点点头,没再追问,打着转向灯驶入大道,然后侧头看了一眼江边的咖啡馆。

"还回店里吗?"他问。

车里早早播放着她喜欢的管弦乐,姜宛繁伸了个懒腰,决定适当摆烂:"不去了,我们去吃火锅吧。"

时间还早,卓裕道:"既然这样,咱们先去个地方。"

"哪儿?"

"新房。"

不说这茬姜宛繁都忘了,隐约记得那天回霖雀时,卓裕给向简丹看了产权证,270平黄金地段临江大平层,产权人就写了姜宛繁一个人的名字。就是这个举动,彻底征服了岳母大人,不是钱的事,而是一个男人的诚心。

一听卓裕有装修的想法,姜宛繁下意识地问:"你不当我的小白脸了?"

卓裕吊儿郎当地说："小白脸晚上上岗。"

姜宛繁脸一热，竖起大拇指："真是一个有理想有原则的小白脸。"

这是玩笑话，但卓裕确实有私心。无关男女性别对立，他爱一个人，就是要给她所有好的，这是本能反应。再者，老住在媳妇的房子里，岳父岳母会怎么想？

藏芷邸的房子配套、户型、安保、物业名不虚传，姜宛繁震惊道："我以为我进了皇家园林。"

卓裕"嗯"了一声："慢点，姜贵妃。"

姜宛繁回过头，双手叉腰："贵妃？"

卓裕搂着她的肩："嗯，我金屋藏娇，谁都见不着。白天就去当小白脸，赚钱养你。"

姜宛繁一时无语。

"这是我从小到大的梦想。"卓裕假模假样地叹了口气，"你别告诉谢宥笛，免得他跟我抢生意。"

"放心。"姜宛繁在他腰上拧了拧，低声说，"姜老板有钱，长期养你没问题。"

卓裕没应声，都说了是皇家园林，他怕自己待会儿嘴没把门，亵渎了这份美好意境。

入户电梯直达，房子视野开阔，180度整面看江。

"我找了两个设计公司，知道你忙，我让他们随时上门沟通。你有空也想想看，有没有特别一点的需要。"

姜宛繁拿手机拍了一下每间房间的位置，自信拍板："软装部分我说了算。"

"这是你的拿手项。"卓裕看她认真对待的样子，心里一片软，"家具呢？全屋定制的话，可能有很多细节需要你把关。"

姜宛繁欣然道："这事我乐意做。你呢，你有什么想法？"

卓裕伸出手，姜宛繁便自然而然地牵住。两人走到客厅，卓裕比画着位置，说："客厅可以简单点，你想不想要储物柜？"

"那边的小房间可以做个工作间。"姜宛繁的脑海里有了草稿，"你呢？有什么需要收藏的东西吗？储物柜要提前定尺寸。"

卓裕顿了一下，神色犹豫一瞬，然后笑着说："只要你在，就是我的无价之宝。"他又指着窗户，"这边做一扇落地窗。"

"嗯，观景上佳。"

"不只是观景。"卓裕侧过头，眼神里是不正经的遐想，"还可以做别的。"

姜宛繁别过脸，懒得搭理他，但嘴角藏不住地上翘。

话题暂时终止，安静里，牵手的心跳里，彼此对未来的憧憬何其统一，那种期待值前所未有的高涨，如眼前这江水，春天打了个响指，它便奔腾不息。

新房要装修的事没藏着，很快被人知道。过了两日，两人一起回林家吃晚饭，到了才发现家里还来了别人——林延的两个表姨妈，和卓悯敏关系尤其好。

饭桌上，几个长辈把姜宛繁一顿夸——

"小姜真漂亮。"

"眼睛最好看，水灵灵的。"

姜宛繁展颜一笑："鼻子也好看的，您仔细看看，是不是又细又挺？"

旁边的卓裕差点乐出声。

两个姨妈没料到她这么坦然，没有半点委婉的自谦，面面相觑后，都自觉不再继续这没必要的恭维。姜宛繁眼观鼻，鼻观心，无事人一般喝鸡汤，上来的新菜是海鲜，知道她爱吃虾，卓裕自然而然地剥了两只大的放进她的碟里。

"果汁别喝了，凉了。"他低声嘱咐。

卓悯敏睨了一眼姨妈，姨妈便清咳两声，笑着称赞："新婚期就是甜蜜。"

姜宛繁心满意足地吃了小半碗虾肉，道："姑姑，姨妈，我先去洗个手哦，你们慢慢吃。"

"去吧，小心路滑。"卓悯敏关切道。

待人走后，两个姨妈终是按捺不住："小裕，你们那新房在装修了？"

"没那么快。"卓裕将小米辣挑到骨碟里，筷子有一下没一下地轻轻拨弄。

姨妈"唉"了一声，目光殷切："本来有些事不该说，但我们是一家人，你也是我看着长大的。这一路你走得不容易，还是要多为自己考虑。"

卓裕放下碗筷，抬头无言，眼神亦平静，像是洗耳恭听的好态度。

另一个姨妈一唱一和地接话:"小姜呢,好姑娘,看得出来你们感情很好,但你呢,也不能把自己毫无保留地交底。我听说,你那藏芷邸的房子就写了她一个人的名字?"

卓裕反问:"有问题?"

"你们是夫妻,当然没问题。但人是会变的,未知的以后谁能算得到?"姨妈喟叹一声,一副过来人的腔调苦口婆心,"你这条件,娶谁都是对方的福气。"

桌上剥落的虾壳红白可人,哪怕堆成残渣小山也不显邋遢,反倒有一种另类的美感。卓裕的眼睛似在观赏,听到这番话后不由得一笑:"有件事,您可能搞错了。"

说到这里,连卓悯敏也看向他。

卓裕笑了,半真半假道:"我和姜宛繁,不是娶,而是嫁。我嫁人哪有不带嫁妆的,什么年代了,我一男的,陪嫁一套婚房全写她名字不为过吧?"

姨妈们的脸色实在惨不忍睹,廊道后的姜宛繁不忍再看,也不想这么快露面去缓解她们的尴尬。裕总四两拨千斤,以一己之力压服三位。姜宛繁拿出手机,桌上的手机屏幕亮起,卓裕随意一瞥,是微信。

老婆:"裕总真是四套减三套,帅得有一套。"

情话虽土,但很能代表她此刻的真心。

很快,姜宛繁收到回信。

卓裕:"想起新房还要准备什么了。"

卓裕:"单独定制一个储物柜,在床边,伸手就能够着,这样方便。谢谢老婆。"

饭后卓裕借口说还约了个朋友,姜宛繁适时告诉他:"谢宥笛发来了地址,差不多可以走了。"

两人怀着心知肚明的默契对视一眼。卓裕眼梢带笑,随后一本正经地起身道:"姑姑,姨妈,我们就不陪了。"

直至听见车启动的引擎声,屋里的人才收敛笑容。一个姨妈问:"就这么走了?你也不留他们再坐会儿?"

这话阴阳怪气,带着看把戏的热闹,卓悯敏越发心烦,冷哼道:"我怎么留?

脚长在自己身上。"

另一个姨妈说："你也别拱火，人家两口子有事要办，怎么留？那是人家的小家庭，过多干涉岂不是显得长辈没分寸？"

"不过卓裕这媳妇，也是个会来事的人。"

"你猜，你姑姑她们此刻有没有在说我坏话？"车里，姜宛繁贪凉吹风，把手伸到窗外，五指张开过冷风。

"坏话不至于。"卓裕说，"换着法子夸吧。"

"漂亮在我身上不是夸奖，顶多算是陈述事实。"

卓裕乐出了声，把车窗一点点关掉，逼得她连连缩手。"这么美的人，别吹风了，吹病了就成病美人了，到时候我会觉得自己像禽兽。"

回到四季云顶，卓裕做的事确实很禽兽。他好像特别执迷于洗澡的时候，朦胧雾气带着闷热的潮湿感，每每姜宛繁抗拒时，他总能说出天衣无缝的理由："等夏天穿泳衣的时候，我一个人看就好。"

在这种事情上，卓裕好像特别有求知欲，姜宛繁忍不住问："你上学的时候，是不是成绩很好？"

"一般吧。"卓裕亲了亲她的锁骨，"一本过线不到两百分。"

姜宛繁微颤着声音问："我是什么难解之谜吗？"要他用这么多手段来各种探索。

卓裕抬起头，眼角烧红，鼻尖凝着一滴汗，偏又语气无辜："我只是想做个称职的小白脸。"

夜云翻涌，星月依稀，姜宛繁被他折腾狠了反倒越来越清醒，既然说到高考分数，她好像一直没问过卓裕是哪个大学毕业的。

卓裕淡声说："S大。"

姜宛繁吃惊道："体校？"

卓裕"嗯"了一声，问："你是不是美院毕业的？"

假装没听出他故意为之的转移话题，姜宛繁回答："和怡晓同校，算起来，我是她的学姐。"

第5章 真丈夫

卓裕笑了，指腹有一下没一下地摩挲她细白的肩头。姜宛繁换了个姿势窝在他的手臂间，说："等新房装修好了，店里有很多东西我想搬过去。有两件女褂我最喜欢，不过是红底的，与新房的装修风格是不是不太搭？"

卓裕闭目养神，听得却不敷衍："可以把储物间的装潢做成不一样的。"

"没事，我拿另一件浅黄色纱粤绣斜襟女褂，更加清秀淡雅，反倒有视觉上的反差。"姜宛繁对绣品如数家珍，"笔筒、纸巾盒，带点民族元素很点睛。卧室不用做隔断，摆一架丝质屏风，也不会显得憋闷。"

卓裕大多听不懂，听到这儿，很关心地问："屏风上绣什么图案？"

"墨竹，磐石。"

"哦。"卓裕失望道，"还以为你要绣鸳鸯戏水，就跟咱俩刚才做的事一样。"

姜宛繁翻身捂住他的嘴："裕总，我要曝你黑料了啊？"

卓裕侧开脸，漫不经心地纠正："这算哪门子黑料，顶多是桃色新闻。"

姜宛繁乐不可支，轻捏他的鼻子："你还挺会给自己加戏。"

磨蹭之间，万物复苏。姜宛繁被他用力抱住，眼神由淡转浓烈，像续杯的红酒。

他说："Action。"

卓裕不算瘦，背阔肌肌理分明，不是随便就能长出来的，他的手臂、腿，都不难看出训练痕迹。

姜宛繁说："我好像一直没听你说过你的爱好。"

"赚钱。"

"这不是爱好。"姜宛繁没理会他的调侃，认真道，"这只是求生的本能。"

安静片刻，卓裕转过脸，去蹭她另一边的肩窝，慢声说："以前喜欢滑雪，后来家里出了点事，我就来兆林工作了。"

他一语概括，并不想多谈，姜宛繁拍了拍他的背，问："那你有没有什么收藏品，或者有纪念意义的东西想要带去新房？"

良久，卓裕淡声说："没了。"

"哦。"姜宛繁悠悠翻过身体，转而背对他，懒懒道，"困了，睡觉。"

211

乍然一空的怀抱溜进冷气，卓裕不满意，下意识地去捞人，贴着她的耳朵说："我后天要出差，两天就回。"

开春之际是店里相对比较忙的时间，夏装预定、旗袍和汉服的定制最多。春节假后，面料采选、运输时效都出了点小问题，姜宛繁在三方沟通中忙得焦头烂额。

那次她一个人去林家吃晚饭，卓悯敏顺口提了句有两个表姨妈要来她这儿选点东西，姜宛繁本来没在意，但这几天，人扎堆地来，来就来吧，开门迎客，谁的生意不是做？可这两人却极其挑剔。

"这个面料太硬了，花纹这一块有点复杂，还有没有别的？"

吕旅耐心推荐了很多，都能被挑出刺。后来姜宛繁过来亲自作陪，两人才稍稍满意，了解了姜宛繁的情况后，再扯一些有的没的，又问店里生意这么好，收入能到多少。

姜宛繁看了几次时间，耐心到了极限，把话挑明了说："我还有点急事要处理，要不您们先挑着，看中哪样跟小吕说。"

她能看出对方不高兴，但她管不着了。

一个小时后，吕旅过来说："人走了。"

姜宛繁问："买了什么？"

"什么都没买。"

姜宛繁的手一顿："啊？"

"挑了几样问价格，可能对价格不满意，我都按你说的打了个很低的折扣，结果她们还是不高兴。"吕旅挠挠脑袋，小声说，"我觉得她们大概是想你白送。"

姜宛繁想了想，摇摇头："不会。可能是我没陪好。"

吕旅知道她最近事多，一车面料因厂家无法按时交货，过不来。

"师傅，你说张经理那边是真的没有货交，还是把货交给了别家？"

姜宛繁也头疼，她早就想到了这一点。那车面料是意大利定制，用作初秋款衬衫、丝质裙装以及部分发饰、丝巾饰品的制作。以往的合作都很顺畅，今年却突然有了变故,她本想打感情牌,但对方并不买账,姜宛繁索性直接说那就重新谈价钱。

张经理沉默了一会儿,问:"你出什么价?"

姜宛繁报了一个无可挑剔的数字,那头说:"好,我去协调。小姜,有消息我再告诉你。"

电话挂断后,姜宛繁坐着久久没出声。吕旅担心地叫她:"师傅。"

姜宛繁不适地活动了一下脖子:"没事,肩膀有点疼。"

"那我给裕哥打电话。"

"他出差了。"姜宛繁把人叫住,"我晚上睡店里。"

相比四季云顶,在结婚之前,她其实更喜欢睡在店里。休息室是单独从工作区隔出来的一个小房间,单人床、小书桌,唯一复杂点的就是装了一台投影仪。姜宛繁本来想找一部电影助眠,但片头还没放完,她就趴在床上睡着了。

此时的岳海市,丁江公馆的饭局还未结束,卓裕看了好几次手机,发过去的短信姜宛繁一直没回,他不放心,径直离座去外面打电话。

吕旅接得很快:"裕哥咋啦?"

"你宛繁姐呢?下班跟你们一起走的吗?"

"她没走,她说你出差,今天她睡店里。"吕旅说,"我师傅这几天可累了,我估计她是睡着了。她颈椎病犯了,裕哥,改天你带她再去拍个片吧。"

卓裕掂着手机回到包厢,和周正低声交代了一番,然后笑着起身说:"不好意思各位,我有点急事要处理,这边招待不周,饭局之后,楼上安排了活动,大家尽兴。"

卓裕拎着外套,脚步匆匆地离去。

客户表示理解,但仍很好奇:"裕总是出了什么事?只要是在岳海,我们也能帮得上忙。"

周正说:"他夫人不太舒服。"

"啊?裕总什么时候结的婚?"客户惊讶地问,"他是现在赶回去吗?"

周正见怪不怪道:"是啊,两人小学同班,青梅竹马,定过娃娃亲。"

嗯，一本正经地胡说八道也是得力干将的必学技能。

岳海市临海，气候潮湿多雨，雨季尤其。倒春寒混着疾飞的雨水，体感湿寒，像是又回到了冬天。卓裕不断看时间，几次让司机再快一点。

司机姓王，问："裕总，饭局上你也喝了不少酒，不休息一晚再走？"

"姜姜没接电话，店里人说她今天不舒服。"卓裕的手机一直握在掌心，怕错过任何信息，"我不放心。"

"你对小姜真好。"老王跟他时间久，偶尔也能聊上几句真心话，卓裕的情况他很清楚，也是由衷替卓裕高兴，"两口子感情好，做什么事都会越来越顺的。"

卓裕不由得笑起来："嗯，你是过来人。"

"那可不，家和万事兴，老祖宗的话是有道理的。"手机在仪表台上振动，老王瞄了一眼，没接。

卓裕也瞧见了，发话道："是嫂子的电话吧？接吧，别让她担心。"

"哎，谢谢裕总。"老王降慢车速，伸手按了接听，开了免提。

可就是这一秒的分心，卓裕率先看到危险，一辆水泥车车速极快地从右边变道过来。"往右打方向盘！"卓裕大吼，老王反应已足够快，一把将方向盘横转打死，但是"砰"的一声巨响，来不及了。

水泥车撞在副驾和后座中间的位置，老王没事，但卓裕被这剧烈的冲击力震得五脏六腑都在颤，脑子里嗡声一片，眼前混混沌沌，耳里像被塞进了一个喇叭，循环着刺耳尖锐的金属声。

等他恢复意识，心跳一点一点回归原位时，才发现右边的身体疼得难以言喻。

副驾的座位被撞得偏离，正好卡在卓裕的右腿和右车门之间的缝隙，这样相当于形成一个三角空间，卓裕受钳于当中，不得动弹。他仔细甄别身体所有的疼痛反应，左手能动，没有呕吐眩晕感，没有生命危险。

老王吓坏了："裕、裕总！"

卓裕深呼吸，冷静吩咐："受伤没有？能不能动？能动就先下车。"

路人报了警，好心人纷纷围过来帮忙。车门打开后，才发现卓裕被移位的副驾座位卡得死死的，不能动弹。十分钟后，消防车赶到，消防员仔细看了现场后，做出救援决策："钢筋卡住了右腿，蛮劲弄不出来，要用液压钳把座位剪断。会有点疼，忍着点。"

受困的角度十分精妙，贴着他的腿、右手腕内侧，无论哪种切割方式，都难免造成二次受伤。

卓裕说："来吧。"

液压钳、切割机轮流运作，滋滋的金属声带起一片火花。卓裕的手腕被灼得一片黑，继而发红，反复作业的位置也开始出血。他咬牙忍痛，额头上豆大的汗往下坠，贴身的衬衣已湿了不知几遍。

就在这时，手机响了。卓裕一看，登时沉下眼，看向消防员："麻烦先暂停一下成吗？我媳妇给我打电话了。"顿了一下，他又说，"麻烦您别跟她说。"

电话接通后，姜宛繁的声音还有点干哑："我刚睡醒，你给我打了这么多电话啊。"

卓裕压着呼吸频率说："没事，有点担心你。今天很累吗？"

"事情有点多，一万个不想动。"姜宛繁问，"你呢？现在在哪儿？晚上喝酒了吗？"

血从手臂的伤口往外冒，卓裕疼得龇牙，汗水咸且冷，滑到舌尖，卓裕忍不住咽了一下，说："喝了点酒，现在在回酒店的路上。"

姜宛繁释然道："难怪听着有点吵，像在马路边。"

卓裕深吸一口气，尽快结束通话："我明天回来，你早点休息。"

"好，明天见。"

电话挂断的一瞬间，卓裕忍不住伏腰，头往下埋了埋，缓过这几秒的剧烈疼痛，他抬起头，冲消防员抱歉道："可以了，继续吧。"

然而姜宛繁还是知道了这件事。

周正是在次日清晨六点给她打的电话，姜宛繁坐在床上，还以为是幻觉。她听清楚后，慌慌忙忙地下床，被柜子一角绊倒，膝盖实打实地跪在地上，疼得她眼泪狂飙。

到岳海也就一小时车程，姜宛繁出现在病房时，卓裕以为在做梦。

两人对视，非静止场景，直到姜宛繁几度张了张嘴，想说话，却一个字都说不出来。卓裕连忙道："我没事，就是手擦伤了，不告诉你是不想你担心。"

这几日的阴郁情绪似是到了一个阈值，姜宛繁心里堵得慌，脾气很冲地脱口而出："你这是自以为是，自我感动，你是不是还觉得挺光荣？"

卓裕哑然无语。

姜宛繁不想在这种时候扯一些有的没的，可本能使然，她根本控制不住，眼眶先红了："那天晚上我问你，有没有要带去新房的纪念品，你说没有。但我去过你的公寓，在你的房间里看到了很多东西。"

荣誉证书、奖杯、熠熠生辉的挂牌、滑雪锦标赛冠军奖牌，以及被压在衣帽间最大的柜子里的，黑白相间的滑雪板。

"既然不值得纪念，又为什么要把它们藏起来呢？"姜宛繁说得有理有据，"还是在你心里，我没有资格知道你的过去，我这个人，只听得进好话？"

卓裕本能地打断她："不是。"

"不是什么？"姜宛繁咄咄逼人，"那你现在做的事，又是什么？"

"吕旅说你不舒服，我不想让你更担心。"

"你到底是跟谁结婚？"姜宛繁质问他，眼睛似深海，有雾蒙蒙的水汽，也有摄人心魂的气势，"我来看你，是我作为一个妻子，对丈夫的本能，我现在走，是因为你卓裕让我真的真的很生气。"

卓裕下意识地坐起身。

"你给我躺好！"姜宛繁厉声呵斥住他下床的动作，神色犀利冷情。

"我不要一个完美无缺的假人。我要的，是真实的，鲜活的，一个有血有肉，有卑劣有不堪，有私欲有利己，有放纵有锋芒的活生生的灵魂。"

第6章

心的开始

"不然我嫁给他干什么？还不如花钱买开心，直播打赏三个'嘉年华'，年轻弟弟就能给我表演社会摇。"

"我赞同。"

"我赞同。"

盛梨书和向衿同时举手，三人观点极其统一。

晚十点，酒吧客流量渐大，DJ调大音量，每一下的鼓点都重击在神经上。姜宛繁眼皮一跳一跳的，哪儿哪儿都不舒坦。

"你出来喝酒，你老公知道吗？"

"知道也没用，我把他拉黑了。"姜宛繁双手捧着脸，越想越觉得没意思，"你们说，我要个假人干吗？"

"能看能用，能带出去有面子。"盛梨书说完自己都愣住了，"我们现在对男人的要求已如此低了吗？"

向衿笑了一声，举起酒杯和她俩碰了碰，有一说一地提醒："虽然这事他有错，但出发点没有错，证明他的本能第一反应还是站在你的角度考虑问题。而你之所以生气，是觉得他的'以为'并没有真正抓到你的点。'做了'和'没做好'是两个概念。直面问题可以，但指桑骂槐不可取哦。"

向袊对卓裕说不上喜欢，但也绝对不会在这种时候火上浇油。她是真心为姜宛繁好，在姜宛繁冲动时泼一瓢冷水，是有分寸的规劝，在姜宛繁泄愤时给予适当的反驳，是重建对方的理智。

姜宛繁又闷了一口酒，叹了口气道："我懂的。但卓裕的家庭关系实在复杂，他姑姑那一家，简直拿他当苦力。说真的，我就没见过他姑姑这么会演戏的长辈。"

卓悯敏这个人怎么说呢，按姜宛繁的理解，她是表演型人格的代表，擅于洞察人心，专挑对方的最弱处反复摩擦。林久徐中庸，林延纨绔，姜宛繁都没放在眼里，唯有这个姑姑，恩怨源远，情感牵绊。姜宛繁当然可以不在意，但卓裕不行，他姑姑断腿是他父亲导致的，虽然姜宛繁不赞成父债子偿这一观点，但她也看得出来，卓裕为此困顿，深陷其中出不来。

卓怡晓曾经偷偷告诉过她，卓裕几次想离开兆林，都被卓悯敏劝住了。姜宛繁问是怎么劝的，答案是腿疼，让卓裕带她去看医生，当着他的面给创口上药，那一截已经萎缩的残肢，像虚软无力的茎部，光秃秃的，很吓人。

"他姑姑认真的吗？"盛梨书惊呼，"这是精神恐吓了吧？"

姜宛繁摇头，苦恼道："在他家这些恩怨往事里，我的存在太渺小了。我不敢在他面前提这些，也不敢劝他，但我真的不甘心。"

向袊摊摊手："那你接下来想怎么做？"

姜宛繁抬起头，眼角透着茫然醉意，小口啜尝杯里的酒，一时无言。

盛梨书准确解读了她此刻的神色，惊呼："你们才结婚两个月，提离婚是不是不太好？"

姜宛繁闻言嗤笑，双手捧着脸，慵懒放松地附和："是不太好，应该早点离的。"

三人彼此相视，都笑了起来。

向袊感叹："结婚有什么好，一堆烦心事，成天斗智斗勇跟拍宫斗剧似的。"

"宫斗剧还自带主角光环，时不时地开个金手指，但生活就是生活，一地鸡毛，劳心劳力。"盛梨书亦感慨。

姜宛繁觉得更醉了，腰伏在双臂间，透明杯壁映出她虚浮的脸庞，拉扯、移位，她盯了许久，被自己的影像晃得头晕。闭紧眼，脑里本能浮现的，却是另一张脸。

生气归生气，但她还是很想他，想到气顺之后，仍不舍地站在对方的角度思考。

"可我们不是戏中的演员，两三个月，在几十集的连载播放中过完所有的酸甜苦辣，结局团圆。"姜宛繁吸了吸鼻子，闷声说，"过日子不就是这样吗？贪恋天上洁白无瑕的明月光，但四季更迭，阴晴圆缺，风雨晴天，都会经历。"

生活是生活，落实到鸡毛蒜皮、犄角旮旯。她早就过了心存幻想的年龄，但正是因为喜欢这个人，才希望他有一个更好、更坦然的人生。

姜宛繁无法否认自己的私心，有时候，改造与改变，真的能让一个女人胜负心爆棚。

"行了你别再喝了，为一个男人借酒消愁不值得。"向衿拿起手机打电话，"他出车祸伤哪儿了？应该没死吧？没死就过来接你。"

姜宛繁撑直一些身体，懵懵懂懂地抬了抬手指："不用，待会儿有人来接。"

正说着，谢宥笛满场找了两圈终于发现了她们仨，推开蹦迪的人骂骂咧咧地走过来："我真是服了，你拉黑卓裕干吗？他现在缠上我了，逼我给你打电话。"

盛梨书盯着他一直看，谢宥笛睨她一眼："你也觉得哥新做的头发很好看？"

"不是。"盛梨书观察好久，认真评价，"和我家弟弟同款发型。"

"你弟弟有品位。多大了？"

一旁的向衿插话道："两岁，一只公泰迪。它叫弟弟，你叫笛笛，真是前世修来的缘分。"

谢宥笛气到变形，但肩负正经事，以后再算账。他转头问姜宛繁："卓裕就在门口呢，拄着拐杖一瘸一拐的，手上还缠着纱布，就在我刚才进来之前，有个小姐姐丢了五块钱给他。"

卖惨没有用。姜宛繁摇了摇头："不想回家。"

"那你想回哪儿？"

"你那儿吧。"

谢宥笛简直震惊："你要知道，你是一个有夫之妇。"

"有夫之妇的不自觉，有问题？"

出酒吧开车五百米，就是谢宥笛家开的酒店。把人安顿好后，他一身汗地回到车里，房卡一递："总统套房旺季不打折，直接转我微信，谢谢。"

"知道了。"卓裕用没受伤的那只手揉了把脸，心烦意乱地问，"她那两个朋友也由着她喝？喝多少心里没数吗？"

"你这番发言好渣男。"谢宥笛冷哼道，"她为什么去买醉你怎么不说？贼喊捉贼。"

卓裕脸色不好，无言以对。在车里静坐两分钟，他推门下车。

谢宥笛喊道："你都这样了，能照顾好她吗？"

卓裕头也未回，背影消失于旋转门处。

谢宥笛叹了口气，给酒店经理打了个电话："顶层的客人留意着点，有动静就问一下情况。"

卓裕刷卡进门时，姜宛繁已经趴在床上睡着了。她把自己盖得严严实实，头发散落于香槟色枕头上，丝质面料被床脚的暖黄夜灯烘出淡淡的光，她脸颊绯红，深陷其中，像被包裹的精致瓷器。

卓裕坐在床边，忍不住伸手轻抚她的脸，低声道歉："对不起啊，老婆。"

一动不动的人，终于抑制不住情绪，那种复杂的、纠缠的、矛盾的千丝万缕，在这一声"对不起"里顷刻崩散，泪从紧闭的眼睛里滑落，烫在卓裕的指腹上。

姜宛繁睁开眼，眼神似怨，斑驳蒙眬地望向他。

卓裕平静诚恳地说："我知道。你给我一点时间。"

良久，姜宛繁吸了吸鼻子，瓮声问他："这间房这么贵，谢宥笛有没有给你打折？"

卓裕笑了一下，淡淡清辉里，两人以心知肚明的默契方式无声和解。

"他怎么能这么快出院？出车祸的事情也不告诉我们？是不是没把我们当一

第6章 心的开始

家人?"

次日,医院。卓悯敏心急火燎地赶来,看到卓裕缠绷带挂拐杖的模样,终于没忍住,在走廊上发起了火。这里离VIP病房隔了一个拐角,且只有姜宛繁一个人出来相送,这话明面上是道卓裕的不是,内里是说给她听的。

姜宛繁当即恼火,心说出车祸救援的时候,他边流血边接她的电话,都舍不得告知真相。但波折动荡到了此刻,她已没了怒气,只剩心酸与心疼。

卓悯敏难得抓住机会,以长辈姿态斥责,让她难以反驳。忽然,两人身后响起一道声音:"是我不让她说的。"

卓裕单手拄着拐杖,宽松没型的病服更显面容清隽,他往姜宛繁面前一站,不耐烦与不悦显而易见:"别说她。"

卓裕的语气很不好,气氛乍然冷却。卓悯敏也没惯着他:"这事本就是你们做得不对,我这份关心还有错了?"

僵持升级,姜宛繁适时打圆场,主动上前挽住卓悯敏的手臂,往前走了几步,谦逊道:"姑姑,您骂得特别对,是我不好,怕您担心,所以擅自做主没有告诉你。"

她的声音不大不小,总之卓裕能听见,不用回头看都能猜到,某人的脸色有多不爽。

卓悯敏差点没绕过这道弯,连忙澄清:"我不是骂你。"

姜宛繁点点头:"对,是教训,我受教了。姑姑,您中午不忙吧?我陪您去食堂吃个午饭?"

卓悯敏在她的巧颜温笑里哑声,像一拳打在棉花上,处处不得劲。

较劲归较劲,但林家对卓裕的照顾不减分毫,一日四餐都从家中精心做好,七八只保温杯送到病房。卓裕能吃出来,都是卓悯敏的手艺。他受伤的事很快被公司知晓,就这一天半的时间,同事来了五六拨。

姜宛繁忍不住称赞:"看不出来你人缘这么好。"

"你以为他们是来看我的?"卓裕一挑眉,"其实是来看你的。"

"假公济私啊。"姜宛繁笑道,"裕总罚钱吗?"

"你还想罚钱?"卓裕调侃,"不指望他们说你好话了是吧?"

221

姜宛繁把削好的苹果片喂进他嘴里:"无所谓,你觉得我好就行了。"

卓裕一眼深情,原来世上还有这么甜的苹果。

卓裕当时伤得吓人,但其实都是皮外伤,养得快,也恢复得不错,白天在医院也能适当处理一下公务。

这周四,林家,晚饭时间,菜刚上齐,门铃响了。

阿姨开门后惊喜道:"咦?姜姜来了。"

姜宛繁笑着进屋说:"他公司同事送的东西太多了,车厘子和蓝莓不错,我拿过来给以璐吃。"

卓悯敏没料到她会来,惊讶得发自真心:"呀,那正好,一块儿吃晚饭。"

"好呀姑姑,那就打扰了。"姜宛繁欣然答应,对一旁的林以璐打招呼:"今天没上课?"

"没课,晚上朋友聚会去K歌。"林以璐头发夹着卷夹,刚化的全妆,衣服还没换。

姜宛繁由衷夸奖:"你今天的妆真好看,小心头发。"她指了指林以璐右边垂落的一缕碎发。

林以璐被赞赏得高兴,心情写在脸上,再次求卓悯敏:"妈咪,你就把车钥匙给我嘛。我拿到驾照了,可以自己开车的。"

"拿驾照没三天,路都没上过,一个人我怎么放心?"卓悯敏不理解女儿的固执,"这个时间点,路上都是车,出点事怎么办?"

"那我怎么去吗?司机又不在家。"林以璐一万个不情愿,"我才不要打车,太没面子了。"

今天的炸藕合过于焦了,姜宛繁勉强吃完一个,拿纸巾拭了拭嘴,问:"你要去哪边?"

"Hit公社。"

"江海路那家?"得到肯定回答,姜宛繁说,"我待会儿回店里,正巧从那里过,我把你送过去吧。"

林以璐见过她的车,是一辆白色奥迪A4L,于是欣然应道:"那就谢谢嫂子啦。"

第6章 心的开始

姜宛繁顺手给她夹了一块藕合，笑得温婉："举手之劳。"

林以璐不吃了，说吃撑了有小肚腩，飞快地上楼换衣服。卓悯敏责怪道："姑娘大了，管不住了。"

姜宛繁把阿姨泡好的花茶递了一盏给她，说："别说姑娘，男孩子大了也管不住。"

卓悯敏眯着眼，总觉得她意有所指："对了，卓裕恢复得怎么样？"

"还不错，本来就是皮外伤，加上姑姑您每天给他做好吃的，必须好得快。"姜宛繁滴水不漏地答。

林以璐一身粉色小洋装下楼，说："可以了，走吧。"

卓悯敏叮嘱道："你慢点开车。"

"放心姑姑，一定把璐璐平安送到。"

春天以悄然之姿席卷冬日，春草，嫩芽，活水，一样一样替代萧条的万物，窗外仍有镶嵌金边的落日。

人走了许久，卓悯敏总觉得哪里不对劲，但就是想不起来。

半小时的车程，姜宛繁掐准时间将人送到。公社门口几对男女跟林以璐打招呼，神色似乎并不愉悦。

姜宛繁按下P档，没有马上走。不一会儿，林以璐匆匆跑来，姜宛繁降下车窗，关心地问："怎么了？"难得在这个骄矜小姐的脸上看到这般为难神色。

林以璐说："我朋友没搞清楚状况，闹了个乌龙，这酒吧要提前预约的，他没约，我们进不去。"

姜宛繁洗耳恭听，耐心等她继续。

林以璐双手合十，撒娇道："嫂子，反正来都来了，你可不可以好人做到底，送我们去另一家酒吧？这个点这边不好打车。"

不远处的几个年轻人在等待张望，姜宛繁笑着爽快道："好呀。"

十来分钟，不算太远，把人送到后，林以璐开心地说了句谢谢。一行人花蝴蝶似的进去酒吧，姜宛繁升上车窗，脸上的笑容顷刻消失。她在车里闭目坐了一会儿，才缓缓驱车离开。

223

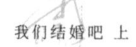

江海区道路扩宽，新区创建，高楼如林。姜宛繁拐向一条新修的路，听店里的学徒提过这边也能到达简胭。她本想当是探路，却不料意外地好开，车少，路宽，路灯光亮如昼，犹如通天的光明大道。姜宛繁眯了眯眼睛，被过度明亮的光线刺得不太舒适。

新修的八车道笔直往前，白色路标醒目，尽头只能左转。也就是在这个近乎90度的左转弯，某个角度，路边的一盏灯骤然划亮双眼。姜宛繁下意识地闭紧眼，眼底一阵刺痛。分秒之间，方向盘跟不上角度的变化，差之毫厘，谬以千里，甚至在她还没有完全反应过来的时候，哐的一声巨响，姜宛繁被震得身体被安全带拉紧——奥迪车冲出防护带，竟撞上了绿化带的路灯。

等姜宛繁缓过神，有点头晕。慢慢地，引擎盖前慢悠悠地升起白烟与飞沙的混合物，车身发出紧急制动情况下的警报声，回旋在空旷道路上，尤显诡异。

同一时间，在家品花茶的卓悯敏心脏忽然一跳，骨瓷杯差点脱手。她盯着窗外茫茫的夜色，忽然想起是哪里不对劲了！

卓裕说过两次姜宛繁不能晚上开车，她的眼睛，有夜盲症。

奥迪双闪不停，姜宛繁已从容地从车里下来，站在车边看了爱车好久，心疼是真的，豁出去的决心也是真的。她收拾好情绪，整理表情，再扒乱自己的头发，视频弹过去，卓裕接得很快。

晚上采购部的同事来医院看他，视频接通的那一秒，卓裕正谈笑风生，眼角还有未收拢的笑意。然而他的那句"老婆"还没唤出口，姜宛繁已经带着破碎的哭腔，哽咽道："老公，我好害怕。"

这不是姜宛繁第一通拨出去的电话。

向衿赶到时，吓得脸都白了，把她从头到脚扫视一遍，没有外伤，担心地问："你、你是不是内脏破了？"

姜宛繁坐在绿化带的石沿上，整个人异常平静："我没事。"

"我不是你老公，你可以跟我说实话。"

"真没事，我有分寸的。"

第6章 心的开始

向衿转头去看她的车，围着那辆奥迪无声地转了两圈——惨不忍睹的车头，冒烟的引擎盖，碎裂的车前大灯。向衿看得都想哭："你就这么对它啊？"

这车陪了姜宛繁三年，那时简胭刚开业，她手头紧，也不是不能问家里要支援，可向简丹打一开始就不赞成她走这条路，高考那么好的分数，明明有更多的选择，可姜宛繁还是在爸爸的支持下去读了美院。为了这事，向简丹差点和姜荣耀闹离婚。

向简丹虽然不是土生土长的霖雀人，但在这个小镇生活了三十年，这里几乎家家都会刺绣，但一门无人知晓的手艺，甚至连技术都算不上，出去怎么傍身？母女俩的关系也僵持过一段时间，后来和好，但再也无法如初，彼此都铆着一股劲，向简丹从不过问她店里的事，姜宛繁也不主动提起。有时候从别人嘴里听到夸赞，说姜姜厉害的嘞，都给大明星做衣服了，向简丹也只是开玩笑地说："天高任鸟飞吧。"

姜宛繁买这车时，三十多万，她手上没这么多钱，也不肯向家里开口，就办了分期贷款。这车陪她走过创业初期的种种困难，是有感情的。

向衿叹了口气，挨着她一块儿坐在路边："也行吧，正好让卓裕换车。玛莎拉蒂起步，上不封顶。敢给便宜的，我帮你揍他。"

姜宛繁笑了笑，眼神投向远方，没有一处着力点。

"我待会儿要做什么？"向衿问。

姜宛繁拢了拢眉头："编故事你会的吧？"

轰鸣的引擎声入耳，由远及近，速度极快，都不用回头看也能猜到是谁。

姜宛繁速度极快地把水瓶拧开，往手心倒了一捧弹到脸上。两人对视一眼，默契点头。姜宛繁鼻子一皱，撞在向衿肩头奄奄一息。

向衿疼得龇牙咧嘴："你力气可不可以小一点？"

"抱歉，下次注意。"

卓裕的车压着线往路边靠，在看到姜宛繁后，急踩刹车，轮胎磨地声响得尖锐，甚至车还没停稳，副驾那边的门被推开，卓裕不顾脚伤，慌慌张张地下车。

姜宛繁瞥到他的神色，那种窒息感和失魂落魄装不出来，他整个人像是一

225

个沸腾的火球,茫然无措地寻求落点。

她忽然后悔了。换位思考,那日他出车祸,换作她当场知晓,一定也如这般生不如死。

向衿掐准节奏,还没等他靠近,已起身叉腰怒斥:"姓卓的,我对你这个人没有任何意见!但是你能不能稍微管一管你家里头的人!把姜姜当免费工具,免费司机,免费导购了是吧?她夜盲症的事你家里人不清楚吗?好心好意去看望长辈,吃了一顿晚饭,就被使唤着去当司机了!"

姜宛繁被向衿这惊天动地的气势震慑住了,卓裕的耳膜也被捶得宛如失聪,麻木地蹲下问姜宛繁:"伤哪里了?"

姜宛繁垂下眼眸,摇头哑声说:"没事。"

向衿提高音量:"都这样了还没事?你看看车头撞成什么样了?要把你的头也撞成那样才叫有事是吧?"

卓裕侧身看了一眼,脸色越发难看。

之后送姜宛繁去医院检查,确认没受伤,再带她回四季云顶,这一路卓裕全程沉默。姜宛繁瞥见他握方向盘的手背,太用劲,伤口不知什么时候崩开的,血渍已干凝。

姜宛繁别过脸,如鲠在喉。

到了家,卓裕先去洗手间,待了好一会儿才出来,脸色回温道:"别担心车,报了保险,有事周正会处理。这段时间你别开车,我安排司机过来。"

姜宛繁坐在沙发上,弯着腰,低着头,双手合在一起,家里就开了一盏暖光顶灯,她在光束下小小的一只,氛围感使然,显得她更加弱小、楚楚可怜。

卓裕不忍再看,眼眶涌现淡淡的酸。他走近,蹲在姜宛繁面前,包裹住她无措的手,可自己的掌心也在抖。

姜宛繁冲他笑了笑,干哑着嗓子主动解释:"我真没事,平时晚上也能开车的,就是那一刻被路灯晃了眼睛,眼睛疼,分了心。"

卓裕"嗯"了一声。

"你别去说以璐,是我自己答应送她去酒吧的。我想着顺路,反正也得回店里。"姜宛繁笑了笑，脸色仍是失血一般的白，"女孩子面子薄，你是当哥哥的，要包容。"

"但你没这个义务。"卓裕冷着语气，在这件事上，他的耐心已经磨到了极限，再多听一次当中任何一个人的名字，都会翻脸的那种。

两人之间陷入安静，每一秒的沉默都在榨取氧气，直到姜宛繁开口，很小的音量如往他心口射出一箭，她低声说："我想回家了。"

自始至终，姜宛繁都没有过任何抱怨憎恶的话，但这句"想回家"，却让卓裕的心被磨成了一张粗粝的纸。

他答应了，伸手碰了碰她的脸："好，等我明天处理好工作后，陪你回去住几天。"

第二天，两人的作息与往日无异，卓裕去公司，姜宛繁说晚点去店里。她的反应没有任何异样，像无事发生。

卓裕出门，还没开到公司，姜宛繁给他发了一条短信："我回霖雀了。"

卓裕心口一窒，膨胀的气球被一针扎爆，亦如最后一根稻草被折断。他没有犹豫，在下一个红绿灯掉头，径直往反方向驶去。

"你确定这样做有用？"

高速入口路边，白色车里，向衿边解安全带边问。

姜宛繁心里也没底："孤注一掷吧。"

"他那么能忍，忍了这么多年，万一这一次又忍了回去呢？"向衿心疼她的小奥迪，"那车不是白撞了？"

姜宛繁认真想过这个问题："那只能证明这车撞得不够狠，下次再换个别的。"

向衿愣了愣，然后无奈一笑："你是真腹黑。"

"我是上梁山。"姜宛繁长吐一口气，"好了，车给我吧，这两回多亏你帮忙，回来给你带好吃的。"

春日晨光，随着时间推移，不疾不徐地编织出一道粼光细闪的网。院子里的花草攒齐了花苞，凝着欲滴的露水，一派大好光景。卓悯敏端着一盆花苞最好的垂丝海棠进了屋,打算摆去书房。

阿姨打开门,惊讶道:"咦,这个点过来了?"

卓裕进了屋,站在玄关处,连鞋都没有换。

卓悯敏不明所以,仍维持着好心情问:"哎,怎么没去公司?吃早饭了吗?"

卓裕不想绕弯子,顺着她的话反问:"姑姑是不是觉得我这个人,在你划定好的时间里,必须在兆林恪尽职守,按点打卡是吗?"

卓悯敏笑容收敛:"你这是怎么了?"

卓裕往前一步,咄咄紧逼:"我怎么了,重要吗?姑姑,我自认为这些年,对你,对公司,不讲功劳也有苦劳。你也应该明白,你屡试不爽的底牌是什么。我认这张牌,是因为老卓对不住你,是因为我想弥补,是因为在我的记忆中,你实实在在地对我好过。"

卓悯敏慢慢放下垂丝海棠,置于桌面时,花盆底座压到指尖,一丝尖锐的疼痛反复跳跃。

"你说这些是什么意思?"

"没什么意思,就是给您提个醒。"卓裕回答,"老卓有亏在先,但他的结局已经够惨烈了。您回回拿陈年伤痛'无意'展露,挑着我最软的那根神经反复摩擦折磨,你有没有想过,我也失去了父亲,怡晓没有了爸爸。他违反法规,没个好下场,那是他已经得到的惩戒,就算是等价交换,老卓抵了一条命,你再要,他也给不起多余的了。"

卓裕冷静到近乎绝情,一字一字刨了自己的心。

卓悯敏感受到前所未有的慌乱,当一个人摒弃情感就事论事时,事态就朝着不可逆转的方向而去了。

卓悯敏终止这个角度的对话,大声呵斥:"难道兆林没有给你发展平台?没有给你优渥的薪水?没有让你入股分红?难道我不是真心实意地对你好?没把你当一家人?你别忘了,你父亲在世时,就把你的滑雪板砸了。你要继续走那条路,能有现在风光?"

卓裕说:"他是不赞成我滑雪,打过、骂过,但他从来不会真正阻止我的选择。

我上的大学，选的专业，我喜欢做的任何事，他最后都选择了默默接受。"

"难不成是我逼你的？"卓悯敏冷哼一声，"这些年兆林给你的不少，你不用现在给我扣帽子。"

卓裕的眼眸清亮如解冻的溪水，冷冽，却也是极致的淡然。他低了低头，再抬起时，没有一点让步与犹疑："话说到这个份上，姑姑，再直白就没意思了。给的是不少，但我付出的也足够多！"他毫不含糊，逼近撂话，"自愿也好，马前卒也罢，这就是我应得的。"

卓悯敏胸口起伏，精致的妆面失了光彩，整个人都在发抖："你今天是来算账的。"

卓裕抬了抬下巴："是来让你知道，我留在这儿，是顾及着情分，你的所有欲盖弥彰，我都看得一清二楚。您既然握着自以为是的感情底牌，就要遵守好感情牌的游戏规则。"

卓悯敏忽然反应过来，但还是不甘心地要一个明白："你什么意思？"

"从我告诉你，我有喜欢的女人那一刻起，姜宛繁就不是你能左右的人。"卓裕心头的火一茬茬地往外冒，"任何人都做不了她的主。她不是召之即来挥之即去的司机，也没有义务伺候好乱七八糟的亲戚。我不是来算账，我只是来提醒，彼此该有的自知之明。"

硝烟无声弥漫。卓悯敏甚至看不清卓裕的脸，脑子嗡嗡作响。

卓悯敏的手机在桌面振了又振，卓裕瞥了一眼，默然转身就走。

"喂……"卓悯敏手如机械，点了几下才按准接听键。

林延声音慌乱："妈，妈妈妈，你赶紧找一下大哥，他、他怎么写了辞、辞职信！"

霖雀地处Q省以西，山多气温低，回这边还得穿棉衣是姜宛繁没想到的。到了晚上，姜弋还生起一堆柴火给她取暖。"姐，你感冒了吧？鼻子都堵了。"

姜宛繁倒没觉得什么不适，伸手靠近火堆，上下翻着掌心。

火光像打不匀的光斑，姜弋左耳上的骨钉像一颗星。他瞅了姜宛繁好几眼，靠近了些，悄声问："姐，姐夫不是真的出差吧？你俩是不是吵架了？"

姜宛繁面不改色道："没，别瞎猜。"

"肯定是。"姜弋笃定道，"你脸上写满了心事，一点都不精神。我跟你说啊，丹丹也是这样觉得的，别看她啥都不问，刚才在厨房我偷听到她跟老姜说话。"

"说什么了？"

"说你喜新厌旧，对姐夫失去了兴趣。"

姜宛繁哭笑不得："就算是，为什么是我的原因啊？"

"啧啧啧，我就说你们吵架了。"姜弋深信自己的直觉。

"真没吵。"姜宛繁担心越描越黑，手一挥，"不跟你说了。"

姜大仙掐指一算："还有，姐夫应该马上会来找你。"

话音刚落，大门"嘎吱"一声，有人推门进来。姜宛繁的心猛地一跳，真这么准？抬头一看，不是。

姜弋打招呼道："小禹。"

"这么巧啊，你回来了？什么时候回来的？"就是那个在杂技团上班，追过姜宛繁，听说姜宛繁结婚，执着到在家哭到发烧的人。

姜宛繁"嗯"了一声："中午。"

小禹极有分享欲，热情道："正好，我这两天学了两个新动作，我表演给你们看。"

出来洗拖把的向简丹往他们那边看了好几眼，小禹简直承包了表演组和气氛组的全部工作，姜弋还挺捧场地鼓掌，姜宛繁却心不在焉，脸垮得像沾了露水的苗藤。

"你看，她从回来到现在，一点精气神都没有，我看他们就是吵架了。你说卓裕到底怎么回事？一没电话二没交代的，更别指望他能过来沟通。你说是不是老姜？"

半天没回应，向简丹转头寻人，结果差点被吓死："你、你，哎，小卓你什么时候过来的？"

卓裕轻车简从，笔笔挺挺地站在旁边，叫道："妈。"

向简丹有种背后说人坏话被抓包的心虚感，只想快点转移目标，于是指了

第6章 心的开始

指柴火堆,说:"姜姜在那儿坐着。"

卓裕进门就看到了,烈焰燃烧的柴火堆,把小院烘得暖和、温馨。姜弋的叫好声、掌声不断,殷勤的小禹卖力展示自我,"霍霍哈嘿"个不停,一会儿一个后空翻,一会儿一个扎马步、耍猴拳、眼花缭乱里,又无缝衔接地表演起了魔术,最后变出的那朵向日葵,逗得姜宛繁笑出了声。

她笑起来真好看,眼睛向下弯,嘴角有一个浅浅的梨涡,借了火光,眼睛是暖暖的色调,温柔又从容。

小禹见女神笑了,表演得更加卖力,一下跳到半空连着两个后空翻。卓裕看得有点恍惚,以为在召开武林大会。

"咦?姐夫?!"姜弋震惊道。

卓裕走过去,自然而然地挨着姜宛繁坐下。姜宛繁也有点蒙。

卓裕卷起薄线衫的衣袖,露出肌理精壮的小手臂,手腕上的白金表折出幽淡的蓝光。他对小禹颔首示意:"你累吗弟弟?累了的话,早点回家休息?"

小禹不服气:"来吧,咱俩比什么?"

卓裕随手在地上捡了根枯树枝,在柴火堆里晃了晃,然后拿近嘴边,娴熟地把烟点燃。这个动作他做起来行云流水,很爷们,也很酷。

"我为什么要跟你比?"卓裕不上道,宣示主权一般,"这是我媳妇。"

小禹深受打击,捂着脸,气冲冲地边跑边喊:"我再也不来你家玩了!"

姜宛繁一时安静,表情没什么变化。

姜弋揶揄道:"姐夫,你赶紧哄哄我姐,没瞧见她不高兴吗?"

"怎么哄?"卓裕淡声道,"要不我表演脱衣舞?"

姜宛繁一脸无语地瞥向他。

卓裕接住她这一记眼神,认真问:"在这里,还是回房间?"

姜宛繁仍旧平静地看着他。橘色火焰升起青烟,干柴噼啪爆裂响。卓裕一路风尘仆仆,脸上倦色难掩,姜宛繁鼻子一酸,慢慢低下头。卓裕无声地握紧她的手,掌心包裹得完完全全。

"我很怕。"他声音很低,卸下所有逞强,"怕你不要我。"

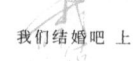

向简丹在厨房碾姜末,再用热水冲泡,茶面上覆着熟芝麻和炒豆,是这边的特色姜盐茶。泡好后,她不停催姜荣耀:"快点端出去,在这儿磨磨蹭蹭的。"

"我就洗个手。"老姜顶嘴,"你怎么不自己端?"

向简丹这会儿是不会露面的,刚才说了卓裕坏话,她心里虚。

"让你做点事怎么了?我泡茶,你端茶,那也是你女婿,好吧?"

老姜闭麦,说不过,说不过,走到厨房门口,突然醍醐灌顶:"咱闺女这是跑回娘家了?那岂不是两人吵架了!"

向简丹一翻白眼:"才看出来啊。"

院子里,姜弋接了个电话,接完对卓裕晃了晃手机:"姐夫,奶奶让你上去一趟。"

祁霜的卧室在东头,通风好,光照佳,还带了个小阳台,摆着一张躺椅,被夜风吹得轻摇慢晃。祁霜喜欢点檀香,卓裕一进房间就觉得静心安神。

"孙女婿,你来了啊。"

卓裕一愣,皱眉问:"奶奶,您不舒服?"

祁霜躺在床上,小毯子盖着上半身,笑眯眯地坐起来。卓裕快步上前扶着她:"您慢点。"

"换季的时候就这样,胸口闷闷的,老毛病了。"祁霜朝着姜宛繁的方向努了努嘴,"姜姜担心得很,也怪她爸,大惊小怪非要给她打电话。"

话里的意思很委婉:家里老人病了,她回来探望,她没生气,也没跟谁起龃龉。

"孙女婿看起来好像瘦了点,工作很辛苦的哦。"

"有一点,不过以后不会了。"卓裕笑着说。

"太累了是要休息的,你的身体不是机器,做什么事呢,要有个度。挣钱养家是一方面,但也不能太透支,你折腾它,总有一天它会还给你的。你看我,年轻时爱打麻将,赢钱高兴,输钱吃不下饭,现在心脏就不太好。"祁霜又悄悄说,"我们姜姜也能挣钱,你要是缺钱了,就跟她开口,不用不好意思,或者奶奶拿给你。"

卓裕惊恐道:"使不得使不得。"

"打借条的哦,奶奶不收你利息。"

姜宛繁欣赏完卓裕五彩颜料一般的表情后，无奈道："您还想着放账呢？好几家十年前借的，人都找不着了。"

"我年纪这么大，总要允许我失误吧。"祁霜往卓裕那边坐了坐。

"奶奶，我钱够，您别担心。"卓裕笑着说，"多少账本没收回？我给您补上。"

姜宛繁比了个×的手势："No！纵容之风不可取。"

两人出去时，气氛自然了些，也没了之前的别扭。

回到卧室，门还没关严，卓裕就从身后拥住姜宛繁，下巴抵着她的肩头，鼻尖凉，呼吸热，冷热反差激得姜宛繁颤了颤。

"我没生气。"姜宛繁情绪循序渐进，拿捏有余，在他忐忑不安时，给予温柔安慰，"就是回来看奶奶的。"

"嗯。"

"你这么跑来，周三不是正忙的时候吗？请假没有？别让姑父他们不高兴。"姜宛繁适时拍了拍他的手背，"还是明天就回去？"

"不回了。"卓裕闷着声音，像一个可怜稚童，"也不上班了。"

姜宛繁眼睫微微眨动，下意识地抿了抿唇，调笑着问："要我养你吗？"

"你养吗？"卓裕将她搂得更紧，指腹捏着她的食指关节，一下一下，或轻或重，像此刻忐忑的心跳，"失业了，一个没有工作的男人，朋友聚会在亲友面前拿不出手，或许还会被人背后议论是靠脸吃饭的小白脸。"

姜宛繁咳了一声："不用拐着弯地夸自己。"

卓裕埋在她的肩头，低声笑起来。

短暂的安静后，卓裕淡声道："我不会再去公司了，你在家里待多久我都陪着你。"

姜宛繁心跳加快，肩膀不自觉地抖了抖。卓裕当她是吓到了，自嘲道："结婚前我许诺不让你受任何委屈，没想到，你婚后的委屈全是我给的。"

本来没什么，可他太真诚，真诚到摒弃了自尊，姜宛繁忽然于心不忍，眼珠转了半圈，平静相劝："也不用这么极端，在哪儿不是工作，既然酬劳还不错，忍一忍也不是不行。我也碰到过很多挑剔的顾客，有质疑，有琐碎，有不在一个

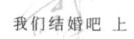

频道的认知,如果我在意,那简朐大概已经关店八百回了。"

卓裕下意识地辩驳:"不一样,你在做你喜欢的事。"

姜宛繁当即反问:"所以,你并不喜欢在兆林,因为这不是你爱做的事对吗?"

她的思维太缜密,逻辑衔接快,像绵绵江面上忽然破水而出的浪,不给他任何遮掩的机会,一身浇得透透的。

姜宛繁回抱他,用尽全身的力气:"那你喜欢做什么事?"

应该是方才在奶奶卧室沾染的檀香,混着雪松香水的尾调滋生出一种新的气息,卓裕贪恋地蹭了蹭她的侧颈,哑声说:"有。我以前滑雪很厉害的。"

向简丹一晚都没怎么睡好,翻来覆去地拉着姜荣耀絮絮叨叨:"你说他俩能为什么吵架?"

老姜闭着眼嘀咕:"反正不是钱。"

"那不一定。"向简丹阴阳怪气,指桑骂槐,"我平常少给你钱花了?你不一样藏了五千在足球袜里。"

老姜装睡,呼噜声此起彼伏。向简丹踹他一脚:"逃避能解决问题?卓裕这一点比你强,敢面对,敢来家里!"

呼——鼾声如雷。

第二天,姜宛繁和卓裕有说有笑地下楼,亲昵模样和昨日全然不同。向简丹如释重负,心情颇好地不再拿老姜藏私房钱一事说事。

祁霜从卧室溜出来,探头往下一看:"哟,和好了?"她一改昨夜的萎靡,身轻如燕地下楼,中气十足地打招呼,"早啊,中午给姜姜做猪肝。"

姜宛繁狂摇头:"不吃不吃,我待会儿就走!"

"小裕,给我打她屁股。"

卓裕看着祁霜,好像明白了什么。

吃过早餐,祁霜坐在院子里晒太阳,卓裕走过去,在她身边蹲下。一老一少互相看着,谁都没说话,看了几秒,又都同时笑起来。

祁霜悠悠感叹:"是的啊,我昨晚是装病呢。姜姜一个人回来,她妈妈是直脾气,藏不住话,一个劲地问。我看出姜姜是在强颜欢笑,担心坏了,但我不能跟着追问,有时候啊,关心也是一种负担。"

卓裕喉间像哽着一块话梅糖,又甜又酸。

祁霜摇着老太椅,眯着眼看晨光:"我不想别人揣测她,背后议论她,围着她问东问西,我就装病,这样大家就以为她是回来看我的,不会猜测是你俩出了啥事。"

卓裕沉默许久,轻声说:"奶奶,对不起。"

"小事小事。"祁霜笑呵呵地说,"我都是已经站在棺材里的人了,能为你们做的不多。孙女婿,你要过得高兴一点,不为任何人,就为你自己。你高兴,姜姜也会更高兴的。"

卓裕眼眶酸胀道:"好。"

两人是真的没有吵架,但卓裕和家里人的反应有点超出姜宛繁的预料,本来是想激一激他,没料到他竟然直接追到了霖雀,苦情得跟她要闹离婚似的。

戏不能演得太过,姜宛繁决定下午就回去,理由也有现成的:"吕旅打来电话,说店里有一批面料出了点问题。"

卓裕问:"什么问题?"

说起这个,姜宛繁就头疼:"一直供货的商家中途撂挑子不卖给我了,后来我加了价,对方早上回信说还是不行。"姜宛繁很纳闷,"合作了这么多年,彼此友好共处,你说是为钱吧,但我给的价格真的很可以了。"

"哪家公司?"

"迪兰。"

卓裕没再问别的,让她系好安全带。

下午三点,把人送到简朘,车熄火,卓裕也下了车。

姜宛繁愣了愣:"你不回公司?"

卓裕践行诺言,没有一点犹豫:"陪你。"

姜宛繁不在一天而已,事情堆了五六件,抽不开身。她看向坐在会客沙发上的卓裕,一个人优哉地靠着椅背,好像在玩手机棋牌。

吕旅都觉得稀奇："姐夫放假？"

姜宛繁一本正经道："待业。"

六点多，外卖送来盒饭，卓裕跟他们一起吃得很欢快。一个小店员提醒他："裕总，你电话。"

手机搁在桌面，调了静音，淡绿色的来电屏幕规律起伏。卓裕似没看见，只将手机随意翻转朝下，连挂断都懒得点。

一顿饭的时间后，姜宛繁手机响起，是林久徐打来的。任其响了十几秒，她才接听，礼貌地喊了声："姑父。"

林久徐如释重负："那个，姜姜，打扰你吧？"

"不打扰，您有事吗？"姜宛繁挨着卓裕坐下，他依旧在玩手机，面无表情。

"卓裕跟你在一起没有？他一直不接电话，我有重要的事找他。"

姜宛繁看向卓裕，他关掉游戏页面，眉心浅浅聚拢。

"他跟我在一起，不过他在前台忙，暂时抽不出空接电话。"姜宛繁面不改色道，"这样吧姑父，今天也这么晚了，我让他明天过去公司找您。"

不疾不徐的温和语气，不是商量，不是征求同意，而是通知，甚至也不用卓裕同意，两人对视一眼，心思都能懂。

电话挂断，姜宛繁对他笑了笑："今天你陪我加班，礼尚往来，明天我也陪你一起去。"

去公司只是借口，家丑不外扬，何况卓悯敏看得出来，卓裕这一次是动了真格，她绝不允许让外人看笑话。

卓裕带着姜宛繁到林家时，一桌菜肴丰盛，个个笑脸相迎。

卓悯敏上前主动挽上姜宛繁的手："你是不是瘦了？一定没好好吃饭，姑姑炖了鸡汤，多喝两碗。"

姜宛繁笑着说好，态度不冷不热。

林久徐让卓裕坐，意有所指地说："先吃饭，一家人难得聚在一起。"

就连一向骄纵的林以璐，今天都格外安静，在一旁摆放碗筷，偷瞄卓裕的

第6章 心的开始

脸色。

林延扬着笑脸和姜宛繁套近乎:"嫂子,满姨她们昨天还夸你,说你店里的东西每一件都漂亮。"

"她俩那天买什么东西了?"姜宛繁费劲思考,"可能是我忘记了,不过喜欢就好,欢迎下次再来。"

林延碰了个软钉子,面色讪讪,不再吭声。

卓裕一瞬间有点恍惚,卓悯敏能在闹崩之后,依然不气不恼,无事发生,召集这一大家子继续唱戏,他既佩服,也觉得可笑。

餐桌上的菜肴,悉数照着他的口味,酒是珍藏的茅台,餐具崭新名贵,真是十足用心。卓裕却只觉得讽刺,甚至连多配合一秒都不想。他抬起头,直视林久徐:"吃饭之前先谈事,不然我怕自己不痛快。就事论事,按公司规定,我这个级别的请辞,离职需要您批复。林董,明天上班后,请您抽个时间批准,然后我会按照程序去人力部门交接。"

空气宛如凝滞,良久,林久徐试图以笑容缓解气氛:"以璐,你过来。"

林以璐本不情愿,被林延瞪眼警告,只得不情不愿地走过来。

"向你嫂子道歉。"林久徐发话。

"我!"林以璐满脸抗拒。

"道歉!"林久徐提高声音。

林以璐吓得肩膀直抖,憋红着眼眶说:"嫂子对不起。"

"大声点!"

林以璐觉得面子丢尽,崩溃地哭了出来:"干吗呀,我又不知道她不能晚上开车!这不是没受伤吗?坏了的车赔给她不就好了?"

卓裕目如利刃,平静道:"她只不过是出了场车祸,半辆车报废,而你,丢了面子。"

僵持之下,卓悯敏毫不手软,扬手竟给了女儿一巴掌:"我看是把你养废了!"

响亮的皮肉声撕烂最后的和谐,林延第一个站出来:"一家人至于吗!"

卓裕没理会他的阴阳怪气,利落点头道:"至于。"

姜宛繁始终冷静，在他身后冷然看着一切。

林延怒火中烧，抬手指向卓裕身后："你这女人真是有本事啊，这才多久，把我家搅得鸡飞狗跳。你以为你能瞒天过海？你以为你做了什么我们不知道？这里站着的，没一个有你心眼多！真是演的一出好戏啊。"

卓裕的脸色已难看到极致，袒护地把姜宛繁拦在身后，反手甩开林延抬在半空中的手指，警告道："把手收回去。"

他的眼神压迫、阴鸷，林延喘着粗气，渐渐露了怯，往后退开两步。他不再硬碰硬，抹了把额上的汗，继续说："她自己主动提出顺路，以璐根本没有强迫她。颠倒黑白可真有你的。"

姜宛繁冷冷看他一眼，不疾不徐地反驳："她没求吗？你问问她自己。"

林以璐抽噎着大声喊："你可以不答应的啊！我又不是非要你送不可！"

卓悯敏怄气，大喊一声"闭嘴"，简直愚蠢，不打自招。

林延索性把话全盘托出："还狡辩是吧？好，别怪我这个当弟弟的不顾情面。大哥，我有同学就是平宁车险的副总，我找他问了，当晚去现场处理的保险专员检测过，路况、车辆都没有问题，车头是有目的地往路灯上撞的，还避开了驾驶座，这就是人为的，是她故意的！"

姜宛繁的神色没有半点波澜，像事不关己的旁观者。

"原因不用我多说了吧？她陷害以璐，挑拨我们之间的关系，就是为了逼你离开兆林！和我们断绝往来！"林延恶狠狠地盯着姜宛繁，得意地哼笑，"你真是一个高手啊，我还真心为你着想，想让你进公司，把晏修诚引荐给你。你就是这样报答我们家的？"

姜宛繁当即反问："我凭什么要报答？你又给过我什么恩惠？"

"你！"林延哑口无言，恶言相向，"到现在还嘴硬是吧？"

一时间，所有人的目光都落向卓裕。

卓裕的脸近乎风雨飘摇，他甚少有这般气势凌厉不收敛的时候，冷傲，心寒，可以解读成任何含义。就连林久徐都觉得屋里透不过气，如被油纸里外蒙住。

沉默维持得越久，林延越觉得胜券在握，不免对姜宛繁露出两分得意的笑。

第6章 心的开始

"跟她无关。"卓裕喉结滚动,冷声说道,"是我自己不想陪你们玩了。"

姜宛繁忐忑的心骤然落地,扬起一圈雀跃的尘土。她忍不住侧目,花了九成耐力才压制住上扬的嘴角。

卓悯敏洞悉人心,知道大势已去。她终于开口,并且一语直指要害:"既然留不住,那就按公司规定来。你签订的所有分红协议、保险合同,你参与的一切项目,只在人事存续期内有效。你的绩效、工资,你的手下、司机,一切可供调派的人脉、资源,通通不再作数。你擅自做主,还要赔付不小数额的违约金。"

落针可闻的安静里,飘浮着尖锐冷肃的暗箭。

卓悯敏才是这一家人里的高手,她太懂得一个男人的脸面需要倚仗什么,尤其在自己心爱的女人面前。她直白也残忍,是告诫,亦是威胁——当你一无所有,你拿什么去爱人。

今日的沉默时刻特别多,如循环,每一次都把形势无声转向另一种可能。

正当卓裕消沉僵持之际,他的手机清脆一响,低头一看,是新消息提醒。

姜宛繁:"我有,你别怕。"

从林家出来,落日余晖还在天际,这边都是洋房别墅,视野俱佳。静谧之下,卓裕从未有过的轻松。姜宛繁勾了勾他的手,笑着问:"喜欢这儿?要不我们也在这儿买一套别墅?"

"真喜欢就早买了。"卓裕睨她一眼,"哦忘了,我现在身无分文,明天去工地搬砖。"

"去什么工地?晚上来姐姐家。"姜宛繁骄傲的小表情简直入木三分。

卓裕有极强的责任心、事业心,他已经接受自己失业的事实,迅速转变态度,彻底贯彻如何做一名合格的"软饭男"。

回四季云顶的路上,姜宛繁数次对上他的眼神,都有一种会被他在车里就地正法的感觉。到了家,连鞋都没换,姜宛繁就被他轻推于门板上,男人的唇像从火炉里捞上来似的,在耳侧、颈间,锁骨处一点点烙印。

姜宛繁忍不住推他的肩:"不行。"

239

"我不行吗？"卓裕声音平静,"我很行的。"

似是不满她的失言,要极力证明自身,或是堆积的万般情绪寻觅寄托,卓裕身体力行,无声汹涌。他的头发茂盛,平日打理得精英简练,而在方才的一轮自我攻略中,已经软在额前,发尖浸润汗水,衣衫正经,眼里却倒灌着深沉之海,这样的反差让他看起来很性感。

数分钟后,卓裕抬起头,认真交涉："你再用力,我头发就被你揍秃了。"

姜宛繁恨不得踹他一脚,羞怯悲愤地抗议："无耻。"

"只是无耻吗？你明明开心到握拳。"卓裕包裹住她的手,一点一点掰开她的手指,低声说,"好好享受养我的快乐。"

卓裕离职的消息很快在兆林传开。

次日他到公司,大家想问又不敢问,只默默地看他,气压极低。卓裕和往常一样跟人打招呼,秘书站起来,眼神期盼："裕总,还是喝黑咖啡吗？"

卓裕笑了笑："谢谢,以后都不用了。"

进办公室,门敞开,他卷起衣袖开始整理私人用品。秘书站在门口,不多时,别的员工也一个接一个地过来,不舍地看着他。

"裕总,我们帮你一起收拾。"采购部是最信服他的部门,业务主管带来了全组员工。

卓裕抬了抬手,劝阻道："东西不多,你们去忙吧。"

业务员忍不住道："裕总,您真的要走吗？林董批了？"

"对。"批不批他都会走,卓裕说,"等这边交接好,再请大家吃饭,这几年承蒙各位照顾,是我的荣幸。"

二十三岁到二十八岁,近两千个日夜的心血都在这间办公室里,但要走的这一刻,才发现属于他的东西连个纸盒都装不满。

周正进来时,卓裕站在落地窗边抽烟,双袖卷了半截,一只手压着玻璃,神色和袅袅烟雾一样惬意自在。

"这些都不带走？"周正扫视一圈,发现办公室几乎没什么变化。

第6章 心的开始

柜子里有很多浮雕相框,是兆林每一年的年会合影,中心位是林久徐,卓裕和林延分立两侧。照片上的卓裕年年都是同款表情,淡淡笑意,不甚明显。还有一些荣誉证书、水晶奖杯,公司保洁每日擦拭,光芒如新。

卓裕瞥了一眼,说:"不带了。"

这些是兆林给的,既然决定离开,就不再留恋。

卓裕看向周正:"我走之后,林延那边大概不会让你好过。凡事忍着点,对不住。"

"你能走,我真的特别高兴。"周正无所谓道,"等你那边安顿好,如果需要人手,第一个考虑我。"

卓裕笑着颔首:"一定不客气。"

内线响起,秘书告诉他林延来公司了,在办公室坐着,心情很不好。

卓裕敲门时,林延不耐烦地扔来一个打火机。"谁啊!"转头一看是他,心情登时如火上浇油,绕过宽大木桌,急急道,"这是为什么啊哥?你怎么非要走呢?我们认错行吗?我以后管好以璐,不让她去嫂子面前晃悠,惹嫂子心烦。"

卓裕没说话。

林延烦躁地揪了揪头发,猛地抬头,找到了新的突破口:"那要不这样,加工资,多算分红比例,再帮嫂子也配一个司机,吃穿住行通通报销。还有澄溪苑的房子,以公司名义帮你买,就作为你和嫂子的新婚礼物,这样的诚意可以了吗?"

见他不说话,林延又重燃希望,放软态度相求,"大哥,你是兆林的功臣,这些年公司发展得这么好,你也一定有感情的对不对?咱们相辅相成,一起把它做大做强,不好吗?"

卓裕却在重温过去,印象里,林延甚少有这么说话的时候。磨砺与变故总能推人往上走,老话不假。他不禁腹诽,这小子要是早有这觉悟,也不至于闹成这般局面。

"作为公司一员,我谢谢小林总看得起。但作为大哥,有些话我不得不说。"卓裕腰杆挺直,除了方才一刹那的分心,再无别的思绪,他甚至连林延办公室的门都没有进,两人对话的声音不算小,工位上的员工纷纷偷瞄。

卓裕说："你心里如果还有几分惦记着兄弟感情，就不会背地里去姜宛繁那儿搞小动作。"

林延脸色一僵。

"她店里合作多年的供货商被你截和。在商言商，这是你的本事，公司规模这么大，她一个小店必输无疑。那批面料对兆林来说根本就可有可无，但对简胭来说，缺一不可。你的目的很简单，纯粹是为了恶心她，让她不舒坦。"

那天从霖雀回来，姜宛繁提了一嘴这件事，卓裕留了心眼去查，林延做事向来直来直往，连订购名字都用的自己的。

"你怎么作，我都可以睁只眼闭只眼，唯独姜宛繁不行。"卓裕说完这句话，转身阔步而去，"祝兆林百尺竿头，蒸蒸日上。"

电梯口已经站了许多人，原本纠结复杂的情绪一扫而光。周正带了个头，笑呵呵地双手抱拳："裕总，您也一路顺风。"

"对，裕总，有空就回来看看我们。"

"大帅哥就得经常发朋友圈啊！"

"拜拜裕总。"

"补办婚宴的时候一定要给我们发喜帖哦！"

电梯门缓缓关合，如片尾一幕越缩越小，直至完全不见。梯厢陡然安静，卓裕这才晃了晃，靠着厢壁撑住。他闭了闭眼，忍过这一秒的酸涩。

简胭门外，人还在停车呢，吕旅就推门探出头大声吆喝："姐夫，正好正好，赶紧来救急！"

十五分钟前，店里来了一名顾客，想给男朋友定做两套睡衣，报了身高体重，三围尺寸却说不清楚。卓裕乍一听见，愣了一下，这确定是给男朋友做的？

吕旅悄声说："现在富婆可多了，只要有钱，男朋友想要几岁的就有几岁的。"

女顾客四十多岁，穿金戴银，身材微胖，走起路来带风。吕旅殷勤介绍道："要不您挑一个和您男朋友差不多身材的人帮忙试试尺寸？"

女顾客看到卓裕后，眼睛发光道："就他了！我男朋友跟他差不多年龄！"

第6章 心的开始

卓裕被迫上岗是小事，关键这人选的衣服都一言难尽。金龙腾飞，龙凤呈祥，各种浮夸风格，还钟情于薄款丝质面料，最好带有透视效果。卓裕像一个没有感情的假人，在镜子前张开双手，原地转圈，供她全方位挑选。

店里的人忍笑忍得好辛苦，还得若无其事地忙手里的活。

卓裕眉心皱着，不耐烦地张望。吕旅溜进工作间，笑嘻嘻地说："裕哥找你呢，想你马上去解围。"

工作间安了一整块单面镜，将外面看得一清二楚。姜宛繁暂停工作，抬头欣赏了好一会儿。她发现卓裕这种身材，穿离经叛道一点的衣服格外出彩，睡袍长、软、贴身，及至脚踝，遮盖得严严实实，但他穿着，光天化日之下，依旧有一种欲盖弥彰之感，难怪顾客不停让他试穿，简直是假公济私。

卓裕换了五套，憋屈极了，但又不能撂挑子不干。开门做生意，人家也没提过分的要求，他总不能砸姜宛繁的招牌。

女顾客在外面欣赏，姜老板在里边观摩。卓裕现在很有当一名素人的自觉，肩上再无总裁负担。

卓裕又换了两套，姜宛繁抖了抖手上的碎线，走了出去。

女顾客可能不是来给男朋友做衣服的，就是来找男朋友的。中式风格的衣服很难驾驭，穿不好就显得土气，其中有一套开襟式样的睡袍最灵，隐约露出胸口线条，蓬勃野生的力量感给予视觉冲击。

"你在哪儿上班啊？"女顾客问。

"我刚失业。"

"这么巧？那要不要去姐那儿？有个职位就适合你这种又高又俊的男人。"

卓裕咳嗽两声，提醒道："姐，你男朋友在哪儿上班？"

"他已经是我前男友了，就在半小时前。"

"……"

"你穿这身真好看。"女顾客的手伸向卓裕的背，还没碰到，就被清亮的嗓音打断："我也觉得这身不错，还有他试穿的第二件、第四件。"

姜宛繁笑着走过来，不动声色地走到两人中间："很能勾勒男人的线条，虽宽松,但有筋骨。这与我们选用的面料和缝制工艺有关系。看您个人喜好,有问题可以随时问我。"

女顾客指着卓裕,笑眯眯地打听:"这是你们店的兼职模特?"

姜宛繁笑意温婉:"不,是专属。我丈夫。"

卓裕憋了半小时的脾气顷刻间消散,双手环着胸,吊着眼梢要笑不笑,很是迷人。

女顾客的热情顿时归零,再不看卓裕一眼,选了一堆他刚才没试过的衣服,豪迈道:"就这些,买单吧。"

"好的,您跟我来。"姜宛繁不卑不亢,始终笑脸迎人。路过卓裕时,她平声提醒:"这位男模,请收起你浪荡的表情。"

离职的事了结后,卓裕准备给自己放假一段时间。

那天,谢宥笛激动万分地来找他,见面就是一个拥抱,只差没泪洒当场。

"开天眼了,西边出太阳了,你终于开窍了!说吧,下一步准备做什么?重拾老本行怎么样?没想好?创业也行,拉我入股不亏。"

"真不怕亏?"卓裕推开他,嫌弃地皱了皱鼻子,"你今天喷的什么香水?味道这么冲。"

"好像是叫'阳刚之水',我妈从英国旅游回来给我带的。我感冒还没好,嗅觉失灵,不好闻吗?"

"有一股夜店的气质。"

谢宥笛狂呼:"这是我从小的梦想!"

"你小时候的梦想不是当牙医吗?"

"对啊。"谢宥笛说,"白天当牙医,晚上去夜店。怎样,有问题?"

卓裕佩服,朝他竖起大拇指。

当听说他要先休息一段时间再做打算后,谢宥笛忧心忡忡,竟有理有据地帮他分析要害:"你确定?你要知道,你现在是一个已婚男人。"

"这有关系?"

第6章 心的开始

"当然!"谢宥笛一声大吼,震得卓裕抖了抖。

"失业已婚男,这五个字你没有危机感?你媳妇年轻貌美能力强,开店广迎客,上她那儿的都是有实力的人。好,就算小姜爱你爱得要死,那她家里人会怎么想?"

卓裕一时之间竟无法反驳,甚至开始发散思维。

谢宥笛按住他的肩膀让他坐下,自己用脚钩过来一条椅子,和他面对面而坐:"你岳母跳广场舞的时候,不敢提起一个待业在家的女婿。你岳父在大街上遛弯的时候,甚至不敢和有女儿的老朋友一起并肩走。卓裕,你确定要做一个被他们耻于提起的男人吗?"

卓裕恍惚道:"我不确定。"

大概是说什么实现什么,怕什么来什么——姜宛繁晚上回来后,跟他提了一句:"我爸妈今天打电话来,意思是你反正在休假,要不回霖雀待几天?"

卓裕精确捕捉重要信息,猛地抬头问:"他们知道我离职的事了?"

姜宛繁正在卸妆,将卸妆油放在手心乳化,不在意道:"知道啊,这有什么?我跟他们说的。"

长辈们都发出邀请了,卓裕肯定得回应。他心猿意马地答道:"行吧,明天走。"

第二天下午到霖雀,向简丹一如既往的热情,奶奶祁霜更高兴,夸他这一次的精神比上回好太多,又悄悄将人拉到一旁问:"姜姜有没有吃猪肝呀?"

卓裕老实回答:"没吃。要不您亲自过去监督?"

祁霜"喊"了一声,才不上当:"哼,又骗我去城里头住。"

唯一表现不对劲的就是姜荣耀。他一改往日亲切随和的快乐小老头气质,对卓裕简直没有一丝笑脸,吃饭时还跟卓裕抢鸡汤,被祁霜一筷子敲在手背上:"你多大了,怎么还跟小孩抢吃的呢!"

姜荣耀把不高兴三个字写满了全身。

饭后,向简丹找到卓裕,为难道:"你爸是老小孩一个,他也没恶意,就是听姜姜说你工作变动的事后,心里不爽快。你不用太在乎,他的情绪跟六月的天气一样,最多到明早六点就好了。"

245

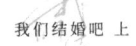

卓裕点点头："妈，我理解爸的心情。他怕我没工作，没能力照顾好宛繁。"

向简丹也是直爽性格，不搞假安慰："你能这么觉得，那肯定是深思熟虑才做的决定。你是什么样的人，妈妈还是看得准的，适当的休息，才能更好地赶路嘛。没事的啊，别有心理压力。"

良言一句三冬暖，卓裕此刻被烘烤得满满当当。他点点头，亦让长辈宽心："我会让爸安心的。"

卓裕特意起了个大早，等姜荣耀下楼时，他已经热身完毕，一身运动装那叫一个阳光俊朗。

"爸，早！我陪您跳广场舞去。"

姜荣耀"喊"了一声，胡子一飞："我今天哪儿都不去。"

卓裕见招拆招："那正好，我有件事想跟您商量。"

姜荣耀清了清嗓子，往沙发上一坐："说吧，我还得睡回笼觉。"

"我有一个想法。"卓裕套近乎似的挨着岳父而坐。昨晚他权衡许久，还是决定从问题根源出发，姜荣耀担心什么，他便弥补什么。

"霖雀镇交通便利，风景也不错，加以开发，作为短途旅游的目的地也是可行的。但镇子上没有太多太好的硬件基建，比如住宿这一块，稍微拿得出手的，也就是那家丹心宾馆。我第一次来霖雀，姜姜就带我住在那儿。说实话，很一般，顶多算是干净整洁。"

姜荣耀问："你什么意思？"

卓裕道："我想投资建一座上档次点的酒店，就在丹心宾馆对街。不出半年，丹心宾馆一定入不敷出，最后退出竞争。您觉得怎么样？"

姜荣耀面色平静，语速也慢："我觉得不怎么样，你想让它半年就倒闭的丹心宾馆，是我开的。"

《我们结婚吧》上·完

黑

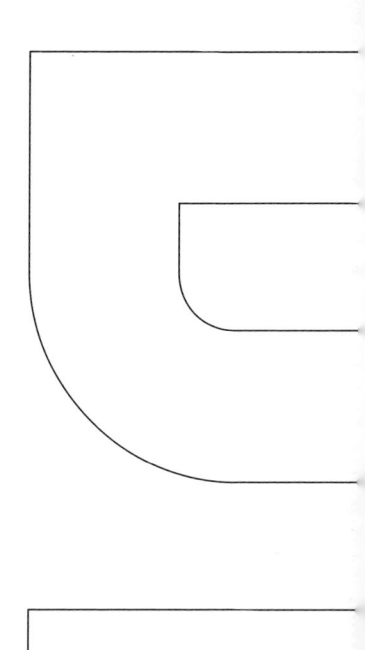

责任编辑	张艳艳
特邀策划	号号　李姣姣
装帧设计	Ash　张强

官方微博　|　@力潮文创-黑组工作室